Fast perfekte Heldinnen

Das Buch

Nach wilden Studienjahren, durchtanzten Nächten und unzähligen Flirts sind die Freundinnen Mathilde, Alice, Lucie und Éva – gefühlt: sehr plötzlich – vierzig und erwachsen geworden. Gerade haben sie bei Lavendelduft und kühlem Rosé herrliche gemeinsame Sommerferien in der Provence verbracht. Kaum in Paris, holt der Alltag sie jedoch schnell ein. Mathilde und Max sind zurück in ihrer Beziehungshölle. Alices Liebesleben liegt seit der Trennung von Adrien brach, sie startet als Chefköchin in einem Sternerestaurant durch. Éva trifft, als Vincent wieder einmal auf Geschäftsreise ist, auf den verführerischen Jacques. Allein die wohlhabende Lucie mit dem großen Herzen und ihrer gutsortierten Familie scheint auf einer ruhigen Welle zu reiten. Vorerst jedenfalls …

Die Autorin

Adèle Bréau ist Journalistin, erstellt Psycho-Tests für die Frauenpresse, hat die Website Terrafemina.com mitgegründet und unterhält einen Blog, auf dem sich Frauen untereinander austauschen (adeledebrief.wordpress.com).

Adèle Bréau

FAST PERFEKTE HELDINNEN

Roman

Aus dem Französischen
von Stefanie Schäfer

List Taschenbuch

Besuchen Sie uns im Internet:
www.list-taschenbuch.de

MIX
Papier aus verantwortungsvollen Quellen
FSC® C083411

Deutsche Erstausgabe im List Taschenbuch
List ist ein Verlag der Ullstein Buchverlage GmbH, Berlin.
1. Auflage Januar 2017

Titel der französischen Originalausgabe: *La Cour des grandes*
Umschlaggestaltung: ZERO Media GmbH, München
Titelabbildung: © FinePic®, München
Satz: Pinkuin Satz und Datentechnik, Berlin
Gesetzt aus Garamond
Druck und Bindearbeiten: CPI books GmbH, Leck
Printed in Germany
ISBN 978-3-548-61325-3

Für Menita

»Ich rede nicht von euch, das Café liegt in Brooklyn, alles klar? Wie kommt ihr bloß darauf, meine Figuren hätten irgendetwas mit euch zu tun? Schließlich ist der Typ rothaarig!«

Mes Meilleurs Copains, Jean-Marie Poiré, 1989

DIE BESETZUNG

Mathilde (verheiratet mit Max): Managerin in einem Kosmetikkonzern, Mutter von zwei kleinen Jungen, perfektionistisch, hat immer zu wenig Zeit

Alice (Exfrau von Adrien): schüchtern, aber dickköpfig, sehr engagiert in ihrem Beruf als Köchin, alleinerziehend, hofft auf eine Versöhnung mit Adrien

Lucie (verheiratet mit Christophe): Mutter einer großen Familie und Besitzerin einer Kinderboutique, elegant und schön, aber krankhaft eifersüchtig

Éva (verheiratet mit Vincent): unzufrieden mit ihrer Arbeit als Journalistin, wünscht sich sehnlichst ein Kind

Max (verheiratet mit Mathilde): arbeits- und planlos, erdrückt von Eheproblemen, steckt in einer Identitätskrise

Adrien (Exmann von Alice): Zahnarzt, zurzeit mit der jungen Juliette liiert, gerät als Erster der Gruppe in eine Midlife-Crisis

Christophe (verheiratet mit Lucie): ehrgeiziger und wohlhabender Geschäftsmann sowie treuer und ergebener Ehemann

Vincent (verheiratet mit Éva): ständig auf Dienstreise, wünscht sich mit seiner Frau ein Kind, bester Freund von Adrien

Fred (Junggeselle): harte Schale – weicher Kern, erfolgreicher Sternekoch und Restaurantbesitzer, Chef von Alice und unsterblich in diese verliebt

Jacques (Junggeselle): Musiker und romantischer Träumer voller Ideen, will nun mit dreißig endlich erwachsen und sesshaft werden

DAS ENDE DER FERIEN

1

»Kennt ihr das Gleichnis von den Reiskörnern?« Mathilde war schon leicht angeheitert vom Rosé. Sie saßen wie immer unter dem großen Olivenbaum, wo sie sich morgens zum Frühstück versammelten und abends zum Kartenspielen, wenn die Kinder endlich im Bett lagen. Éva und Alice schwiegen interessiert.

»Nein. Worum geht es dabei?«

»Es heißt, wenn Paare im ersten Ehejahr jedes Mal nach dem Sex ein Reiskorn in ein Glas legen und in den folgenden Jahren jedes Mal danach eines herausnehmen, dann reicht ihr Leben nicht aus, um das Glas zu leeren.«

»Hast du das irgendwo gelesen?«

»Weiß ich nicht mehr, ist doch auch egal ... Glaubt ihr, dass es stimmt?«

Sie waren alle drei verheiratet, Éva seit zwei Jahren, Mathilde seit zehn. Und Alice zumindest noch pro forma, sie hatte sich im vergangenen Jahr von Adrien getrennt. Die Freunde hatten mit ihrer Empörung über Adriens letzte Affäre nicht hinter dem Berg gehalten. Insgeheim aber vermissten sie ihn in diesen Sommerwochen, die sie wie üblich gemeinsam in der Provence verbrachten. Lucie und Christophe, die diesmal ebenfalls nicht dabei sein konnten, vermissten sie auch – Lucie, die vierte im

Bunde der Freundinnen und im achten Monat schwanger, hatte es vorgezogen, in der Nähe der Entbindungsstation zu bleiben.

»Wollen wir eine Runde Tarock spielen? Endlich sind wir mal zu fünft, und außerdem ist heute der letzte Tag«, rief Max von der Küche her.

»Sei still, wir haben doch ausgemacht, dass wir das nicht mehr erwähnen!«, flehte Alice ihn gespielt verzweifelt an, als könnte dies über das Ende des Urlaubs hinwegtäuschen. Dabei wussten alle, wie sehr sie sich danach sehnte, in ihre geliebte Restaurantküche zurückzukehren. Alice war definitiv arbeitssüchtig, vier Wochen Nichtstun waren zu viel für sie.

»Okay, okay, reden wir nicht mehr darüber.« Max lächelte, sichtlich entspannt von den langen Stunden in der Sonne, dem Ballspiel mit seinen Söhnen am Nachmittag und den zahlreichen Aperitifs, die er sich in der Zwischenzeit großzügig genehmigt hatte. »Worüber habt ihr euch gerade unterhalten?«

»Über Reis«, antwortete Éva und küsste Vincent, der sich mit einem Glas zu ihnen gesellte und sich sowohl über ihre Antwort als auch über die unerwartete Zärtlichkeit wunderte.

»Und da rätseln wir so oft, was sich die Frauen alles zu erzählen haben! Wir glauben, dass ihr über uns redet, über wilden Sex phantasiert und so … Aber nein, es geht einfach nur ums Essen!«

Die drei Freundinnen warfen sich verschwörerische Blicke zu. Natürlich würden sie ihren Männern nichts von der Sache mit dem Reisgefäß erzählen, denn sie wollten diesen letzten herrlichen Abend in vollen Zügen genießen, bevor am nächsten Morgen der Alptraum losging. Sie mussten das Haus putzen, die Schränke leer räumen, Brote schmieren, Koffer packen, unter die Sofas kriechen, um Spielzeuge, Schnuller, Lollis und alte Wurstpellen aufzusammeln, die ihre Kinder dort hinterlassen hatten.

Mathilde und Max würden bei Sonnenaufgang ihre noch schlafenden Söhne Théo und Martin in die Familienkutsche bugsieren. Alice würde sich allein auf den Weg machen und Laura abholen, ihre Tochter, die früher abgereist war, um eine Woche mit Adrien zu verbringen. Vincent und Éva, ihre Gastgeber, würden einen letzten Rundgang durch das Haus machen, bevor auch sie sich auf die überfüllte Autobahn nach Paris begaben. Und am übernächsten Tag stand allen die Rückkehr ins Büro bevor.

Ihnen blieben nur noch wenige Stunden heiterer Gelassenheit, und die sollten durch nichts getrübt werden.

»Max, gibst du?«

Die Zikaden zirpten, und der sanfte Wind strich über ihre gebräunten Gesichter – ein Ambiente, das die niederschmetternde Vorstellung des Großstadtalltags in weite Ferne rückte.

»Herzkönig!«

»Ich bin mir nicht sicher, ob der hier am Tisch sitzt«, rief Mathilde spöttisch.

»Wie reizend von dir!«, entgegnete Max und zielte mit einer Olive auf ihr Dekolleté.

»Daneben. Versager!«

»Sie beschimpft mich als Versager, ihr seid meine Zeugen!«

Alle lächelten und hofften, dass nicht in letzter Minute eine der wüsten Streitereien des Paars einen Schatten auf diese unbeschwerten Wochen warf.

»Ich jedenfalls glaube an die Geschichte mit den Reiskörnern«, zischte Mathilde Alice ins Ohr, die auf ihr Spiel konzentriert war – sie hatte den Herzkönig und knallte ihn triumphierend auf den Tisch.

»Die schon wieder!«, seufzte Éva. »Alice, warum hast du eigentlich immer die guten Karten?«

Doch Alice wandte sich zu Mathilde um und flüsterte: »Aber wenn ein Leben sowieso nicht reicht, brauchst du dir doch nicht den Kopf darüber zu zerbrechen.«

***

Es war schon spätabends, als Max und Mathilde die Kinder weckten und die großen Koffer, Taschen, Kühlboxen und Schwimmreifen ausluden. Die Kleinen blinzelten aus müden Augen, geblendet von den grellen Straßenlaternen in der Rue Saint-Lazare, und fingen an zu weinen, verstört von dieser abrupten nächtlichen Ankunft.

Während Mathilde sie ins Bett brachte, hörte sie Max im Flur stolpern und fluchen. Ihr Blick schweifte über die Kinderbilder, die mit Reißzwecken an der Wand befestigt waren, und die magnetische Weltkarte, die Théo unbedingt gleich neben seinem Kopfkissen hatte aufhängen wollen. Zwischen den beiden Betten stapelten sich Kuscheltiere, angelutschte Abenteuerbücher, Puzzles und Spielzeugautos. Mathilde öffnete das Fenster, damit den Jungs nicht zu warm wurde und sie keine Alpträume bekamen. Nächtliche Sommerluft wehte ins Zimmer, und vom Hof drangen Gesprächsfetzen herauf, das Klappern von Geschirr und die ferne Melodie eines Liedes, das sie und Max oft gehört hatten, bevor die Kinder geboren waren.

Martin schlief bereits in seinem Gitterbettchen, Théo hatte sich nach dem Zähneputzen mit seinem Lieblingsbären im Arm zusammengerollt, der seit dem Tag, an dem sie ihn für immer verloren geglaubt hatten, stets zu Hause bleiben musste. Gerührt streichelte Mathilde ihrem Älteren über das Haar und dachte seufzend an die vergangenen Urlaubswochen zurück. Ihr graute vor dem riesigen Berg Arbeit, der nun auf sie wartete: das viele Gepäck, die dreckige Wäsche, der Stapel Rechnungen … Die Wohnung kam ihr muffig vor, und sie fühlte sich eingesperrt. Kaum zu glauben, dass sie wenige Stunden zuvor noch in dem Swimmingpool gebadet hatte, der zu dem traumhaften provenzalischen Landhaus von Évas Eltern gehörte, wo sie, seit sie mit Éva befreundet war, jeden Sommer verbrachte.

Alice und Lucie kannten sich seit Kindergartenzeiten, da auch ihre Mütter befreundet waren. Das Schicksal – oder das Durchsetzungsvermögen von Lucies Mutter Françoise – hatte später bestimmt, dass sie nie wieder getrennt wurden, während ihrer ganzen Schulzeit nicht. Zu

Beginn der neunten Klasse lernten sie Mathilde kennen, sie war die perfekte Ergänzung ihres Duos, und drei waren schließlich nicht zu viele, um die unzähligen Mikro-Ereignisse zu besprechen, die gewissermaßen täglich über das Leben der damals Fünfzehnjährigen hereinbrachen. Jahrelang beschäftigten sie sich beinahe ausschließlich mit der Analyse des männlichen Geschlechts. Dann verliebte sich Alice eines Tages in den schönen Adrien, er war Bassist in einer Amateur-Rockband – wer hätte gedacht, dass er sein Geld einmal als Zahnarzt verdienen würde? –, und Alice konnte ihr Glück kaum fassen, dass sich dieser Wahnsinnstyp ausgerechnet für sie interessierte. Adriens bester Freund war Vincent und dessen Freundin wiederum eine gewisse Éva. Als angehende Journalistin versorgte Éva zunächst Alice und bald auch Mathilde und Lucie mit saftigen Storys aus ihrem Metier und erweiterte damit das Spektrum der Gesprächsthemen des Trios beträchtlich.

Seit jenen Tagen waren Alice, Lucie und Éva Mathildes beste Freundinnen. Zu viert hatten sie viele bewegte und überaus fröhliche Jahre verbracht, waren Seite an Seite erwachsen geworden und schließlich in die Ehe und ins Berufsleben geschlittert. Ihre Unterhaltungen wandelten sich – anstatt von verkorksten Liebesnächten mit heißen Skilehrern sprachen sie nun über Arbeit, Kindergärten, Tagesmütter, manchmal enttäuschenden und oft nervtötenden Ehegatten. Damit fiel der Vorhang vor dem so sorglosen Jahrzehnt der Zwanziger, das sehr plötzlich zu Ende gewesen war – diesen Eindruck jedenfalls hatte

Mathilde, als sie jetzt die Hand ihres älteren Sohnes hielt. Schon vier Jahre alt. Es kam ihr vor wie gestern, dass sie Théos kleine dicke Händchen festgehalten hatte, um ihm beim Laufenlernen zu helfen.

Sie holte tief Luft, als sie wieder in den Flur trat, wo sich der komplette Inhalt der Koffer türmte. Max war nirgends zu sehen, und seine genervten Seufzer waren in ein verdächtiges Schweigen übergegangen. Sie bahnte sich einen Weg durch die Berge aus Kleidungsstücken. Max lag auf dem Sofa und zappte mechanisch durch die Fernsehkanäle. In nur wenigen Minuten hatte er seine Pariser Gewohnheiten wieder angenommen, wie ein Alkoholiker, der nach Monaten der Abstinenz gedankenlos ein Glas Wein trinkt. Dennoch beschloss Mathilde, ihre Wut zu unterdrücken, denn es war schon spät, und er hatte die ganze Strecke hinterm Steuer gesessen. Und sie schwieg auch, weil sie sich während des Urlaubs auf einen Versöhnungskurs geeinigt hatten, darauf, dass sie einander »wiederfinden« wollten, wie es die einschlägigen Eheratgeber und Magazine für junge Eltern formulierten. Beherzt griff sie mit beiden Händen in einen der bunten, übelriechenden Stoffberge.

»Was machst du da?«

»Ich räume die Sachen weg.«

Max brummte. »Das ist doch blöd, geh schlafen. Sonst bist du morgen total kaputt.«

»Aber wenn ich mich jetzt ins Bett lege, schiebe ich es nur vor mir her. Morgen Abend, nach meinem ersten Arbeitstag, habe ich bestimmt noch weniger Lust dazu. Ich will diesen Krempel vom Hals haben.« Und leise fügte sie hinzu, weil sie es sich nicht verkneifen konnte: »Wer sonst sollte es erledigen?«

Max zog beinah unmerklich eine Augenbraue hoch, aber Mathilde bemerkte es trotzdem. Sie kannte ihren Mann seit zehn Jahren, und seine Unzufriedenheit wegen seiner bereits monatelangen Arbeitslosigkeit hatte seine Ticks und Macken leidlich verstärkt. Sie hasste es, wenn er so tat, als wüsste und könnte er alles besser.

Als Mathilde Max kennenlernte, war sie völlig verzaubert von diesem Mann – sie, die in der Schule und auch später immer Schwierigkeiten hatte, ihren Platz zwischen den Klassenbesten und den schönen, selbstsicheren Mädchen zu finden. Max war so cool, hatte viele Freunde in der Musikbranche, beim Film, in Kneipen und Restaurants. Er kannte Bands, bevor irgendjemand sonst von ihnen gehört hatte, kleidete sich nach den neuesten Trends, Monate, bevor sie populär wurden. Dennoch fand er an ihr, Mathilde, Gefallen, obwohl ihr Hintern ein wenig zu dick, ihr Haar langweilig glatt und ihre Art, sich zu kleiden, nicht besonders originell war. Damals fingen sie beide gerade an zu arbeiten, und im Gegensatz zu seinen Freunden hatte sich Max aus Vernunftsgründen für einen Bürojob entschieden. Er arbeitete im Vertrieb einer großen Werbefirma, setzte sein künstlerisches Talent für mittellustige Slogans ein, trug einen Anzug zu blankgeputzten Schuhen, aß in der Kantine, stempelte morgens und abends, erwarb preiswertere Kinokarten über den Betriebsrat und blickte an jedem einzelnen Arbeitstag des

Jahres durch sein Fenster auf das trostlose Gelände des Geschäftsviertels La Défense. Anfangs war ihm sein Angestelltendasein peinlich, vor allem, weil seine Kumpel es nicht lassen konnten, ihn aufzuziehen, wenn er sie abends in Krawatte und wohlfrisiert zum Aperitif traf, während sie ihre trendy Cocktails in Hemd und Jeans, mit Sneakers und Dreitagebart schlürften. Doch Max lernte dieses Leben im Großraumbüro immer mehr zu schätzen, und sein Charme und seine Kreativität, durch die er sich von seinen engagierten, aber häufig phantasielosen Kollegen unterschied, ließen ihn rasch die Karriereleiter emporklettern. Bis er irgendwann, an einem kalten Märztag, zum Chef gerufen und entlassen wurde. Tut mir leid, Max. Wirklich. Ich habe das nicht gewollt. Sie sind brillant, Sie werden leicht wieder Arbeit finden. Und daran hatten weder Mathilde noch Max selbst Zweifel. Inzwischen aber waren Monate ins Land gezogen. Ihre Bekannten versprachen damals, seine Bewerbung weiterzureichen: Ich kenne jede Menge Leute, die einen wie dich suchen. Ich habe einen Freund, der … Der Onkel des Schwagers meines Cousins … Die rufen dich an, ganz sicher … Anfangs brachte Max Martin in die Krippe und Théo in den Kindergarten. Er stand jeden Morgen früh auf, machte pünktlich um neun den Computer an, loggte sich in die beruflichen Netzwerke ein und verschickte Bewerbungen.

Doch die tollen Freunde riefen niemals an, ebenso wenig wie die Empfänger seiner elektronischen Bewerbungen sich die Mühe machten, eine Antwort auf seine originell formulierten Anfragen zu senden.

Und dann lernte Max Diego kennen.

Weiß zu weiß. Farbe zu Farbe. Grau zu schwarz – Mathilde beugte sich über große sortierte Haufen, die sie einen nach dem anderen in das geöffnete Maul ihrer tapferen Waschmaschine stopfen würde. Die noch feuchten Badesachen, die sie vorsichtshalber in eine Plastiktüte gepackt hatte, trockneten über dem Handtuchständer im Badezimmer und warteten traurig darauf, in die Winterschublade gesperrt zu werden, aus der sie erst in zehn Monaten – in einem Jahrhundert! – wieder zum Vorschein kämen. Sie dachte an die wiederentdeckte Gemeinsamkeit mit Max dank mehrerer Liter Rosé unter der Sonne des Südens, an die Spaziergänge durch die Garrigue, an den Markt am Mittwochmorgen mit seinen Düften nach Lavendel, Melonen und Oliven, an den Pastis, an Éva und Vincent und an Alice und Laura, mit denen sie all diese Herrlichkeiten seit so vielen Jahren teilte.

In den letzten Wochen vor den Ferien hatte Mathilde die ernsthafte Befürchtung, Max und sie müssten sich trennen. Ihr Alltag war die Hölle und ihre sexuelle Beziehung mausetot. Doch der Sommer war gnädig, duftete nach Freiheit, voller Hoffnung und Harmonie waren sie nach Paris zurückgekehrt.

Und kaum zu Hause, spürte sie, wie die Flut der Verpflichtungen und Aufgaben gefährlich heranspülte. Théo: Passfotos machen lassen, Martin: Krippe bezahlen, Termin Haarentfernung, Geburtstag Alice, Babysitter, Sandrine Scheck für die Arbeitsverwaltung, Friseur, Anmeldung Fitnessstudio, Mail Division Asien, Spülmittel, Windeln, Arztbesuch …

Als alles ausgepackt, sortiert und wieder aufgeräumt war, fiel Mathilde endlich ins Bett. Rasch legte sie auf ihrem Smartphone noch eine ihrer berüchtigten To-do-Listen an, die sie jeden Tag vergeblich abzuarbeiten versuchte. Gut, dass sie sich im Urlaub ausgeruht hatte … Na ja, was man so Ausruhen nennt, wenn man sich den lieben langen Tag um zwei Kinder unter vier Jahren kümmern muss. Voller Neid hatte sie Alice mit ihrer Tochter Laura beobachtet, die gerade fünfzehn geworden war. Mutter und Tochter standen gegen zehn Uhr auf, nachdem Mathilde bereits zweimal Frühstück zubereitet hatte. Um sieben hatte sie ein Fläschchen gekocht, um acht eine heiße Schokolade und ein paar Brote serviert, dann mit Bauklötzen gespielt, eine DVD geschaut und geduscht.

Dennoch, sie hatte diesen Familienurlaub genossen. Die Anspannung war mit jedem Tag und jedem Sonnenstrahl mehr von ihr gewichen. Sie hatte ihren Körper gebräunt und dadurch zugleich geglättet, diesen Körper, der ihr nun nicht mehr wie ein Feind vorkam und sie von Max trennte. Sie wünschte sich nichts sehnlicher, als noch ein letztes Mal diese Versöhnung zu genießen, noch einmal die Haut des Vaters ihrer Kinder zu spüren, noch einmal Sex zu haben, um sich an die Garrigue, die Zikaden und die Sorglosigkeit der vergangenen Wochen zu erinnern. Sie glättete ihr Negligé und drehte sich zu Max um, erregt von ihren Gedanken. Max lag auf dem Rücken, sein Bauch war flach und muskulös, er hatte ja die Zeit, täglich ins Fitnessstudio zu gehen. Breitbeinig, weil es so heiß war, lag er auf der Decke, und unter seinen weißen Boxershorts malte sich sein Geschlecht ab … Doch war es zu fassen – er schlief, sein iPad auf dem Gesicht!

Mathilde seufzte, löschte das Licht, drückte ihm einen Kuss auf die Wange und schmiegte sich an ihn. Als sie kurz davor war einzuschlafen, richtete sie sich noch einmal auf, stellte den Wecker auf 6 Uhr 30, öffnete auf dem Handy ihre To-do-Liste, fügte »schöne Dessous kaufen« hinzu und sank endlich für wenige Stunden in einen unruhigen Schlaf.

2 Im Badezimmerspiegel betrachtete Éva ihren elend flachen, fast schon ausgehöhlten Bauch und ihre festen, hohen Brüste, um die ihre Freundinnen sie beneideten – diejenigen, die nach mehreren Schwangerschaften ihrem jugendlichen Busen nur noch nachtrauern konnten. Was würde sie darum geben zu spüren, wie ihre Brüste anschwollen, mit jener Empfindlichkeit und dem besonderen Schmerz, der eine zukünftige Mutterschaft ankündigte.

Schon seit zwei Jahren versuchten sie und Vincent vergeblich, ein Baby zu bekommen. Dass die Zeugung eines Kindes ein Problem darstellen könnte, daran hatte sie nicht im Traum gedacht. Nach ihrer rauschenden Hochzeit im Landhaus der Familie in der Provence hatte sie die Pille abgesetzt und war davon ausgegangen, dass ihr gleich im darauffolgenden Monat eine wundervolle Schwangerschaft beschert würde. In Évas Leben war bisher immer alles glatt verlaufen.

Sie hatte ihr Abitur mit Auszeichnung bestanden, dann an der Sciences Po studiert, einer der renommierten Eliteuniversitäten von Paris, und war anschließend übergangslos an der Journalistenschule aufgenommen worden. Obwohl sie wenig Talent zum Autofahren besaß, hatte sie den Führerschein gleich mit achtzehn und auf Anhieb bestanden – dank eines Fahrlehrers, der kurz vor der Pension stand und beide Augen zudrückte. Éva war ein Glückskind, das wusste jeder. Alles, was sie berührte, verwandelte sich in Gold, und niemand wunderte sich darüber, wenn sie morgens auf dem Weg zum Bäcker einen Fünfzigeuroschein auf der Straße fand. Aus Bescheidenheit und Aberglauben bestritt sie manchmal, außerordentlich viel Glück zu haben, doch insgeheim glaubte auch sie an ihren guten Stern. So sehr, dass sie, als sie vier Wochen nach dem Hochzeitsfest ihre Tage bekam, vor Enttäuschung einen ganzen Abend lang schmollte, bis Vincent sie damit aufzog, sie sei ein verwöhntes kleines Mädchen. In den nächsten Monaten: immer noch nichts. Als Mathilde mit Martin schwanger wurde, rang sie sich mühsam ein »Herzlichen Glückwunsch« ab. Innerlich jedoch tobte sie vor Wut über diese Ungerechtigkeit. Mathilde hatte doch schon ein Kind! Wenn eine von ihnen es verdiente, schwanger zu werden, dann sie.

Aus dem Wunsch wurde mit der Zeit eine Obsession. Deprimiert brachte Éva ihre Zeit damit zu, sich in Diskussionsforen mit anderen Frauen in der gleichen Situation auszutauschen, und dachte schließlich an nichts anderes mehr. Was katastrophale Folgen auf der sexuellen Ebene ihrer Beziehung nach sich zog. Wenn sie einen Eisprung hatte, stürzte sie sich aggressiv auf Vincent und wartete dann ungeduldig und ohne die geringste Freude darauf, dass er endlich ejakulierte und sie von dem Martyrium erlöste, das ihr das Leben auferlegte. Erst dann entspannte sie sich ein wenig und wurde für einen Moment wieder die fröhliche Éva, die ihre Freunde liebten und die ihr Mann geheiratet hatte.

Jeden Monat dasselbe Spiel.

In der Redaktion vermied sie jegliche private Unterhaltung, um nicht immer wieder dieselben Fragen der Kolleginnen ertragen zu müssen, die sie inzwischen für ihre Indiskretion hasste. Na, wollt ihr nicht auch ein Baby haben? Wann wirst du denn endlich schwanger? Ach, du isst also kein Sushi? Gibt es da vielleicht etwas, das du uns erzählen möchtest? Nein, blöde Kuh, ich esse einfach lieber Spießchen. Und ich bin übrigens unfruchtbar!, hätte sie ihnen gern entgegengeschleudert, um ihnen ein für alle Mal das Maul zu stopfen.

Nach der endlos langen Wartezeit von einem Jahr fasste sie sich ein Herz und suchte einen Spezialisten für Reproduktionsmedizin auf, trotz ihrer Scham wegen dieses offenen Eingeständnisses der Nicht-Perfektion. Ein Jahr Wartezeit sei nicht ungewöhnlich, erklärte der Arzt, und es sei selten, dass Frauen gleich nach dem Absetzen der Pille schwanger würden. Aber das war ihr egal. Sie wollte jetzt schwanger werden, basta! Sie wollte einen runden Bauch haben, Bodys, Babyschlafsäcke und Schnuller kaufen, sich um Biogemüse kümmern und im Park langweilen und überhaupt, sich über das beschwerliche Leben mit einem Baby beklagen, so wie all die anderen Frauen in ihrem Alter, die sie auf Facebook mit Bildern von ihren Blagen quälten.

Kurzum, Éva war launisch und forderte eine Sofortlösung, ein Medikament, irgendetwas! Endlich erklärte der Arzt sich dazu bereit, den Prozess zu beschleunigen. Seitdem stopfte sie sich mit Hormonen voll, war unausstehlich, brach wegen nichts und wieder nichts in Tränen aus und plünderte jeden Monat die Vorräte an Ovulations- und Schwangerschaftstests in der Apotheke. Unterdessen verbrachte Vincent zunehmend Zeit in seiner Anwaltskanzlei und hatte zuletzt sogar die Unverschämtheit besessen, genau an den Schlüsseltagen der Empfängnis eine Dienstreise anzutreten, obwohl die Daten ostentativ an der Kühlschranktür hingen. Seitdem redete Éva nicht mehr mit ihm, und er hatte im Gegenzug seinen Aufenthalt in Deutschland verlängert, aus beruflichen Gründen, wie er behauptete. Traurigerweise waren ihr die Gründe gleichgültig, so fokussiert war sie auf ihr Ziel. Sie vergaß darüber, eifersüchtig zu sein oder sich über den mangelnden Enthusiasmus ihres Ehemannes zu wundern, der sie weder anrief noch von Eile getrieben war, nach Hause zu kommen, um die Unstimmigkeiten mit ihr aus dem Weg zu räumen.

Im Spiegel entdeckte sie, wie mager sie war, übersät von den Einstichstellen der Spritzen, die sie sich setzte. Und unglücklich sah sie aus. Die gräulichen Schatten unter ihren Augen verrieten Müdigkeit und Kummer, und auch die feinen Fältchen in ihrem Gesicht hatten sich vertieft.

Das Telefon klingelte. Die Redaktion.

»Hi, bist du immer noch krankgeschrieben?«

Sabine, ihre Kollegin beim Feuilleton, hatte sie durchschaut, da war Éva sich ganz sicher. Trotzdem log sie, denn sie folgte der strengen Regel ihres Vaters, der selbst Redakteur bei einer renommierten Tageszeitung war, dass man sich in ihrem Metier niemals jemandem anvertrauen durfte.

»Ja, es geht mir nach wie vor nicht besser«, schwindelte sie. »Und, wie läuft's? Kommt ihr klar ohne mich?«

»Geht ja wohl nicht anders. Deinen Job machen wir jetzt nebenbei noch mit … Kaum zu glauben, dass wir studiert haben, nur um jetzt diese Nonsens-AFP-Meldungen abzuschreiben. Aber Hauptsache, die Klickraten der Online-Ausgabe stimmen. Es ist sogar die Rede davon, die Printausgabe ganz abzuschaffen.« Sabine kam in Fahrt.

Als sie bei der großen Wochenzeitung angefangen hatte, war Éva zunächst für Buchrezensionen verantwortlich gewesen. Anschließend hatte sie für die Fernsehrubrik geschrieben, in der aber irgendwann alles Mögliche untergebracht wurde, vor allem die neuesten Schlagzeilen aus der Glamour- und Promi-Welt. Éva hatte gehofft, an dem stetig sinkenden Niveau etwas ändern zu können. Doch inzwischen berichtete sie hauptsächlich von den lächerlichen Starlets aus den Reality Shows und verkümmerte dabei mit jedem Tag ein wenig mehr. Morgens schwor sie sich, dass sie noch am Abend eine Bewerbung schreiben würde – aber sie tat es nie. Ihre Kinderlosigkeit hatte sie in eine Art Lähmungszustand versetzt, aus dem sie nicht mehr herausfand.

Schon wenn sie Cyril nur von weitem sah, ihren neuen

Boss – wie man heute einen Vorgesetzten nannte, um ihn jünger und internationaler wirken zu lassen –, seinen kahlen Schädel und seine mürrischen kleinen Augen, wurde ihr speiübel. Dazu sein ständiges Gerede über den Tod der Printmedien … Nein, sie würde keinen Tag früher als nötig in die Redaktion zurückkehren. Und dass sie diesen ganzen Mist bis Ende der Woche wegen eines grippalen Infekts nicht ertragen musste, dafür sorgte Michèle, ihre alte Schulfreundin, die inzwischen Geburtshelferin und offiziell ihre Hausärztin war.

»Ich muss jetzt Schluss machen, Sabine, ich bin echt erledigt.«

»Gute Besserung! Und bitte komm bald wieder, die Mädels aus der Modeabteilung sind ohne dich kaum auszuhalten!«

»Ich komme am Montag wieder. Versprochen. Halt die Ohren steif!«

Éva beendete das Gespräch und überlegte, dass heute Donnerstag war, ein wunderbarer Tag zum Ausgehen. Sie könnte ihrer Gesundheit mit ein paar leckeren Cocktails ein wenig auf die Sprünge helfen.

3

»Beeil dich, er ist schon seit Stunden da und hat eine Laune zum Davonlaufen! Er erwartet dich.«

Abgehetzt stürmte Alice durch das Restaurant in die Küche. Sie hatte Laura bei ihrer neuen Schule abgesetzt und war anschließend in den unvermeidlichen morgendlichen Stau geraten. Trotzdem wollte sie ihre Tochter unbedingt hinfahren, suchte ihre Nähe, denn die Ferienwoche mit Adrien hatte sie einander entfremdet. Am meisten setzte es Alice zu, wenn Laura von ihrer »Stiefmutter« erzählte, wie großzügig und verständnisvoll sie sei. Sie verfluchte ihren Ex und seine neue blutjunge Tussi.

Dabei hatten Adrien und sie sich wirklich geliebt, und niemand hätte jemals geglaubt, dass ausgerechnet sie sich einmal trennen würden. Sie hatten gemeinsam entschieden, nur ein Kind zu bekommen, und ihre Dreierbeziehung hatte nicht selten Neid erweckt. Sogar Alice selbst hatte sich manchmal bei dem Gedanken ertappt, dass eine solche Harmonie nicht ewig andauern konnte.

Obwohl sie sich also innerlich gegen einen Schicksalsschlag zu wappnen versuchte, fühlte sie sich wie vor den Kopf gestoßen, als sie eines Morgens beim Aufräumen diese verflixte Hotelquittung fand. Es war so niederschmetternd banal, aber deswegen nicht weniger wahr und schmerzhaft. Adrien hatte sich bei einem seiner wöchentlichen Männerabende einen herrlichen Seitensprung gegönnt. Das Mädchen hatte sich in ihn verliebt und ihn mit einer Flut von Facebook-Nachrichten überschwemmt, wie Alice bei ihren fieberhaften Recherchen feststellen musste. Sie hieß Juliette, posierte mit einer Chapka auf ihrem Profilbild, machte tausend Rechtschreibfehler und klebte einfach an alles Smileys. Sie hatte 857 Freunde, 1032 Fotos, davon die meisten Selfies, spielte Candy Crush und postete seit mehreren Wochen Statusnachrichten, die mysteriös sein sollten, aber im Licht von Alices Entdeckung an Deutlichkeit nichts zu wünschen übrig ließen.

Nachdem sie ihre Verzweiflung ins Klo gebrüllt hatte, dessen Brille der Dreckskerl wieder mal nicht hochgeklappt hatte, las sie die privaten Nachrichten der beiden. Es war zum Kotzen: Da kam so ein junges Ding mit makelloser Haut daher, schwärmte ihm vor, er sei der schönste, stärkste und virilste aller Männer, und mit einem Mal zählten die vielen gemeinsamen Jahre mit Alice nicht mehr, all die geteilten Freuden und überwundenen Leiden. Gab es denn wirklich keine Chance für ein Paar, glücklich zusammenzubleiben?

Nach ihrer Entdeckung fasste Alice einen Entschluss. Sie bat Adrien per SMS, sich um Laura zu kümmern, da sie drei Tage Urlaub brauche. Sie fuhr nach Deauville, nahm sich ein Zimmer mit Meerblick im Hotel Normandie und bediente sich skrupellos vom gemeinsamen Konto. Zumindest das. Stundenlang starrte sie auf das Wasser und wanderte die leere Strandpromenade entlang, wo zu dieser Jahreszeit nur noch Rentner unterwegs waren. Was sollte sie ohne Adrien nur tun? Nach all den gemeinsamen Jahren?

Sie dachte lange und gründlich nach. Würde sie ihm verzeihen können? Doch jedes Mal, wenn sie diese Entscheidung in Betracht zog, kam ihr in den Sinn, was er alles zu dieser Juliette gesagt hatte. Sie musste die Augen fest zukneifen und wurde von tiefer und stechender Eifersucht und Verzweiflung durchbohrt. »Dein Körper ist der schönste, den ich je berührt habe«, »Ich möchte meinen großen Schwanz in dir spüren. Du magst ihn doch noch, oder?«, »Ja, du hast den schönsten Schwanz auf der ganzen Welt.« Ihr wurde speiübel. Später verspielte sie das restliche Guthaben des gemeinsamen Kontos im Kasino gegen gerissene Pokerveteranen. Schließlich kehrte sie nach Paris zurück.

Was folgte, war eine Szene wie aus einem B-Movie. Anfangs stritt Adrien alles ab, dann schrie er sie an, weil sie in seinen Sachen herumgeschnüffelt hatte – »Bist du vollkommen bescheuert, auf meinen Facebook-Account zu gehen, du warst schon immer krankhaft eifersüchtig, du solltest mal zum Arzt gehen!« Sie redeten die ganze Nacht, weinten, tranken, rauchten, bis ihnen fast die Lungen platzten, und liebten sich ein letztes Mal. Am nächsten Morgen bat sie ihn zu gehen. Und er ließ sie widerspruchslos allein in der Stille dieser Wohnung zurück, die sie gemeinsam ausgesucht, gemeinsam renoviert, gemeinsam eingerichtet und gemeinsam bewohnt hatten. Sie fanden noch einen Moment, um mit Laura zu sprechen. Danach herrschte Schweigen.

Der Job war ihre Rettung gewesen. Hier fand sie ihr inneres Gleichgewicht und ihren Stolz wieder. Die hohe Konzentration und die erforderliche Präzision ließen sie ihr Schicksal vergessen: sitzengelassen für eine Jüngere. Sie stürzte sich in fast unvernünftigem Maße in ihre Arbeit, so dass Fred sie bald zur zweiten Küchenchefin seines exquisiten, nach den Sternen greifenden Restaurants ernannte, das in Paris immer populärer wurde.

Alice eilte an den Herd und band sich rasch die Schürze um.

»Verdammte Scheiße, wo bleibst du denn?« Freds Gesicht war knallrot angelaufen vor Aufregung, aber sie wusste, dass er sich in der Regel schnell wieder einfing.

»Sorry, hab im Stau gesteckt. Es war einfach ätzend, in Lauras neuer Schule hatten sie die Anmeldung verschlampt. Deswegen musste ich plötzlich zum zweiten Mal tausend Formulare ausfüllen und die Leute anflehen, sie dazubehalten. Übrigens habe ich der Sekretärin einen Tisch für sie und ihren Freund an einem Datum ihrer Wahl versprochen.«

»Na schön, darüber reden wir später«, brummte Fred, und Alice begrüßte ihre Mannschaft, die bereits eifrig an den blitzblanken Herden köchelte, krempelte die Ärmel hoch, schaltete ihr Handy auf stumm und begann mit ihrer Runde. Kleiner, die Würfel. Gib die Tomaten in Eiswasser, wenn du sie blanchiert hast, dann lassen sie sich leichter kleinschneiden … Sie erteilte ihre Anweisungen eher wie Ratschläge, ohne je die Stimme zu erheben, dennoch konsequent, was sie zu einer allseits beliebten Chefin machte.

In seinem verglasten Büro sortierte Fred derweil einige Papiere, als das Telefon klingelte. Nach ein paar Minuten kam er heraus und brüllte mit lauter Stimme: »Alice, für dich! Das Fernsehen … Was soll dieser Blödsinn jetzt wieder?«

4

Mit tiefen Ringen unter den Augen und den Kenzo-Morgenmantel halb geöffnet über ihren vom Milcheinschuss grotesk angeschwollenen Brüsten, beugte sich Lucie über Lou, ihr jüngstes, vor einer Woche geborenes Kind. Obwohl sie bereits zwei Töchter hatte, sie waren vier und sechs Jahre alt, schien sie alles über die Rituale der Babyzeit vergessen zu haben und fühlte sich unsicher, was die Handhabung dieses kleinen roten Püppchens anging, das erst vor kurzem aus ihrem malträtierten Körper geschlüpft war und sich in der neuen Umgebung bei zwanzig Grad offenbar nicht besonders wohlfühlte. Lucie hatte das Baby gerade gebadet und vorher trocken eingeseift, wie die Hebamme im amerikanischen Krankenhaus es ihr gezeigt hatte – merkwürdige Idee, dachte sie, hatte aber nicht gewagt, den autoritären Matronen zu widersprechen, obwohl sie sonst nicht dafür bekannt war, ihre Zunge hüten zu können. Nach dem Einseifen hatte sie das Kind ängstlich in die Faltwanne im Kinderzimmer getaucht, dabei das weiche Köpfchen unterstützt und sich zu einem Lächeln gezwungen, als die Kleine mit unglücklich verzogenen Gesichtszügen und hochrotem Köpfchen einen Weinkrampf ankündigte. Schnell hüllte sie das Baby in ein wunderhübsches Kapuzenhandtuch mit Bärenöhrchen, das ihr weiß Gott wer geschenkt hatte. Immerhin gelang es ihr, das Kind nicht zu ertränken. Kaum war Winnie, die Haushälterin und gute Fee der Familie, einmal abwesend, lief alles aus dem Ruder. Winnie hatte schon die Erziehung der beiden älteren Töchter mehr oder weniger allein übernommen und sich dabei zugleich um den mondänen Haushalt der Zweihundertfünfzig-Quadratmeter-Wohnung gekümmert, dafür gesorgt, dass immer ein warmes Mahl auf den Tisch kam. Es war Lucie vollkommen schleierhaft, wie Winnie das alles schaffte. Schon wieder pinkelte die Kleine ausgiebig auf das frische und gebügelte Handtuch, seufzend wickelte Lucie sie. Erschöpft legte sie das schläfrige Neugeborene schließlich in den Tragekorb und griff nach ihrem Handy. Es war höchste Zeit, Marion anzurufen, um in Erfahrung zu bringen, wie es im Geschäft lief.

»*Charlotte et Marguerite*, was kann ich für Sie tun?«

»Hallo, Marion, ich bin's, Lucie!«

»Hallo, Lucie. Wie geht es dir? Bist du schon wieder zu Hause? Und der Kleinen, geht es ihr gut?«

»Ja, ja, alles in bester Ordnung! Na ja, bis auf … Winnie hat mich heute im Stich gelassen! Ihre Schwester ist krank, oder ihre Tante, das habe ich nicht so ganz verstanden. Jedenfalls ist sie heute nicht da, und die Wohnung sieht aus, als hätte eine Bombe eingeschlagen, ein einziges Chaos! Davon abgesehen hat die Kleine die ganze Nacht gebrüllt wie am Spieß … Ich frage mich immer, wie andere Leute das hinkriegen.

Und du, bei dir alles in Ordnung? Ist im Laden viel zu tun?«

»Ich habe eben erst geöffnet. Aber die Leute kommen ja auch alle gerade erst aus dem Urlaub zurück, da rennen sie uns bestimmt nicht gleich die Tür ein.«

»Schön. Heute kann ich nicht, aber morgen komme ich mal vorbei. Sind die neuen Schnullerbänder schon eingetroffen?«

»Ja, das Paket ist vor ein paar Minuten geliefert worden.«

»Perfekt. Leg ein Dutzend davon in einen Weidenkorb, neben die kleinen Windelhöschen-Taschen von Olympia. Was nehmen wir jetzt dafür?«

»Fünfzehn Euro.«

»Weißt du was, stell sie doch an die Kasse neben die Stirnbänder von Liberty und biete sie für neunzehn an, die werden weggehen wie warme Semmeln.«

»Mach ich, Lucie! Ist praktisch schon erledigt.«

»Danke, Marion. Wie geht es denn eigentlich deiner Schwester?«

»Sehr gut! Der Kleine ist einfach nur süß, er schläft schon durch, kaum zu glauben, oder? Dabei sind sie gerade erst aus dem Krankenhaus gekommen!«

»Das ist ja toll … Also, ich mach jetzt mal Schluss, ich habe noch eine Menge zu erledigen und bin zum Essen verabredet. Wenn es irgendein Problem gibt, ruf mich bitte an, ja?«

»Mach ich. Danke, Lucie, bis morgen dann. Und gönn dir ein bisschen Ruhe.«

Bevor Marion auflegte, hörte Lucie noch das melodische Klingeln der Ladentür. Eine Kundin, dachte sie erleichtert und entspannte sich ein wenig.

Charlotte et Marguerite gehörte zu jenen kleinen Boutiquen, die im IX. Arrondissement wie Pilze aus dem Boden schossen, besonders in der »South Pigalle«, wie die jungen Alternativen die Gegend nannten, die nach und nach der Gentrifizierung zum Opfer gefallen war. In den Läden wurden Babysachen aus Filz oder recycelter Baumwolle angeboten, natürlich teuer wie Gold, und dazu haufenweise Kleinkram und Spielsachen für wohlhabende Familien, die lieber 100 Euro für ein Laufrad aus Holz ausgaben als 25 Euro für ein herkömmliches Rad, das vielleicht etwas uneleganter wirkte. In Lucies Laden fand man Rucksäcke für Vierjährige zu 49 Euro, pastellfarbene Brummkreisel mit Sternenmotiv zu 185 Euro das Stück, bemalte Holzmöbel zu 1000 Euro und natürlich Vintage-Spielzeug, für das diese Eltern in Chinohosen und Stiefeln von Isabel Marant irrsinnige Summen hinzublättern bereit waren.

Morgens versammelten sich im Viertel immer einige Mütter, die irgendwie berufstätig waren, wobei Lucie unklar blieb, womit sie ihr Geld verdienten. Meistens trafen sie sich, nachdem sie ihre Kinder in die Kita gebracht hatten, erst mal auf ein Tässchen in einem der umliegenden Cafés, um sich über den Karateunterricht des Großen, den Sportlehrer des Kleinen, die Koliken des Babys oder ihren letzten Urlaub auf Formentera zu unterhalten. Danach stöberten sie gern ein wenig in der

Boutique von Lucie, die ein besonderes Talent besaß, interessiert zuzuhören, und jede Form von gepflegtem Tratsch liebte. Ein Besuch bei Lucie, und man war wieder auf dem Laufenden, wusste, wer mit wem schlief, wer gerade ein Baby bekommen hatte oder erwartete, wer neu hinzugezogen war. Lucie führte ihre Boutique mit Hingabe – und mit glücklicher Hand. Und dass sie das tun konnte, verdankte sie Christophe, seinem Einfühlungsvermögen und seinen finanziellen Mitteln. Er hatte ihr damals, ein Jahr nach der Geburt von Marguerite, als ihr Babyblues nicht aufhören wollte und sie in eine ernsthafte Anorexie hineinzurutschen drohte, vorgeschlagen, ein Geschäft zu eröffnen. Nach und nach war es ihr dank dieses Projekts gelungen, ihr Tief zu überwinden und ihr verlorenes Selbstbewusstsein wiederzugewinnen. Drei Jahre nach der Eröffnung, als sie voller Stolz feststellte, dass der Laden umsatzmäßig weit über den Erwartungen lag, fühlte sie sich für eine erneute Schwangerschaft bereit, von der sie sich insgeheim den Sohn erhoffte, den sie ihrem Ehemann so gern geschenkt hätte.

Während sie die Ankunft des Babysitters der Agentur Mary Poppins erwartete, rief sie Mathilde an, mit der sie zum Essen verabredet war.

»Ja?«, wisperte Mathilde.

»Warum flüsterst du?«

»Ich bin im Büro«, erwiderte die Freundin in einem Ton, der bedeutete, dass dies nicht der Moment für ein Plauderstündchen war.

»Schön, dann antworte mir einfach nur mit Ja oder Nein.«

»Ja.«

»Hast du Zeit, heute Mittag mit mir essen zu gehen?«

»Oooooh ja, unbedingt!«

»Ist es schon wieder so weit? Du hattest doch gerade erst Urlaub … Also, schaffst du es bis zu Alice, oder sollen wir uns in diesem finsteren Laden bei euch im Keller drei Wochen Depressionen einfangen?«

»Hmmm … Ich habe später sowieso einen Termin in der Innenstadt … nachmittags … Ja!«

»Sehr gut, dann rufe ich Alice an! Dreizehn Uhr?«

»Ja. Bis später!«

»Bis später.«

Lucie beendete das Gespräch und schickte eine SMS an Alice. Es war sinnlos, sie anzurufen, da sie niemals ans Handy ging. Anschließend rief sie in dem Restaurant an, um offiziell einen Tisch zu reservieren. Normalerweise klappte es nie so kurzfristig, doch die Angestellte wusste, dass sie der besten Freundin von Alice nichts abschlagen konnte, zumal Lucie eine treue und äußerst großzügige Kundin war.

»Ist notiert, Madame. Dreizehn Uhr, ein Tisch für zwei.«

»Geben Sie uns bitte den kleinen Tisch in der Mitte, Sophie?«

Ein Seufzen. »Ich werde es versuchen … Aber wir haben bereits eine Gesellschaft von TF1 da, ich kann Ihnen nichts versprechen.«

»Tun Sie Ihr Bestes«, schloss Lucie energisch, womit sie zu verstehen gab, dass es im Grunde keine Alternative gab.

»Bis nachher, Madame Chevreux. Übrigens hat Ihr Gatte ebenfalls für dreizehn Uhr einen Tisch reserviert, soll ich Sie bei ihm platzieren?«

»Nein, nicht nötig … Vielen Dank, Sophie. Bis nachher.«

Sie hoffte, dass es ihr gelungen war, ihre Überraschung zu verbergen. Die Erkenntnis, dass sie im Grunde keine Ahnung hatte, wie ihr Ehemann seine Zeit verbrachte, verunsicherte sie mit einem Mal. Mit wem er wohl essen ging? Mit einem Kunden? Einer Frau?

Sie spürte, wie der Dämon der Eifersucht nach langer Ruhe wieder in ihr erwachte. Jahrelang hatte er ihr das Leben zur Hölle gemacht und damit auch Christophe, der sich absolut nichts vorzuwerfen hatte. Sie dachte, sie sei geheilt, doch der finstere Wahn hatte sich durch die Hintertür offenbar wieder hereingeschlichen. Dennoch beschloss sie, Christophe nicht anzurufen. Im Zweifelsfall konnte sie ihn in flagranti im Restaurant erwischen – was vollkommen irrational war, denn wenn er sich mit irgendeiner Geliebten ein nettes Mittagessen gönnen wollte, wäre er gewiss nicht so idiotisch gewesen, ausgerechnet das Restaurant der besten Freundin seiner Gattin auszuwählen, das obendrein im Augenblick so angesagt war wie kein zweites.

Wie dem auch sei, sie musste bei dieser ersten Verabredung nach ihrer Niederkunft unwiderstehlich aussehen, was gar nicht so einfach sein würde angesichts ihres derzeitigen Zustands, der ziemlich weit entfernt von ihren üblichen Ansprüchen war. Zeige dich deinem Mann niemals ungeschminkt, hatte ihre Mutter ihr eingeschärft. Trage passende Unterwäsche, auch wenn du nur zum Bäcker gehst, man weiß nie, was passieren kann, halte die Bikinizone immer perfekt epiliert und so weiter. Madame Chevreux senior gehörte zu jenen Frauen, die stets wie aus dem Ei gepellt aussahen und diesen Maßstab auch anderen auferlegten. Als junge Mädchen hatten Lucies Freundinnen gezittert, wenn Françoise Chevreux die weitläufige Wohnung des Haussmann'schen Gebäudes betrat und sie mit inquisitorischem Blick über ihre Halbbrille hinweg musterte. Während sie löchrige Jeans, derbe Schnürstiefel, Modeschmuck und ausgefranste, geflochtene Strohtaschen trugen, wirkte Lucie immer wie ein Modell aus einem Hochglanzmagazin. Und noch heute zog Lucie niemals ihre Stilettos aus, wenn sie von der Arbeit kam, ebenso wie sie ihre enganliegenden und eher unbequemen Hosen niemals gegen gemütliche Leggings eintauschte.

An diesem Morgen jedoch musste sie vor dem Spiegel einer Katastrophe ins Gesicht blicken. Wenn ihre Mutter sie so sehen könnte! Obwohl Lucie bereits ihre dritte Schwangerschaft hinter sich hatte, schaffte sie es nicht, nicht mal wenige Tage nach der Geburt, Gelassenheit walten zu lassen. Man konnte alles Mögliche unternehmen: Selbst wenn man nur fünf Kilo zugenommen hatte, sah der Bauch hinterher aus wie ein verschrumpelter

Luftballon. Sie nahm ihn in die Hände und knetete ihn wütend wie einen Kuchenteig. Würde sie jemals ihre Jungmädchenfigur zurückgewinnen? Es wurde Zeit für einen ganzheitlichen Schlachtplan. Sie nahm sich vor, ihren Personal Trainer und ihre Friseurin anzurufen, warf den Still-BH in die Wäsche und schlüpfte missmutig aus der Unterhose mit der riesigen Einlage, die sie mindestens eine Woche lang tragen sollte. Das war auch so ein Aspekt der Mutterschaft, über den man vorher nicht aufgeklärt wurde.

Zwei Stunden später, nachdem sie sich geduscht und gecremt in ein Mieder gezwungen hatte – ein Geschenk ihrer Mutter zur Geburt, das den Bauch grausam zusammenquetschte –, hatte sie endlich in ihr Carven-Kleid gepasst. Dazu hatte sie die goldenen Sandaletten ausgesucht, die sie gut zehn Zentimeter größer machten. So zurechtgemacht, empfing Lucie den völlig eingeschüchterten Notbabysitter von Mary Poppins.

»Rufen Sie mich an, Marie, wenn es ein Problem gibt. Ich bin nicht weit weg. Hier ist meine Handynummer, geben Sie mir doch bitte auch Ihre.«

Eilig holte Marie ein mit Glitzersteinchen und albernen Anhängern verziertes Smartphone aus ihrer Handtasche hervor. In dem Blick des jungen Mädchens erkannte Lucie die unsichtbare Barriere, die ab einem bestimmten Zeitpunkt die weiblichen Generationen voneinander trennte: Sie war kein junges Mädchen mehr. Nein. Sie war eine Mutter, eine »Madame, um welche Uhrzeit kann ich Sie und Ihren Mann zurückerwarten?«. Eine Frau, die man siezte und die merkwürdigerweise trotz ihres Alters ausging. Kurzum, eine alte Schachtel mit Goldsandaletten.

»Ja? 06, und dann?«, drängte Lucie die junge Frau.

»Nein, Madame, meine Nummer ist 07 23 65 …«

07. Mein Gott!, schoss es Lucie durch den Kopf. Jetzt fangen die Handynummern schon mit 07 an. Sie hinkte ihrer Zeit um hundert Jahre hinterher. Nachdem sie die Nummer unter dem Kontakt »Notbabysitter« abgespeichert hatte, beugte sie sich noch einmal über ihre Jüngste. Lou schlief friedlich, die Fäustchen geballt und mit einem Engelslächeln im Gesicht. Ihr sonst so von Konventionen eingeengtes Herz schmolz dahin.

Rasch warf sie einen Blick auf die Uhr, nahm ihre Schlüssel und rannte zu ihrem Auto.

Hurra, zurück ins Leben!

Wie gut es tat, die Freiheit wiederzuhaben, nachdem man neun Monate lang nicht allein in seinem Körper gewesen war.

5

Den Laptop unter dem Arm, das iPhone in der Hosentasche und ihr Namensschild an die Bluse geheftet, betrat Mathilde die Arena. Sie hatte ein flaues Gefühl im Magen, wie jedes Mal, wenn ein Meeting mit den *Big Five* stattfand, wie sie unter Kollegen den Kosmetikkonzern nannten, für die sie arbeiteten. Glücklicherweise musste sie heute keine Präsentation halten. Sie würde nur Zuschauerin sein, und damit man sie nicht für passiv hielt, zwei oder drei wohlformulierte Fragen stellen und sich zum Schein einige Notizen machen. Sie kam gerade erst aus dem Urlaub zurück und sehnte sich bereits wieder nach nichts anderem als nach den lauen Sommerabenden unter dem Olivenbaum, nach den Erdnüssen zum Aperitif und dem Campari. Stattdessen schlug ihr die feindliche Eiseskälte dieses Konferenzsaales entgegen.

Romain, einer ihrer vielen mürrischen Kollegen, bereitete sich auf seine Präsentation vor. Er sah aus, als hätte er sie erst im Morgengrauen fertiggestellt und nicht geschlafen. Dementsprechend war seine Laune allerliebst – wie eigentlich immer.

»Verdammte Scheiße, was ist das für ein Kabelsalat? Ich habe keine Verbindung!«

»Du hast kein WLAN?«

»Ich sagte doch gerade, ich habe keine Verbindung.«

»Versuch's doch mal mit dem Netzwerkkabel …«

»Ach so. Danke.«

Gern geschehen, du Vollidiot.

Konzentriert überprüfte Romain, ob sein Computer mit dem großen Bildschirm vorn verbunden war. Der Saal verfügte über einen in die Wand eingelassenen Plasmabildschirm, groß wie eine Kinoleinwand. Mathilde träumte davon, sich eines Tages ein paar Folgen von *Homeland* darauf anzusehen.

Im Moment waren alle schweigend über ihre Smartphones gebeugt und damit beschäftigt, mehr oder weniger professionelle Mails zu versenden. Hauptsache, nicht miteinander sprechen und keine entspannte Atmosphäre entstehen lassen. Einige hatten demonstrativ ihre Laptops aufgeklappt, vorgeblich, um sich bei dem Meeting Notizen zu machen, aber auch, um zu chatten oder Fußballresultate nachzusehen, falls es langweilig wurde. Sie sollte es einfach genauso machen, zumindest könnte sie die Einkaufsliste fertigstellen, auch wenn ihr noch nicht ganz klar war, wann sie die Zeit finden würde, einkaufen zu gehen. Was war sie nur für eine Mutter, schoss es ihr reflexartig durch den Kopf, die ihren Kindern Fertigkuchen mitgab anstatt etwas mit Liebe Selbsthergestelltes!

Auf dem Smartphone, das ihr die Firma großzügig zur Verfügung gestellt hatte, öffnete sie die Notizbuchseite und führte ihre Liste weiter: Windeln, Cordons bleus, Butter, Milch, Lachs, Waschmittel, Klopapier, WC-Ente, Tampons, Seifen, Glühbirnen, Kroketten, Kaffee … Ehe sie sich's versah, uferte die Liste aus. Sie stellte sich die Gänge im Supermarkt vor, wie sie sie normalerweise systematisch abklapperte. Gemüse, Frühstücksflocken, Käse und Wurst aus der Frischeabteilung, Plätzchen, Nudeln … Alles eine Frage der Organisation. Seitdem sie berufstätig und Mutter war, sortierte und kategorisierte Mathilde alles und jedes und zwang sich dazu, ihren Charakter grundlegend zu reformieren. Zehn Jahre lang hatte sie als Single im fröhlichen Chaos verbracht, heute erwischte sie sich sogar dabei, wie sie mitten im Meeting ihre virtuelle Agenda öffnete, um ihre sexuellen Begegnungen mit Max zu zählen und dadurch zu vermeiden, dass die Faulheit und der Alltagstrott nicht auch noch ihr Beziehungsleben aushöhlten.

»Guten Morgen, meine Herren!«

Der große Chef trat herein wie ein Monarch von Gottes Gnaden und ignorierte sie wie immer absichtlich, indem er das Publikum lediglich in der männlichen Form ansprach. Er hob spöttisch eine Augenbraue, verzog das Gesicht zu einem ätzenden Lächeln und fuhr fort: »Und natürlich, meine Dame, die gerade ihre Einkaufsliste anlegt.«

Mathilde wusste, dass es sinnlos war, sich auf eine Diskussion mit diesem Menschen einzulassen, der aus den Niederlanden geholt worden war, um das Image der Marke aufzupolieren. Sie würde sowieso den Kürzeren ziehen, wenn sie ihm mal kräftig die Meinung sagte. Sie würde ihre Stelle verlieren, um die sie so hart gekämpft hatte. Sie begnügte sich daher damit, tapfer zurückzulächeln, während Romain schadenfroh kicherte. Sie hatte große Lust, seine Internetverbindung mit einem kräftigen Tritt ihres Absatzes zu unterbrechen.

»Nun, warum sind wir heute hier zusammengekommen?«, fragte der Monarch süffisant.

»Ja, also … Ich werde Ihnen die Kampagnenentwürfe unserer Agentur vorstellen ebenso wie die Resultate unserer Konsumentenbefragungen«, erwiderte Romain unterwürfig.

Die Situation erinnerte Mathilde an die dunkelsten Stunden ihrer Schulzeit, in denen ein tyrannischer Lehrer seinen Schrecken verbreitet hatte. Wie ein Henker, erfüllt von seinem kleinen Quäntchen Macht, ließ er die Spitze seines Kugelschreibers über der Klassenliste schweben und machte sich einen Spaß daraus, seine Schüler zappeln zu lassen, bevor er sadistisch mit dem Kugelschreiber zustieß und das Opfer des Tages verkündete. Häufig hatte Mathilde das Schicksal ereilt, an die Tafel gerufen zu werden, wo sie voller Angst die Fangfrage des frustrierten und grausamen Lehrers erwartete.

Sie schüttelte unwillkürlich den Kopf, bis heute traumatisiert von diesen quälenden Unterrichtsstunden, von denen sie sich nach dem Abitur ein für alle Mal erlöst geglaubt hatte.

»Monsieur Romain, wir sind ganz Ohr.«

Zwei Stunden später war die Präsentation zu Ende. Romain hatte einiges einstecken müssen: »Finden Sie die Botschaft relevant genug?«, »Haben Sie genügend mit den Teams gebrainstormt? Das Projekt erscheint mir zum jetzigen Zeitpunkt verwirrend. Ich rate Ihnen dringend, noch mal Rücksprache mit mir zu halten, bevor Sie mit diesen Sheets vor den Steuerungsausschuss treten.«, »Ja, das ist meine Deadline, andernfalls übergebe ich dem Team aus dem Dritten die Leitung.« Der Big Boss schloss mit der Feststellung, dass die ganze Kampagne noch eine riesige Baustelle sei und noch eine Menge zu tun bliebe. Ohne ein Danke oder ein aufmunterndes Wort ließ er den niedergeschmetterten Romain wieder Platz nehmen.

Obwohl Mathilde ihrem Kollegen in herzlicher Abneigung verbunden war, konnte sie sich nicht über diese kalte Dusche freuen. Lag es daran, dass ihr nächste Woche womöglich das gleiche Schicksal dräute, oder lag es an ihrer von Natur aus gutmütigen Art, die sie dazu trieb, ihrem Kollegen ein wohlwollendes Lächeln zu schenken? Jedenfalls reagierte er nicht darauf und rollte lieber sorgfältig die Kabel seines Computers zusammen, bevor er sich wieder zu seinem Arbeitsplatz im Großraumbüro begab.

»Dann eben nicht, du Blödmann«, zischte sie.

12 Uhr 05. Die Bestellung bei Monoprix konnte sie jetzt vergessen, und wenn sie nicht zu spät zu Alice und anschließend zu ihrem Termin in der Innenstadt um 15 Uhr kommen wollte, musste sie sich beeilen. Schnell ging sie die Flut von Mails durch, die sich in ihrem Postfach angesammelt hatten, warf noch einen raschen Blick auf die Urlaubsfotos, die eine entfernte Bekannte auf Facebook gepostet hatte, und eilte zu den Aufzügen.

Draußen wehte ein kräftiger Wind, und die schwache Septembersonne spiegelte sich in den mächtigen Türmen des Geschäftsviertels wider. Der Anblick all der hektischen Berufstätigen, die sich mit einem Sandwich in der Hand, Akten unter dem Arm und einer irgendwie unpassenden Urlaubsbräune ihren Weg durch die Menge bahnten, deprimierte sie. Sie rannte beinah bis zur Einkaufsgalerie und stieg erleichtert in die Metro in Richtung des II. Arrondissements.

Sie nahm Platz. Ihr gegenüber saß ein Mann, der mit Zombieblick in ein Computerspiel vertieft war. Sie musste daran denken, dass Max seine Zeit ebenfalls gern mit sinnlosen Spielen am Rechner verbrachte, mit Vorliebe dann, wenn sie versuchte, ihn in die Organisation ihres Lebens als junge Eltern einzubinden.

»Die Lehrerin hat gesagt, dass Théo sich momentan nicht gut konzentrieren kann. Ich glaube, wir müssten ihn früher ins Bett bringen. Was meinst du?«

»Stimmt.«

»Und habe ich dir eigentlich erzählt, dass die Waschmaschine schon wieder im Eimer ist? Stéphanie ist echt ein Naturtalent! Sie behauptet allerdings felsenfest, sie sei es nicht gewesen. Vielleicht kannst du ihr mal was dazu sagen?«

»Wie?«

»Verdammt, hörst du mir denn überhaupt nicht zu? Was machst du da eigentlich?«

»Doch, ich höre dir zu: Stéphanie hat die Waschmaschine kaputtgemacht. Willst du sie deswegen feuern? Es wäre doch ärgerlich, wenn du jetzt wieder den Aufwand betreiben müsstest, eine neue Hilfe zu suchen, oder?«

»Wieso ich? Betrifft dich das etwa nicht?«

Schweigen.

»Hallo, Erde an Max! Hättest du die Güte, mal für eine Sekunde dein bescheuertes Spiel zu unterbrechen? Wieso bin eigentlich immer nur ich für die Schmutzwäsche, den Babysitter und die Elternsprechtage zuständig? Wenn ich morgen auf einmal verschwunden wäre, was würdest du dann machen?«

Kaum auszudenken, ihre beiden Jungs der Organisation, oder besser: der Desorganisation, ihres Ehemannes auszusetzen. Vermutlich würden sie im T-Shirt zur Schule gehen, wenn es draußen zehn Grad hätte – »Wieso nicht, schau mal, draußen scheint die Sonne!« Und wenn sie dann krank wären? Selbst nach fünf Jahren kannte ihr Vater nicht den Namen des Kinderarztes. Würden sie auf den schmuddeligen Bänken in der Kneipe *Le Baron* schlafen, weil ihr Erzeuger bisher keine einzige Babysitter-Nummer in seinem Handy gespeichert hatte? Mal ganz zu schweigen von den kleineren Herausforderungen wie sich an den Geburtstagen um einen Kuchen zu kümmern, zweifelhaft war auch, ob er die Kleidergröße seiner Söhne wusste. Und irgendwie hatte Max eine außergewöhnliche Fähigkeit entwickelt, vom nächtlichen Weinen der Kinder nicht aufzuwachen, selbst wenn sie mit ihrem Geschrei wahrscheinlich das ganze Haus weckten … War sie ungerecht? Immerhin war er ja da, er liebte seine Söhne über die Maßen, und wenn er sie über seinem Kopf herumwirbelte, war das ihre allergrößte Freude.

Palais Royal – Musée du Louvre. Eine Flut von Touristen strömte auf den Bahnsteig, um das »schönste Museum der Welt« zu besichtigen oder zumindest die Läden in der Umgebung. Mathilde stand auf, beim übernächsten Halt musste sie aussteigen, das reichte gerade, um sich bis zur Tür durch die Menge zu drängen.

Bin gleich da, schrieb sie an Lucie.

Sie hatte ihre Freundin seit Lous Geburt nur kurz gesprochen. Wie so oft staunte sie über die Energie dieser Frau, deren scheinbare Oberflächlichkeit einen häufig zur Verzweiflung treiben konnte, deren Courage und seltene Fähigkeit, sich in null Komma nichts von ihren Schwangerschaften zu erholen, man jedoch nur bewundern konnte. Sicher trug sie schon wieder Kleidergröße 34, während bei Mathilde jede ihrer Schwangerschaften deutliche Spuren in Form von mehreren Kilos hinterlassen hatte. Im Übrigen verbargen sich unter den Schichten von Lucies teurer Kleidung und ihrem perfekten Körper eine Großzügigkeit und eine freundschaftliche Treue, wie man sie selten fand. Wie oft hatte sie nicht Alice bei sich zu Hause empfangen, seitdem Adrien sie verlassen hatte. Sie hatte sie und Laura mit in den Urlaub genommen und sie zu Weihnachten zum Essen eingeladen. Lucie verteidigte ihre Freundinnen wie eine Wolfsmutter, wenn irgendjemand es wagte, sie anzugreifen. Unter ihrer äußerlichen Perfektion und dem Willen, alles zu kontrollieren, lagen eine liebenswerte Schalkhaftigkeit und große Loyalität.

Und wie Mathilde so über ihre Freundin sinnierte, nahm ein Entschluss immer klarere Konturen an: Gleich nach dem Mittagessen würde sie einen kleinen Abstecher in die Dessous-Abteilung von H&M machen.

6

Das Restaurant füllte sich allmählich. Die einen kamen zum Geschäftsessen, die anderen trafen sich mit Freundinnen oder Freunden. Seltener waren die heimlichen Liebespaare, denn hier traf man sich, um zu sehen und gesehen zu werden und um sein Netzwerk zu pflegen. Gutes Essen in einer angenehm lässigen Atmosphäre – ein Versprechen, das Fred eine stetig wachsende Zahl an Stammgästen sicherte.

Alice traf letzte Vorbereitungen in der Küche, kostete von einer Sauce und beglückwünschte den Lehrling dazu. Durch das kleine Fenster ihres Refugiums beobachtete sie, wie eine Truppe von Werbeleuten die ersten Tische besetzte. Sie trugen alle den gleichen hippen Bart und die gleiche hippe Frisur, hatten das gleiche neueste Smartphone und das gleiche Lächeln, das jedermann galt. Manchmal schnappte Alice Gesprächsfetzen auf, meistens prahlten sie mit ihren Frauengeschichten. Natürlich ging es um junge Frauen, Praktikantinnen, die sie angeblich anhimmelten und denen sie es ungeheuer besorgen wollten. Während die Mutter ihrer Kinder brav zu Hause auf sie wartete.

»Ich würde sie niemals verlassen, sie geht toll mit den Kindern um!«, argumentierten sie, als wäre die Rede von einer Angestellten, die zwar schlecht Englisch sprach und keine Ahnung von PowerPoint hatte, aber ihren Job ansonsten ganz gut machte.

Alice wäre oft zu gern dazwischengegangen und hätte sie angeschrien, dass ihre Frau vielleicht auch Appetit auf den kleinen Praktikanten im Büro nebenan hatte und sich vorstellte, wie sie es im Konferenzraum mit ihm trieb, während ihr fetter Mann sich mit seinen Kollegen beim Mittagessen amüsierte. Und dass Hochmut immer vor dem Fall kam und sie hoffentlich eines Tages ebenso allein dastehen würden wie sie, Alice, weil sie ihre Partnerin derart vernachlässigt hatten, dass sie sich lieber mit einer Facebook-Bekanntschaft einließ, als weiterhin ihre herablassenden Zärtlichkeiten über sich ergehen zu lassen.

Doch natürlich sagte sie nichts. Adrien fehlte ihr so sehr. Sie wusste, dass ihre Verbitterung, ihre Aggressivität und der Blick, mit dem sie neuerdings die Männer betrachtete, vor allem daher rührten.

»Alice, deine Freundin ist gerade gekommen!«, riss sie die Stimme einer Kollegin aus ihren Gedanken. »Hat sie nicht gerade erst ein Kind bekommen? Die ist ja schon wieder so dünn wie ein Streichholz. Kaum zu glauben!«

Lucie! Alice lief rasch in den Personalraum, um ein kleines Päckchen zu holen, begrüßte einige Stammgäste und drängte sich zu Lucie durch.

»Hallo, meine Liebe! Sag mal, bist du sicher, dass du ein Kind geboren hast, oder hast du dir die Nummer mit dem falschen Babybauch von Beyoncé abgeguckt?«

»Du machst dich lustig über mich, ich bin fett wie eine Wachtel!«

»Fett. Genau nach diesem Wort habe ich gesucht. Herzlichen Glückwunsch, ich freue mich sehr, dich zu sehen! Hier, für die Kleine.« Alice reichte ihr das Päckchen. »Hast du ein Foto dabei?«

»Keine Fotos, bevor sie nicht aussieht wie ein Mensch! … Nein, das war nur Spaß, ich zeige dir natürlich gern eines, aber im Moment gleicht sie wirklich eher einem Braten.«

Lucie zeigte daraufhin das Foto eines Säuglings, der aussah wie alle Säuglinge. Ein wenig verknittert, rot und mit geschlossenen Augen.

»Ach nein, ist die süß!«, rief Alice trotzdem und reichte das Smartphone ein bisschen zu hastig an seine Besitzerin zurück.

»Schon gut, sie ist ein Baby, sonst nichts. Aber sie hat Potential, du wirst sehen. In ein paar Wochen kann sich Harper Beckham warm anziehen. Und dann ist dieses Akkordeon, das sich auf meinem Bauch gebildet hat, hoffentlich auch wieder verschwunden.«

»Mein Gott, Lucie. Jetzt komm mal runter, die Geburt ist noch keine Woche her!«

»Ich weiß, aber wenn du sehen könntest, wie schlimm der Schaden diesmal ist! Davon werde ich mich niemals mehr erholen. Gestern Abend habe ich ein bisschen im Internet gesurft. Stell dir vor, viele Stars sehen schon beim Verlassen der Klinik wieder wie Teenager aus!«

»Aber du bist nun mal kein Star. Du kannst noch ein

paar Wochen warten, bevor du chirurgisch nachhelfen lässt.«

»Wie? Kein Star, sagst du?« Lucie lachte. Und das war das Schöne an ihr: Sie verstand es, herzlich über sich selbst zu lachen.

In diesem Augenblick kam Mathilde hereingefegt. Wie üblich schleppte sie eine Laptoptasche mit sich herum, die ungefähr so viel wie ein toter Esel zu wiegen schien.

»Salut, die Damen! Ich freue mich sehr, euch zu sehen. Ich bin echt schon wieder so was von bedient … Horror. Ich habe große Lust, einfach alles hinzuschmeißen und zu kündigen!«

»Das sagst du jedes Jahr nach dem Urlaub, und dann sieht man dich erst an Weihnachten wieder, so sehr hast du dich in deine Arbeit verbissen.«

»Nein, nein. Wirklich, ich hasse sie. Alle. Ich kaufe mir ein Flugticket nach Ibiza und eröffne dort eine Klamottenboutique für die Kinder von unterbeschäftigten Milliardären.«

»Gute Idee«, meinte Alice. »Ich muss euch jetzt leider allein lassen, sonst bringt Fred mich um. Trinken wir nachher zusammen einen Kaffee?«

»Auf jeden!«, riefen Lucie und Mathilde im Chor, wobei sie sich bewusst waren, wie lächerlich es war, dass sie in ihrem Alter wie Jugendliche sprachen – kein Mensch nahm ihnen das ab, seit Jahren sagte niemand mehr Mademoiselle zu ihnen.

Mathilde legte ihr Smartphone vor sich auf den Tisch und überlegte, dass sie früher tatsächlich ohne dieses

Ding ausgekommen waren. Sie hatten ihre Eltern in den Wahnsinn und die Telefonrechnung in schwindelerregende Höhen getrieben.

Als sie achtzehn waren, kamen die ersten Nokia-Handys auf den Markt – und dann das berühmte Motorola StarTAC, das erste Klapphandy der Welt, superleicht und mit allen möglichen Finessen. Lucie besaß natürlich eines, und die anderen schworen, sich ebenfalls eines zuzulegen, sobald sie das Geld dafür hätten. Sie konnten nicht ahnen, dass ein gewisser Steve Jobs vollkommen neue Voraussetzungen schaffen würde: Plötzlich trat das Smartphone in ihr Leben und wurde so unersetzbar wie ein Familienmitglied. Es veränderte die Beziehung zu ihrem Umfeld, vor allem natürlich zu den Männern. Nun gab es noch mehr und noch schnellere Kanäle der Kommunikation – ein Notruf per SMS (»Ahhhhhh! Er hat mir geantwortet! ER HAT MIR TATSÄCHLICH GEANTWORTET! Was soll ich jetzt schreiben?! Wir müssen uns unbedingt treffen und das bequatschen!«) und das nächtelange Starren auf leere Displays erschienen einem plötzlich wahnsinnig analog.

Facebook und Instagram waren aus Mathildes Perspektive die magische Lösung für berufstätige Eltern. Telefonieren konnte man sowieso vergessen, wenn die Kinder noch wach waren, und abends todmüde noch eine Zeitschrift im Bett durchblättern – da war ein Chat verlockender.

»Ich musste mir den Nachmittag frei nehmen, weil ich die Kinder abholen muss. Die Babysitterin, die heute auf die Kleinen aufpassen sollte, hat mir einfach abgesagt. Ziemlich kurzfristig und ziemlich dreist.«

»Winnie hat mich auch heute sitzenlassen, weil ihre Schwester krank ist.«

»Ach?« Mathilde blickte ihre Freundin erstaunt an. »Und was hast du mit Lou gemacht?«

»Ich habe mir einen Notbabysitter von Mary Poppins organisiert.«

Wieder einmal dachte Mathilde, wie meilenweit entfernt ihr Leben von dem ihrer Freundin war. Ihr blieb nichts anderes übrig, als gleich ihren ersten Arbeitstag nach dem Urlaub zu opfern, weil sich sonst niemand um ihre Kinder gekümmert hätte. Lucie hingegen konnte jederzeit auf eine Armada von Angestellten zurückgreifen, die ihr immer in letzter Minute aus der Klemme halfen. Mathilde hatte ihren Kollegen zwar die Nachricht hinterlassen, dass man sie auf jeden Fall den ganzen Tag zu Hause per Mail erreichen konnte, aber sie wusste, welche Konsequenzen dieses Verhalten in der Firma haben konnte. Dort herrschte die Vorstellung, dass Frauen, insbesondere Mütter, zu sehr von ihrem außerberuflichen Leben – sprich: den Kindern – in Anspruch genommen würden, um sich angemessen auf die Arbeit zu konzentrieren. Ganz zu schweigen davon, dass sie regelmäßig ausfielen, wenn irgendeines ihrer Blagen hustete oder zahnte. Zu oft kam bei ihnen etwas dazwischen, als dass man ihnen einen verantwortungsvollen Posten anvertrauen könnte. Schon seit Jahren kämpfte Mathilde gegen solche Klischees an und erwähnte ihre Kinder absichtlich nicht am Arbeitsplatz. So ersparte sie sich auch das langweilige Gerede über Spielplätze, Verdauung und Betreuung. Noch nie hatte sie ein familiäres Problem vorgeschützt, um der Arbeit fernzubleiben, und sie achtete stets darauf, dass niemand mitbekam, wenn sie mit Babysittern oder Kinderärzten telefonierte. Wie regelten das eigentlich ihre männlichen Kollegen? Machten sie sich auch manchmal Sorgen, was wohl die roten Pusteln mit dem weißen Ring auf dem Bauch ihres Kindes zu bedeuten hatten, oder waren dafür ihre Partnerinnen zuständig?

»Bitte entschuldige mich einen Moment. Ich muss eine Betreuungslösung für morgen finden.«

»Kein Problem, ich hab's nicht eilig.«

»Hallo, hier ist Mathilde Marsac. Wie stellen Sie sich das eigentlich vor? Sie können mir doch nicht in letzter Minute per SMS absagen! … Nein, das weiß ich nicht, und es ist mir auch egal … Nein, ich rege mich nicht auf. Mir ist klar, dass die Schule gerade wieder angefangen hat … Nein, ich habe absolut keine andere Lösung für die nächsten Tage. Auch keine Schwiegereltern … Nein, ich habe keinen Urlaub mehr … Wie bitte? Drei Wochen? Na, dann vergessen Sie es einfach, schönen Tag noch!« Mathilde knallte ihr Smartphone auf den Tisch und schnappte nach Luft.

»Komm, wir bestellen uns jetzt ein Glas Wein, oder was meinst du? Auf diesen Moment habe ich zweihundertsiebzig Tage gewartet, und ich glaube, dir würde ein Schluck jetzt auch guttun.«

Lucie bestellte einen Grand Cru, sie ließ sich nicht lumpen, wie immer. Und Mathilde wusste genau, wie die

Freundin reagieren würde, wenn sie sich an dem edlen Tropfen finanziell beteiligen wollte: Sie würde es rundweg ablehnen, Ende der Diskussion. Mathilde würde pro forma Einspruch erheben, irgendwann nachgeben und Lucie Gratis-Shampooflaschen versprechen. Vielleicht freute sie sich wirklich über die Produktproben, Mathilde hatte die Erfahrung gemacht, dass auch reiche Leute Werbegeschenke liebten – allein die Tatsache, für Dinge nichts zahlen zu müssen, die man nicht einmal begehrt hatte, schien die Menschen froh zu machen.

Ein charmanter junger Kellner servierte ihnen den Wein, und sie warteten, bis er die Flasche entkorkt hatte, bevor sie die Unterhaltung wiederaufnahmen, die ihnen unpassend für eine Person des anderen Geschlechts von unter sechzig Jahren erschien.

»Also, noch mal von vorn. Du stehst ohne Babysitter da, richtig?«

»Stimmt. Das Mädchen, das sich heute um die Jungs kümmern sollte, hat uns versetzt. Schau dir mal ihre SMS an: *Bonjour Madame. Kann ht ld nicht auf Ihre Kids aufpassen wg anderer Arbeit.* LG, *Olivia.*«

»Meine Güte, wie alt ist die?«

»Um die zwanzig. In den neunziger Jahren geboren …«

»Man sollte einfach keine Kinder einstellen, damit sie auf Kinder aufpassen …« Lucie dachte an die blutjunge Marie, in deren Obhut sie Lou übergeben hatte. Ein Hauch von schlechtem Gewissen wehte sie an. »Winnie erwähnte mal, dass ihre Nichte oder Cousine gern babysitten würde. Soll ich sie fragen, ob sie einspringen kann?«

»Das wäre ja wunderbar!«, rief Mathilde euphorisch. »Du würdest mir das Leben retten! Auweia … Wenn du mir früher prophezeit hättest, dass die Aussicht auf eine Babysitterin mich derart glücklich machen würde, hätte ich mich auf der Stelle mit meinem Telefonkabel erhängt.«

»Ich sage dir heute noch Bescheid, aber ich denke, das dürfte sich ohne Probleme arrangieren lassen.«

Kaum hatte sie ihren Satz beendet und Mathilde ihr erstes Glas auf ex geleert, überglücklich, ihr drückendes Problem gelöst zu haben, veränderte sich plötzlich Lucies Gesichtsausdruck. Sie kokettierte und strahlte, wahrscheinlich in Richtung eines Mannes, der gerade das Restaurant betreten hatte.

Mathilde drehte sich um. Es war Christophe, Lucies Mann. Ein sehr attraktiver Mann, obwohl er im Gegensatz zu seiner Frau während der Schwangerschaften ein wenig zugelegt hatte, was jedoch sein Maßanzug geschickt kaschierte.

»Hallo, mein Schatz, was machst du denn hier? Bist du nicht bei der Kleinen?«

»Das sollte ich dich wohl eher fragen. Du hast mir gar nicht gesagt, dass du heute Mittag vorhattest, essen zu gehen.«

»Lucie, Liebes, ich habe nicht vor, einen gemeinsamen Terminkalender mit dir zu führen, damit du kontrollieren kannst, wo und wie ich zu Mittag esse.«

»Warum eigentlich nicht? Das wäre doch gar keine schlechte Idee. Mathilde, ihr macht das, du und Max, oder?«

»Äh … Ja, ja.«

Mathilde mischte sich nicht gern in Beziehungsprobleme ein, schon gar nicht in die von Lucie, deren Eifersucht über die Landesgrenzen hinaus legendär war. Wie oft hatte sie im gemeinsamen Urlaub Streitereien miterleben müssen, die damit endeten, dass Lucie vom Tisch aufstand und wegrannte, weil Christophe angeblich mit einer griechischen Kellnerin geflirtet hatte. Anschließend schloss sie sich stundenlang in ihrem Hotelzimmer ein, bis sie sich wieder beruhigt hatte. Mathilde hatte geglaubt, Lucies Neurose hätte sich ein wenig gelegt, aber das war offenbar ein Irrtum. Wenn man Lucie begegnete, sah, wie sie die Blicke aller auf sich zog, käme es einem nicht im Traum in den Sinn, dass diese Frau seit ihrer Kindheit unter Minderwertigkeitskomplexen litt. Sie behauptete, früher sehr dick gewesen zu sein. »Einmal dick, immer dick«, wiederholte sie oft, um ihre Angst zu rechtfertigen, die magische Größe 34 zu überschreiten, die so teuer erkauft war. Wenn Lucie sich im Spiegel betrachtete, lauerte hinter ihrer schmalen Gestalt stets der düstere Schatten ihrer rundlichen Teenagerfigur.

»Hallo, Mathilde, wir haben uns ja Ewigkeiten nicht gesehen! Hattet ihr einen schönen Urlaub?«

»Herrlich! Aber kaum bin ich einen Tag hier, packt mich das heulende Elend, das ich jetzt allerdings mit deiner zauberhaften Gattin ersäufen werde … Man sollte gar nicht erst wegfahren, die Rückkehr ist einfach zu hart.«

»Da ist was dran«, stimmte Christophe heuchlerisch zu, obwohl er als notorischer Workaholic garantiert nicht verstand, wovon Mathilde sprach. »Wann sehen wir dich und Max wieder? Sollen wir nicht mal ein gemeinsames Wochenende auf dem Land ins Auge fassen? Mit den Kindern, um die Stimmung ein bisschen aufzubessern?«

»O ja, super Idee!«, rief Mathilde.

»Ist dein Mann immer noch ein so mieser Tennisspieler?«

»He, sag das nicht! Ich setze fünfzig Euro auf Max.«

»Abgemacht, der alte Suffkopp kriegt sowieso keinen Ball.«

»Das werden wir ja sehen.«

»So, und jetzt lasse ich euch zwei Hübschen mal eure Terminkalender aufeinander abstimmen.«

»Du kannst so ein Macho sein!«

»Willst du uns nicht deine Freundin vorstellen?«, unterbrach Lucie das launige Geplauder. Mit giftigen Blicken musterte sie die attraktive Begleitung ihres Mannes.

»Entschuldigung, wo bin ich nur mit meinen Gedanken … Astrid Baron, unsere neue kaufmännische Leiterin. Lucie, meine Frau.«

»Guten Tag, Lucie. Ich habe schon viel von Ihnen gehört.«

»Das kann ich umgekehrt leider nicht behaupten«, grollte Lucie, während Mathilde ihr unter dem Tisch einen diskreten Fußtritt versetzte.

»Haben Sie nicht gerade erst ein Kind bekommen?«

»Doch, aber das bedeutet schließlich nicht, dass man ewig zu Hause bleiben muss.«

»Liebling …«

»Ja, was ist? Jedenfalls haben Mathilde und ich uns noch viel zu erzählen. Sehen wir uns heute Abend? Oder hast du etwas Besseres vor?«

»Heute Abend gehe ich mit Charcot zum Fußball, das weißt du doch.«

Schweigen.

»Ich verspreche dir, es wird nicht spät.«

Schweigen.

»Wenn du willst, komme ich auch gleich nach der Arbeit zurück. Auf dem Heimweg könnte ich bei Lenôtre vorbeigehen, und wir machen uns ein schönes Abendessen zu zweit mit Lachs und Champagner, was hältst du davon?«

»Wie du möchtest.«

»Gut, dann machen wir das«, schloss Christophe mit übertriebener Begeisterung. »Hab noch einen schönen Tag, Liebling.«

»Bis später. Auf Wiedersehen, Mademoiselle Baron.«

»Bis bald, Luc … Madame.«

Als die beiden außer Hörweite waren, sagte Mathilde: »Bist du völlig verrückt geworden?« Sie versuchte, ihrer Freundin klarzumachen, dass sie sich soeben vollkommen lächerlich gemacht hatte und ihren Ehemann, den Geschäftsführer, gleich dazu.

»Wie bitte?«

»Lucie, du hast dich dieser Frau gegenüber unmöglich benommen, wie ein verzogenes Gör. Du glaubst doch nicht im Ernst, dass er dich mit ihr betrügt, oder?«

»Natürlich! Warum sollte er sonst mit ihr im besten Restaurant von Paris zu Mittag essen? Und wenn er sie nicht vögelt, dann ist er jedenfalls scharf darauf, und ich weiß nicht, was schlimmer ist!«

»O Mann, du bist wirklich schlimm. Sie ist neu in der Firma, und er ist nett zu ihr, damit sie sich wohl fühlt.«

»Die scheint sich aber schon ziemlich wohl zu fühlen, die falsche Schlange.«

»Hör sofort damit auf, oder ich gehe! Achtung, sie schaut zu uns rüber. Also lächle, und denke an etwas anderes, okay? Außerdem hast du den wunderbarsten und liebevollsten Ehemann von ganz Paris. Du regst dich völlig umsonst auf!«

»Na gut. Waffenstillstand beim Essen«, zischte Lucie und setzte ein gezwungenes Lächeln auf. »Und wie läuft's mit Max und dir?«

»Prima. Der Sommerurlaub hat uns gutgetan.«

»Heißt das, dass er wieder Lust auf dich hat?«

Mathilde errötete. Sie konnte sich nicht daran erinnern, ihrer Freundin die sexuellen Probleme anvertraut zu haben, die ihr Eheleben belasteten. Max hatte sich seit seiner Kündigung Tag für Tag weiter von ihr entfernt, und auch sie konnte nicht von sich behaupten, große Leidenschaft in den vergangenen Monaten gezeigt zu haben. Eigentlich war ihr Sex schon seit der Geburt der Kinder eher einfallslos geworden. Die Zeiten, in denen Max im Badezimmer über sie hergefallen war, wenn sie morgens aus der Dusche kam, schienen jedenfalls definitiv vorbei. Wie häufig musste man wohl miteinander schlafen, um nicht als Problempaar durchzugehen – ein-, zwei-, dreimal pro Woche? Angeblich seriöse Statistiken besagten, dass französische Paare sich alle zwei Tage liebten, was Mathilde schwer vorstellbar fand. Wer waren diese Menschen? Waren die denn nie müde oder hatten mal keine Lust? Wie konnten sie ihre Leidenschaft aufrechterhalten, nachdem sie die Kinder gefüttert, gebadet und zu Bett gebracht hatten, mit allem, was dazugehörte?

Gemüse kleinschneiden, kochen, für den Kleinen pürieren, für den Großen nicht, den Großen zum Essen zwingen, wenn er sich weigerte, weil er gerade keine Frikadellen mochte, seine Tränen trocknen, wieder von vorn anfangen, den verkleckerten Brei des Kleinen vom Boden aufputzen, ihn weiterfüttern, den Großen anmotzen, weil er seinen Pudding mit den Händen aß, den Kleinen wickeln, weil er beim Abendessen in die Windel geschissen hatte, danach dem Großen beim Waschen helfen, ruhig bleiben, wenn er mit der elektrischen Zahnbürste Rasieren spielte, sogar lachen, um nicht die Gereiztheit einer Mutter an ihm auszulassen, die arbeiten musste, um für ihn die verschmähten Frikadellen zu kaufen, ihn vergeblich zum Pinkeln auffordern, beide Kinder zu Bett bringen, dem Großen eine Geschichte vorlesen, beiden gute Nacht sagen, die Tür schließen, tief Luft holen und noch mal ins Zimmer gehen, weil der Große ein Küsschen will, ihn anfahren, weil er aufsteht und doch Pipi muss, noch mal reingehen und dem Kleinen eine Trinkflasche mit Wasser bringen, noch mal reingehen, weil das Häschen verschwunden ist, noch mal reingehen, um das Monster unter dem Bett zu verscheuchen, noch mal reingehen, um zu versichern, dass Papa ganz bestimmt gute Nacht sagen würde, wenn er heimkam, später, weil Papa so beschäftigt sei. (Mama natürlich nicht, die putzte viel lieber Gemüse, steckte dreckige Windeln in stinkende Tüten, wischte den ganzen Dreck auf und räumte die Spülmaschine aus.)

Endlich saß man auf dem Sofa im Wohnzimmer und zappte sich durch die Fernsehprogramme, weil man an nichts mehr denken und auch mit niemandem mehr reden wollte. Sich vorzustellen, wie zerzaust man aussah, war nicht schön. Und schon gar nicht erregend. Wenn man dann auch noch vor dem Fernseher auf die Rückkehr des Partners wartete, statt in irgendeiner Bar seinen dritten Cocktail zu bestellen, wurde es frustrierend. Schließlich die Wut zu unterdrücken, wenn der andere nach Hause kam und über den leeren Kühlschrank schimpfte, überschritt das menschliche Maß. Zu erwidern, dass man nicht in der Logistik arbeitete und im Übrigen ebenfalls den Tag über geschuftet hatte wie ein Esel, führte selten zu leidenschaftlichem Sex.

Wie zur Hölle machten das also all die anderen Paare? Jeden zweiten Tag!

Manchmal wäre Mathilde am liebsten in Tränen ausgebrochen. Das waren die Momente, in denen sie sich die Ibiza-Nummer mit der Boutique für Kinder vorstellte. Nein, besser nicht für Kinder, die versauten einem das Leben. Lieber ein Zentrum für Tantra-Yoga, Kinder waren scheiße. Kaum streiften sie solche Gedanken, fühlte sie sich ganz elend, wollte ihre Kinder sofort an sich drücken und beteuern, wie sehr sie sie liebte. Dass ihr Leben ohne sie nichts wert wäre. Keinen Pfifferling. Sie liebte sie alle drei so sehr, sogar Max mit seinen Fehlern, seiner Unordnung und seiner Unfähigkeit, sich den Stundenlohn des Babysitters zu merken, obwohl er die Spieler der ersten Liga sämtlich mit Vor- und Zunamen kannte. Sie gelobte, ihm eine liebevolle, erotische Frau zu sein, die die Initiative ergriff und ihm einen blies wie ein Pornostar. Abschließend würden sie nackt einschlafen, ungewaschen, weil sie immer noch jung und verrückt waren und weil man sich ein bisschen von diesem Übermut bewahren musste, um die berühmte Flamme am Brennen zu halten.

Sie räusperte sich. »Ja, es geht besser. Nicht gerade *Fifty Shades of Grey*, aber regelmäßig. Wie oft schlaft ihr pro Woche miteinander, du und Christophe?«

»Das Tatar vom Wolfsbarsch?«, unterbrach sie der smarte Kellner.

»Für mich, bitte.«

»Und die Seeigel? Für Sie, Madame?«

Lucie verzog das Gesicht. Sie ärgerte sich, wenn man sie als Madame bezeichnete. Ja, sie hatte zwei, nein, inzwischen drei Kinder und trug einen Ehering mit einem überdimensionalen Cartier-Diamanten, den sie niemals ablegte. Doch das war noch lange kein Grund, sie auf die gleiche Stufe mit einer vertrockneten und verschrumpelten »Dame« zu stellen.

»Kann ich noch etwas für Sie tun?«, erkundigte sich der Kellner beflissen, während er ihre Gläser nachfüllte.

Die Weinflasche war bereits zu drei Vierteln geleert.

Entsprechend entspannt fühlte sich Mathilde, trotz Stress am Morgen und dem Thema, das sie angeschnitten hatten.

»Wusstest du, dass weibliche Frettchen sterben, wenn sie ein Jahr lang keinen Sex hatten?«, fragte sie kichernd.

7

Sie waren zu zweit, die beiden komischen kleinen Männchen, die über das Recyclingpapier der Aufbauanleitung marschierten, mithilfe derer sie die gerade gelieferte Ikea-Kommode aufbauen sollte. Zwei waren eingekreist, einer war durchgestrichen. Die Ansage war deutlich.

»Alles klar, kleiner Mann, aber wie du siehst, bin ich nun mal allein. Also werde ich jetzt dieses blöde Stuva ohne meinen helfenden Klon aufbauen, ob es dir gefällt oder nicht.«

Éva hatte die Kinderkommode (unter anderem) im Monat zuvor bestellt, als sie nach dreimaligem Sex mit Vincent mitten in der fruchtbaren Phase, unterstützt von den chemischen Katalysatoren, die sie sich in viel höheren Dosen gespritzt hatte als vom Gynäkologen empfohlen, überzeugt davon war, dass es diesmal geklappt hätte. Um dem Schicksal nachzuhelfen und die künftige Geburt zu feiern, hatte sie vom Büro aus im Ikea-Onlineshop gestöbert und war beim Anblick der zwar immer gleichen, aber überaus niedlichen Kindereinrichtungsartikel schwach geworden. Kurz nach dem Alptraum ihrer zurückgekehrten Regel erhielt sie den munteren Anruf einer Dame aus dem Callcenter von Ikea, die sich erkundigte, wann die

Möbel geliefert werden könnten. Nein, es sei nicht möglich, den Kauf telefonisch rückgängig zu machen. Éva könne die Ware jedoch auf eigene Kosten zurücksenden, nachdem sie sie in Empfang genommen habe.

An diesem Morgen um acht Uhr war es so weit: Ihr Handy klingelte, kurz darauf schleppte ein genervter Möbelpacker die Ware ohne ein Lächeln in ihr Wohnzimmer und hielt ihr keuchend die Empfangsquittung hin, die sie mit der Frage unterzeichnete, warum er nicht den Aufzug genommen habe.

»Weil Sie mir nicht gesagt haben, dass es einen Aufzug gibt!«, schnaubte er ärgerlich und machte auf dem Absatz kehrt, während sie den deutlich sichtbaren Lift fixierte.

Sollte er doch hingehen, wo der Pfeffer wächst, der blöde Schwede!

Die Wiege demoralisierte sie noch in verpacktem Zustand. Sie versteckte sie in dem großen Schrank in der Diele und ließ das Etikett verschwinden, damit Vincent nicht sah, was das Paket enthielt. Das tat sie oft, wenn sie innerhalb weniger Stunden ihr mageres Monatsgehalt in Kleidung investiert hatte, die sie nicht einmal anprobierte, und die sie, wenn die Krise vorüber war, vor lauter Scham ihrem Ehemann nicht zu zeigen wagte. Und so stopfte sie Plastiktüten, Pappkartons und verschlossene Luftpolstertaschen unter alte Daunenjacken oder verbarg sie hinter der Werkzeugkiste. Der Schrank barst beinah unter all den Tuniken, Kleidern und Schuhen, an denen noch die Etiketten hingen und die sie schon seit Monaten ins Geschäft hatte zurückbringen wollen. Ihr Geheimnis erinnerte sie an jene Frauen, die ihre Schwangerschaft leugneten oder ihren Fötus im Gefrierfach oder im Kamin verbargen. Bestand ein Zusammenhang zwischen ihrem Verhalten und dem dieser Frauen? Jedenfalls gab es sicher einen zwischen Vincent und seinen Geschlechtsgenossen, die nicht bemerkten, wie sich der Körper ihrer Frauen rundete, wie ihr Unbehagen wuchs und ihr Wahnsinn sie vernichtete. Sie hatte ihrerseits ungefähr zehn Kilo in wenigen Monaten verloren, ohne dass Vincent davon Kenntnis zu nehmen schien.

Die ersten drei Schritte der Bauanleitung für die Kommode bewältigte sie mit links, nun musste sie nur noch mit Hilfe dieses unmöglich gekrümmten Inbusschlüssels die dicken Schrauben reindrehen, die irgendwie nicht richtig in die Löcher passten. Ihr fiel auf, dass die Oberseite der Kommode nicht weiß war, wie sie es hätte sein sollen – sie hatte sie falsch herum montiert. Mist! Sie versuchte, die Holzdübel wieder zu lösen, die sie mühevoll mit den Füßen in die Löcher getreten hatte. Sie zog und zerrte an dem kleinen Möbelstück, das dazu ausersehen war, zahlreiche winzige Sachen aufzubewahren, die sie einst zu besitzen hoffte, bis ihr die Finger weh taten und sie sich auf dem Boden zusammenkrümmte und bitterlich weinte.

Wie lange sie wohl dort gelegen hatte, zusammengerollt wie ein Jagdhund, unaufhörlich schluchzend, bis sie sich daran erinnerte, dass sie zu Michèle musste? Sie hätte es nicht sagen können.

Hatte sie geschlafen?

Es war zwölf Uhr mittags, und wenn sie vor halb eins

im Krankenhaus sein wollte, musste sie sofort los. Wäre sie mit irgendeiner anderen Person verabredet gewesen, hätte sie feige per SMS abgesagt, aber jedes Mitglied der Ärztezunft übte auf sie eine unverhältnismäßig große Anziehungskraft aus. Grimmig schaffte sie das Möbelstück mitsamt der Anleitung, dem Inbusschlüssel und dem Säckchen voller Schrauben und Zubehör auf die Straße und sagte sich, dass sie bestimmt irgendjemanden damit glücklich machen würde.

Auf der Straße waren alle Frauen schwanger, schoben demonstrativ einen Kinderwagen vor sich her oder sogar beides. Ja, wirklich alle. Sie hasste sie. Ihre Freundinnen klagten ständig darüber, wie schrecklich ihre Kinder seien. Gebt mir doch einfach eins, ich nehme es gern!

Sie nahm ein Leihfahrrad und stürzte sich in den dichten Mittagsverkehr. Obwohl sie den Fahrradweg benutzte, fuhren die Busse gefährlich nah an ihr vorbei und hupten aggressiv.

»Los, beweg dich, Alte!«, knurrte ein Taxifahrer aus dem geöffneten Fenster zu ihr herüber.

»He, selber Alter, ich bin auf dem Fahrradweg!«, rief sie.

»Blöde Kuh, dir hat es wohl schon lange keiner mehr richtig besorgt!«

Allerliebst. Ihre Stimmung kam dem Nullpunkt gefährlich nah. Denn hatte er nicht recht?

Das Krankenhaus war alt, schmuddelig, düster und von Existenzen bevölkert, die diese grauen Mauern nie mehr verlassen würden. Dennoch flößten ihr all diese Profis in weißen Kitteln Sicherheit ein. Sie wussten Bescheid. Sie würden ihr helfen.

In der Cafeteria beruhigte Michèle lächelnd ein besorgtes Elternpaar.

»In zwei Tagen kommt er, das verspreche ich Ihnen!«

»Vielen, vielen Dank, Frau Doktor!«

»Auf Wiedersehen, Frau Doktor.«

»Hallo, Éva, meine Liebe … Sag mal, machst du jetzt Gandhi Konkurrenz? Hast du das Essen etwa ganz eingestellt?«

»Ist es so schlimm?«

»Noch schlimmer …«

»Sei nicht so hart zu mir.«

»Leider ist das hier auch nicht der richtige Ort, um deinen Appetit anzuregen. Ich hätte dir gern vorgeschlagen, essen zu gehen, aber ich habe nur eine Dreiviertelstunde Pause. Ich muss heute früher los, Léon hat eine Magen-Darm-Infektion vom Feinsten. Aber das willst du lieber nicht hören.«

»Nein, das will ich tatsächlich nicht. Davon kommt mein Appetit sicher nicht wieder.«

»Jedenfalls wollten sie ihn damit natürlich nicht in der Gruppe haben, kann man ja auch verstehen. Ich musste meine Mutter regelrecht beknien, den Kleinen einen halben Tag zu nehmen. Ehrlich, was ist das für eine Großelterngeneration? Meine Oma hat uns jeden Mittwoch genommen und in den Schulferien, also quasi den halben Sommer. Wir haben Marmelade eingekocht, gehäkelt und sind ins Museum gegangen. Das hat richtig Spaß gemacht! Unsere Eltern haben uns seit dem Abi genervt, wann wir ihnen endlich Enkel schenken. Nun haben sie diese Enkel, unternehmen aber lieber organisierte Busreisen mit anderen Senioren, als Kinder zu hüten, während wir dreimal so viel arbeiten müssen wie sie damals. Ich sag's dir …«

»Tja … Ich kann dazu wenig sagen. Ich habe keine Kinder.«

»Oh, oh. Ich sehe, du bist wieder richtig gut drauf. Komm, ich lade dich zu einem Pappsandwich in der Kantine ein.«

»Da läuft mir doch das Wasser im Mund zusammen.«

8

»Acht Prozent, stellt euch das vor! Ich verbringe die ganze Woche über nur acht Prozent meiner Zeit mit meiner Familie, einundvierzig Prozent dagegen mit meinen Kollegen, kaum zu glauben, oder?«

»Hast du nicht allmählich mal die Nase voll von diesen ständigen Spreadsheets, Listen und Berechnungen?«

»Äh … nein«, sagte Mathilde erstaunt.

»Daraus könnte man einen super Artikel stricken!«, rief Éva. »Wie hast du das ausgerechnet?«

Sie hatten sich alle zu ihrem wöchentlichen Yogakurs am Donnerstagabend eingefunden. Éva wollte sich zunächst drücken, weil sie die Vorstellung nicht ertrug, Lucie in ihrem frischgebackenen Mutterglück schwelgen zu sehen. Mathilde war es schließlich gelungen, sie davon zu überzeugen, doch zu kommen. Sie kenne Lucie, niemals würde die freiwillig das Babythema anschneiden! Sie schleiche sich genau deshalb von zu Hause weg, um einmal anderen Input zu bekommen und sich nicht über wunde Kinderpopos und schlaflose Nächte unterhalten zu müssen.

»Ist doch ganz einfach«, fuhr Mathilde fort, glücklich, dass sich jemand ebenso wie sie für ihre neusten Berechnungen begeistern konnte. »Gehen wir davon aus, dass ein

Tag von halb acht morgens bis halb zwölf abends dauert. Davon sehe ich die Kinder eine Stunde am Morgen.«

»Eine Stunde?«, fragte Éva beunruhigt. »Du hast nur eine Stunde Zeit, sie zu wecken und anzuziehen, dich anzuziehen und zu schminken, zu frühstücken und sie in den Kindergarten zu bringen?«

»Wovon träumst du! Ich schminke mich immer im Stehen in der Metro und lasse das Frühstück ausfallen.«

»Ah …«, machte Éva unbestimmt.

»Das ist eben die Kehrseite der Medaille«, warf Lucie philosophisch ein.

»Also, nachdem ich die Kinder geweckt, gewaschen, angezogen, ihnen das Frühstück gegeben, ihre Sachen gepackt, mich angezogen, meine Tasche gepackt und die dreckigen Windeln entsorgt habe, trenne ich mich um halb neun von ihnen, in dem Bewusstsein, dass unsere gemeinsam verbrachte Zeit keineswegs heiter und friedlich war. Ich schreie sie die meiste Zeit an, weil wir zu spät dran sind. Sie weinen, sie ziehen die Schuhe verkehrt herum an, ich zerre sie auf dem Bürgersteig hinter mir her, jeder ist sauer auf jeden … Abends komme ich um halb acht nach Hause. Dann wird gebadet, danach beginnt das heitere Programm aus Abendessen, Zähneputzen, Schlafengehen um halb neun. Das ist die zweite Stunde, die ich mich meinen Sprösslingen widme … Macht zweimal fünf gleich zehn Stunden pro Arbeitswoche. Bei vierundzwanzig Arbeitstagen im Monat mal fünf sind wir bei einhundertzwanzig Stunden. Was nach dem Dreisatz acht Komma drei Prozent meiner Zeit ergibt.«

»Ach du Scheiße!«

»Du sagst es. Das Schlimmste daran ist, dass ich die Zeit im Büro von neun Uhr morgens bis sieben Uhr abends mit Leuten verbringe, die ich nicht ausstehen kann. Also, zehn Stunden am Tag mal fünf Tage macht fünfzig Stunden pro Woche, gerechnet auf die eben genannten einhundertzwanzig Stunden macht das einundvierzig Prozent. Und das soll mein Leben sein?«

»Höchstwahrscheinlich.«

»Wie lange noch? Bis sie groß sind, mich verachten und lieber Joints mit ihren Kumpeln rauchen oder bei der Familie ihrer Freundin rumhängen, weil die so cool ist? Bis sie im Sommer allein auf die Île de Ré fahren und uns zurücklassen, Max und mich, alt, runzlig und enttäuscht? Bis wir uns Vorwürfe machen, dass wir sie nicht haben aufwachsen sehen, weil wir ein bisschen mehr Geld verdienen wollten oder eine Karriere anstrebten, die wir doch nie verwirklichen konnten? Sie werden so schnell groß! Ach, ich könnte heulen!«

»Mathilde, jetzt hör mal auf mit diesem Selbstmitleid, das ist ja schrecklich. Du würdest es nicht aushalten, nicht arbeiten zu gehen«, bemerkte Alice. »Dich nur um sie zu kümmern, dich auf dem Spielplatz zu langweilen und keine anderen Themen außer Kindergeschichten zu haben. Und was ist eigentlich mit Max? Er hätte doch im Augenblick weiß Gott genug Zeit, um dich zu entlasten.«

»Wohl wahr«, sagte Mathilde düster. »Aber richtig heiß ist er auch nicht darauf, und ich weiß nicht, ob er unseren

Haushalt in den Griff bekäme. Ich fürchte, es muss eine andere Lösung her.«

»Hast du schon mal daran gedacht, die Vier-Fünftel-Regelung in Anspruch zu nehmen? Dann hättest du den Mittwoch frei. Allerdings auch ein Fünftel deines Gehalts weniger«, sagte Éva. »Es würde mich wundern, wenn du das noch nicht ausgerechnet hättest ... Los, sag schon, bei wie viel Prozent würdest du mit einer Vier-Fünftel-Regelung liegen?«

»Bei fünfzehn Komma acht.«

»Ob das die zwanzig Prozent weniger Gehalt aufwiegt?«

»Sei nicht immer so materialistisch, Lucie!«

»He, Mädels, es geht los. Vielleicht ist Yoga die beste Lösung im Augenblick.«

Ihre Lehrerin, eine Vierzigerin mit Locken und gestähltem Körper, nahm majestätisch auf ihrer Yogamatte Platz, lächelte und verbreitete positive, alt überlieferte Schwingungen, die sie alle gut gebrauchen konnten.

»Namasté.«

»Namasté«, antwortete ernsthaft und aus vollem Herzen der Chor der Großstadtfrauen, die glücklich waren, eine Aktivität gefunden zu haben, die zwar einen sportlichen Anspruch hatte, sie aber nicht zu sehr anstrengte, die inneres Gleichgewicht versprach und dazu noch erschwinglich war.

Mit dem ersten Yogakurs nach den Ferien kehrte für einen kurzen Moment Ruhe im Leben der Freundinnen ein.

9

»Möchtest du was trinken?«

Er trug einen Bart und ein offenes Jeanshemd über dem T-Shirt mit dem Konterfei einer Rockband und hielt ein Päckchen Tabak zum Selbstdrehen in der Hand. Überhaupt nicht ihr Typ. Doch nach drei Gläsern Wein, die sie allein heruntergekippt hatte, war Éva schon ein wenig betrunken und spürte, wie die Einsamkeit auf ihr lastete. Die anderen hatten nach dem Yoga keine Lust mehr gehabt, noch einen trinken zu gehen, und das Telefonat mit Vincent war, freundlich ausgedrückt, nicht ganz rundgelaufen. Vincent hatte ihr kaum zugehört und während des Gesprächs weiter am Computer herumgetippt – was sie jedes Mal zur Weißglut trieb. Am Ende war sie gereizt und er beleidigt gewesen. Dabei hatte sie sich beim Wählen seiner Nummer so sehr gewünscht, dass er früher von seiner Geschäftsreise nach Hause käme, zumal es der letzte ihrer fruchtbaren Tage war. Doch daran war kein Denken mehr gewesen, als sie sich kühl voneinander verabschiedeten.

Kurzentschlossen nahm sie die Einladung des bärtigen Rockers an.

»Ich nehme einen Get 27.«

»Ist nicht dein Ernst, oder?«

»Wir müssen uns nicht unterhalten, wenn du nicht willst.«

»He, jetzt sei nicht gleich so kratzbürstig. Klar bestelle ich dir einen Get 27. Ist eben nicht der typische Mädchendrink.«

»Ach, seit wann gibt es typische Mädchen- und Jungsdrinks? Willkommen im 21. Jahrhundert, du Kasper.«

»Ich heiße Jacques.«

»Jacques? Wie originell.«

»Jacques wie Jacques Brel, meine Eltern waren glühende Fans von ihm.«

»Sehr romantisch.«

»Mann, Alte, bist du zynisch. Was für ein Problem hast du eigentlich?«

»Vielleicht, dass du mit mir ins Bett willst?«

»Interessant. Glaubst du echt, ich hätte Lust auf eine schnippische Lady in Flipflops? Dein Nagellack ist übrigens total abgeblättert …«

Beschämt starrte Éva auf ihre Zehen und dachte an den Ratschlag von Lucies Mutter Françoise, stets tipptopp aus dem Haus zu gehen, denn man wisse ja nie. Gleichzeitig regte sich ihr Stolz. Diesem Heavy-Metal-Penner würde sie zeigen, was eine Harke war.

»Okay, dann wäre das ja schon mal geklärt. Denn, ehrlich gesagt, ich finde dich unglaublich unsexy mit deinem ungepflegten Bart. Wer weiß, was da alles drinhängt.«

»Perfekt. Dann können wir ja jetzt ganz entspannt ein Gläschen trinken.«

»Einverstanden, du Knallkopf.«

»Auf dich, Kratzbürste.«

Sie leerten ihr Glas, bestellten ein weiteres und zogen um an einen klebrigen Holztisch wie zwei alte Kumpel.

Jacques arbeitete in der Musikbranche, unter anderem brachte er regelmäßig Beiträge auf Radio Nova. Nebenbei kellnerte er auch. Er liebte Rockfestivals, Bier aus Plastikbechern, Rucksackreisen, Metallica, Houellebecq, Merguez, Camping, unkomplizierte Frauen und natürlich Jacques Brel. Kurzum: alles, was ihr fremd war. Trotzdem hörte sie ihm gern zu, mochte seinen Humor und erzählte ihm sehr bereitwillig auch aus ihrem Leben. Von dem Hochglanzmagazin, für das sie arbeitete, und ihrem geplatzten Traum, investigative Journalistin zu werden. Von den Stars und Sternchen, deren Skandale sie würzig aufbereitete. Von ihrem bewunderten Vater und ihrem Bruder mit seinen vier geschniegelten Kindern, die sie nicht ausstehen konnte. Von ihren großartigen Freundinnen und sogar von Vincent, der ihr das Leben einer Prinzessin bot. Eigentlich. Die Sache mit den Spritzen und dem Eisprungkalender am Kühlschrank verschwieg sie.

Einige Stunden später, der Kneipier stellte bereits die Stühle hoch, konnte Éva nicht mehr geradeaus gucken. Ihr war schwindlig, schwankend erhob sie sich und rannte in Richtung Toilette. Die Tür des unappetitlichen Stehklos war flächendeckend beschmiert mit kleinen und großen Schwänzen und dummen und noch dümmeren Sprüchen. Sie schloss die Augen und klammerte sich an den Türgriff. Eine tiefe Erkenntnis ergriff von ihr Besitz: Die Welt drehte sich.

»Hallo, bist du reingefallen?«

Mist, der Jacques! Den hatte sie vollkommen vergessen. Sie öffnete erst die Augen, dann die Tür und stolperte ihm geradewegs in die Arme. Er sagte nichts, wofür sie ihm dankbar war, nahm ihre Hand und führte sie hinaus.

Trotz der späten Stunde waren noch viele Leute unterwegs. Touristen, Liebespärchen, Partyvögel. Schweigend, Hand in Hand, gingen Éva und Jacques durch die Straßen. Während ihre Flipflops rhythmisch über den Asphalt schlappten, fragte Éva sich, was um Himmels willen sie mit diesem unbekannten Musiker durch die Nacht trieb. Unwillkürlich hatte sie ihre Wohnung angesteuert und blieb nun vor ihrer Haustür stehen.

»Wohnst du hier?«, fragte er.

»Häh?«

Sie schielte und fand den Schlüssel in ihrem Oversize-Parka nicht. Nervös und verlegen lächelnd kramte sie in allen Taschen. Da nahm er sanft ihre Handgelenke, flüsterte ihr ein beruhigendes »Psst« ins Ohr, fuhr ihr unter den weiten Mantel, streifte dabei ihre Haut, griff in ihre Jeanstaschen und schwenkte schließlich den Tim-und-Struppi-Schlüsselanhänger vor ihren Augen.

»Da, gerettet!«

Sie sagte nichts.

Er sah sie an, lächelte. Und plötzlich küsste er sie, erst zart, dann leidenschaftlicher, als er merkte, dass sie ihn nicht zurückwies. Sein Bart kratzte, aber es war ihr egal. Sie ließ sich in diesen wohltuenden Kuss fallen. Bilder ihrer Hochzeit kamen ihr in den Sinn, die Tischordnung für die Gäste, die Monate in Anspruch genommen hatte (»Wie bitte, deine Tante neben meiner Mutter, bist du verrückt?« – »Was machen wir bloß mit deinen nervigen Kollegen aus der Kanzlei, setz die bloß nicht zu meinen Freundinnen!«), die riesige Hochzeitstorte und das kleine Brautpaar aus Plastik, das sie aufbewahrt hatte und das seitdem auf der Ablage in der Diele vor sich hin staubte. Sie dachte an das Treuegelöbnis, daran, dass sie tatsächlich keinen anderen Mann mehr angesehen hatte, seit sie Vincent kannte. Und doch stand sie jetzt hier, in ihrer Straße, mit diesem Unbekannten, in dessen Gegenwart sie sich so wohl fühlte wie seit Wochen und Monaten nicht mehr, in all dieser Zeit, in der sie sich so furchtbar einsam gefühlt hatte.

»Komm«, flüsterte sie.

Er folgte ihr ohne ein Wort, bedeckte sie mit Küssen und hielt sie im Arm, während sie das Treppenhaus betrat. Im Aufzug sah sie für einen Moment ihr Spiegelbild, ihr verschmiertes Gesicht, sein wuschliges Haar, und schloss die Augen. Sie musste schlucken, als sie die eheliche Wohnung aufschloss.

Denk nicht dran.

Auf demselben Parkett, auf dem sie am Morgen neben einem aufgerissenen Ikea-Karton geheult hatte, liebten sie sich mit einer unerwarteten Zärtlichkeit. Éva spürte heiße Tränen auf ihren Wangen, die ganz von selbst flossen und all ihren Kummer wegspülten.

»Weinst du?«, flüsterte er.

»Hör nicht auf!«

Das Wohnzimmer lag im Halbdunkel, nur das spärliche Licht einer Straßenlaterne erhellte den Raum. Sie sah ihn nicht, spürte ihn nur, als sie gleichzeitig kamen, aneinandergeklammert wie Ertrinkende.

WEIHNACHTEN

1

Faule Zucchini, in der Tüte erstickter Salat, vertrockneter Knoblauch in der Ecke des Kühlschranks, weg damit! Seit zwei Tagen abgelaufenes Hacksteak, weg damit! Unter Karamellcreme und Pudding versteckte Naturjoghurts und Frischkäsebecher, weg damit! Verdorbene Lachsstreifen, für ein Vermögen in der Fischabteilung des Supermarkts gekauft, damit die Kinder einmal Fisch bekämen, der nicht rechteckig, paniert und tiefgefroren war, weg damit! Tupperschüssel, an deren gewölbtem Deckel dicke Tropfen eines unbekannten Innenlebens hingen, weg damit!

Mathilde war der Verzweiflung nah. Alle zwei Wochen fütterte sie den Mülleimer mit so gut wie allen Lebensmitteln, die sie am Sonntag frisch auf dem Markt und voller Zuversicht eingekauft hatten. Jedes Mal nahm sie sich fest vor, frisches Gemüse und Salate zuzubereiten, und dann entschieden sie sich doch wieder für ein unkompliziertes und schnelles Nudelgericht.

Der Mülleimer quoll fast über. Aber darum sollte Max sich jetzt mal kümmern. Sie war bis zum Anschlag gereizt, seit er am Abend zuvor reichlich angetrunken neben ihr ins Bett gefallen war. Was machte er eigentlich den lieben langen Tag, während sie sich abschuftete, ein Meeting nach dem anderen hinter sich brachte und nebenbei noch den Haushalt schmiss? Auf Anraten ihrer Freundinnen bemühte sie sich neuerdings redlich, deswegen nicht immer gleich zu explodieren, ihre Wut im Zaum zu halten, Max nicht herunterzuputzen, wenn der Kühlschrank leer war oder die Wäscheberge sich türmten. Sie wies ihn lediglich auf das Ungleichgewicht in ihrer Beziehung hin. Schlug ihm ruhig vor, dass er doch auch mal waschen oder nachsehen könne, ob etwas im Kühlschrank fehle. Doch führte sie dieser Kuschelkurs weiter?

Als Max und sie einander neulich abends endlich einmal wieder näherkamen, wagte sie es, ihm ein paar Fragen zu stellen: »Hat sich eigentlich irgendwas getan? Was ist mit dieser Stellenanzeige, auf die du geantwortet hast, haben die sich bei dir gemeldet? Und die Headhunterin, der du eine Mail schicken wolltest, hat sich daraus etwas ergeben?«

Er spielte abwesend mit ihren Haaren. Nein, bisher habe ihm niemand geantwortet. Aber er denke gerade auch in eine andere Richtung, er begreife seine Arbeitslosigkeit als Chance, radikal umzudenken. Er sei schließlich jung genug, um sich beruflich neu zu orientieren. Vielleicht sei der Zeitpunkt ideal, eine eigene Firma zu gründen.

Mathilde machte sich Sorgen, wenn sie ihn so reden hörte. Sie spürte hinter seinen Worten nicht den Elan, den es zu einer grundlegenden Veränderung brauchte. Er kleidete sich inzwischen nachlässig, obwohl Mathilde ihm geraten hatte, auf ein gepflegtes Äußeres zu achten, um »das Berufsfeeling nicht zu verlieren« und nicht in die Jogginganzugfalle zu tappen, die einen aufs Sofa warf und von da aus langsam, aber sicher, in die Depression zog, und auch, um einen Unterschied zum Wochenende zu markieren. Stattdessen lief er in ausgebeulten Jeans und fleckigen Shirts herum, ließ sich einen Schnäuzer stehen, um Diego zu ähneln, seinem neuen »besten Freund«, der ihm die revolutionäre Idee in den Kopf gesetzt hatte, die soundsovielte Bagelbar zu eröffnen, von denen es im Viertel bereits mehr als genug gab.

Max hatte Diego eines schicksalhaften Tages auf dem Spielplatz wiedergetroffen, als er sich wie durch ein Wunder dazu aufgerafft hatte, mit Théo und Martin in den Parc Monceau zu gehen. Während Max seine Zeitung las, entspann sich plötzlich ein Streit zwischen seinen Söhnen und einem anderen kleinen Jungen, dem Théo mit einem kleinen Rechen die Augen auszustechen drohte.

»Théo, lass den Jungen in Ruhe!«, schimpfte er.

»Aber Papa, das ist mein Rechen!«

»Mein Rechen!«, bestätigte Martin. Das Gesicht mit Sand verklebt und mit nackten Füßen, klammerte er sich an seinen großen Bruder.

»Warum hast du nackte Füße, Martin? Wo sind deine Latschen?«

»Was sind Latschen, Papa?«

»Deine Schuhe! Wo sind deine Schuhe?«

»Hab keine Schuhe.«

»Was soll das heißen, du hast keine Schuhe? Du bist doch nicht barfuß hergelaufen!«

»Weiß nicht«, sagte Martin.

»Verdammt, Martin, deine Schuhe! Was hast du damit gemacht? Théo, hast du die Schuhe deines Bruders gesehen?«

Als er sich zu seinem Ältesten umdrehte, fand sich Max unverhofft der kleinen Rotznase gegenüber, die den Rechen geklaut hatte. Mit einer Hand umklammerte der Junge nun die gesuchten Turnschuhe, die ihm viel zu klein waren, die er aber ganz offenbar behalten wollte.

»Gib mir die Schuhe wieder, ja, Kleiner?«

»Nein.«

Ungeduldig riss Max schließlich dem brüllenden Jungen erst die Turnschuhe und dann den Rechen aus der Hand, begleitet von den bewundernden Blicken seiner Söhne. Da kam der Vater des kleinen Ungeheuers auf ihn zu. Statt schimpfend aufeinander loszugehen, fielen die beiden Väter einander jedoch in die Arme.

»Diego, ist das die Möglichkeit! Was machst du denn hier? Ich dachte, du wärst in Singapur?«, rief Max.

»Da war ich auch, aber wie du siehst, bin ich wieder zurück. Und du, baust du Überstunden ab, wie?«, fragte Diego grinsend.

Und so war Diego in Max' Leben getreten – zu Mathildes großer Verzweiflung. Diego, neununddreißig Jahre alt, mager wie ein Teenager, immer in Jeans und mit Hipster-Frisur, streifte den lieben langen Tag durch das IX. Arrondissement unter dem Vorwand, nach einem geeigneten Ladenlokal für sein großes Projekt, die Bagelbar, zu suchen – nachdem sein anderes brandoriginelles Projekt, die Eröffnung eines französischen Cafés in Singapur, ebenso wie seine Ehe gescheitert war. Prune, Diegos zukünftige Exfrau, war mit ihrem Sohn wieder in die hübsche Wohnung in der Rue Lamartine eingezogen, während Diego der Reihe nach bei Freunden übernachtete. »Natürlich nur vorübergehend«, wie er betonte.

Seit jener Begegnung im Park verbrachten die beiden Männer ihre Tage gemeinsam bei Max und Mathilde. Sie nebelten das Wohnzimmer mit Zigaretten und Joints ein, hörten laute Musik und rissen alberne Witze, während sie angeblich über ihrem Businessplan brüteten.

So ging das nun seit Oktober, und in Mathilde brodelte der Zorn. Doch sie beherrschte sich, äußerte sich nicht zum neuen Lebensstil ihres Mannes und hoffte inständig darauf, dass diese elende Midlife-Crisis bald ein Ende fand.

Es war Mitte Dezember, die Weihnachtsferien nahten und mit ihnen neue logistische Herausforderungen. Geschenke mussten gekauft, eingepackt und versteckt werden. Das Weihnachtsessen wollte vorbereitet und gekocht werden, sie mussten Max' alzheimerkranke Mutter zu sich holen und außerdem Mathildes Schwester mit ihren Kindern unterbringen. All das mit einem Lächeln und nach langen Arbeitstagen.

Als nun an diesem Sonntagmorgen im Dezember der Müll überquoll, die Jungs seit Stunden vor dem Fernseher hingen, weil Mathilde sich dazu gezwungen sah, den Kühlschrank aufzuräumen, während Max noch im Ehebett schnarchte, platzte ihr der Kragen.

Sie atmete tief durch, als sie das Schlafzimmer betrat. Es roch nach schalem Alkohol. Max lag der Länge nach auf dem Bett ausgestreckt, mit gespreizten Beinen und offenem Mund. Widerwillig trat sie an seine Bettseite und rüttelte ihn am Arm.

»Max, wach auf! Maaaax!«

»Hmmmhh. Was ist?«

»Es ist zehn Uhr!«

»Hmm.«

»MAX! Willst du mich nicht mit den Jungs auf den Markt begleiten? Die beiden hängen schon seit heute Morgen vor der Glotze, und ich bin übrigens mit ihnen aufgestanden. Wir würden uns freuen, wenn du allmählich mal aufstehen würdest.«

Er blinzelte, öffnete ein Auge, dann das zweite.

»Was willst du mir damit sagen?«, fauchte er. »Dass ich mich nicht um die Kinder kümmere, oder was? Nur weil ich abends mal mit einem Kumpel einen trinken gehe? Als ob mein Leben jeden Tag ein Riesenspaß wäre.«

»O nein, Max, ich bitte dich. Fang nicht so an, auf gar keinen Fall. Ich habe nichts dergleichen gesagt, obwohl ich in letzter Zeit ganz schön oft mit den Kindern allein war, während du um die Häuser gezogen bist.«

»Du musst gar nicht explizit etwas dazu sagen, du lässt mich deutlich spüren, dass dir alles stinkt.«

»Du machst es dir zu leicht, Max. Bitte, lass uns den Sonntag zusammen verbringen, dieses eine Mal. Lass uns nicht streiten, einverstanden?«

Sie unternahm sogar die Anstrengung, ihn voller Zärtlichkeit zu umarmen, obwohl er eine widerliche Fahne verströmte. Immerhin hatte sie gelobt, diesem Mann in guten wie in schlechten Zeiten beizustehen.

Widerstrebend verließ Max daraufhin das warme, weiche Bett, ging ins Wohnzimmer hinüber und ließ sich dort aufs Sofa fallen, zur großen Freude der Kleinen.

»Na, Jungs, wie geht's Benjamin Blümchen?«

»Benjamin Blümchen ist was für Babys, Papa!«, erwiderte ihm Théo, entsetzt über diese völlige Ahnungslosigkeit.

Max lachte und kam mit den Jungs in die Küche, um das Frühstück zuzubereiten.

»Max, die Jungs haben schon gefrühstückt. Willst du nicht eben duschen, damit wir loskönnen? Éva und Vincent kommen zum Brunch.«

»Im Ernst? Davon weiß ich gar nichts.«

»Doch, ich habe es dir am Dienstag und am Donnerstag gesagt. Und auch noch mal gestern Abend am Telefon …«

»Ach, Mist! Ehrlich, ich hätte lieber mal ein bisschen Ruhe. Außerdem ist Éva ewig mies gelaunt.«

»So oft laden wir sie ja nun wirklich nicht ein. Darf ich dich daran erinnern, dass wir einen phantastischen Urlaub bei ihnen verbracht haben? Im Übrigen geht es Éva seit einiger Zeit viel besser, du wirst sehen. Und sie ist schließlich Martins Patentante.«

»Scheiße, außerdem habe ich Kopfschmerzen!«

Mathilde versuchte es mit einem leisen »Om«, wie sie es beim Yoga gelernt hatte. »Kommt, Kinder, ich ziehe euch an«, flötete sie dann.

Die beiden Jungs waren noch im Schlafanzug und sprangen wild auf dem Sofa herum, während Max missgelaunt im Bad verschwand. Plötzlich horchte Mathilde auf. Nein, das träumte sie jetzt … Er nahm nicht wirklich ein Bad! Tatsächlich hörte man es jedoch sehr deutlich aus dem Badezimmer plätschern und wohlig brummen.

»Wie, du bist noch gar nicht fertig?«, staunte Max, als er endlich aus seinem dampfenden Hamam heraustrat.

»Nein, ich habe die Jungs angezogen«, erwiderte sie matt.

Sie sah ihn an, diesen Mann, der ihr immer fremder wurde. Er war schön. An ihm waren die letzten fünf Jahre, im Gegensatz zu ihr, spurlos vorübergegangen. Was mussten die Leute auf der Straße, die Eltern der anderen Schüler, ihre Freunde denken? Wie jung er aussieht im Vergleich zu ihr! Sie ist ja ganz schön gealtert … Wie anständig von ihm, bei ihr zu bleiben. Meinst du, sie haben noch Sex?

Nur die, die nichts tun, zerbrechen auch nichts, pflegte ihre Großmutter zu sagen. Vielleicht hätte sie nichts tun sollen. Dann schaute sie ihre Kinder an und sagte sich, dass sich die Mühe lohnte. Ihr kam Alice in den Sinn, ihre superpatente Freundin Alice, die so viel durchgemacht hatte, ohne sich je zu beklagen. Bei der sie sich jedoch hemmungslos egoistisch ständig ausheulte. Was hätte sie nur gemacht ohne Alices Geduld, ihre Ratschläge, ihre Weisheit und ihre liebevolle Art? Im Geiste fügte sie ihrer To-do-Liste hinzu: Alice anrufen. Alice fragen, wie es ihr geht. Ob sie glücklich ist. Ob sie mich braucht.

In der Dusche bemerkte sie mit Entsetzen, dass sie nicht an ihren Bikinibereich gedacht hatte. Längst wäre ein neuer Termin bei der Kosmetikerin fällig gewesen! Die letzten beiden hatte sie angesichts der mangelnden Begeisterung ihres Ehemannes für ihr »Full Brazilian« storniert und das Geld lieber in einen Babysitter investiert, um ein Gläschen mit ihren Freundinnen zu trinken.

Martin schaute ihr zu, wie sie sich eilig fertigmachte. Das tat er jeden Morgen, voller Bewunderung.

»Schöne Mama!«

»Danke dir, mein kleiner Schatz. Sind die anderen fertig?«

»Ja. Sie spielen Kämpfen.«

Tatsächlich balgten sich Max und Théo lachend im Wohnzimmer.

Tief durchatmen.

Sie zwängte sich in eine Jeans, die an den Oberschenkeln kniff, zog dazu ein kariertes Hemd an und schlüpfte in ihre Ballerinas. Sie verpackte die Jungs und sich selbst in Daunenjacken und Mützen und holte den Einkaufstrolley hervor – dabei hatte sie sich früher geschworen, niemals mit so einem Hackenporsche herumzulaufen. Niemals! Bis sie sich den Zwängen des Lebens fügen musste.

Zu viert quetschten sie sich schließlich in den winzigen Aufzug und erstickten fast vor Hitze, bevor sie erleichtert nach draußen, in den winterlichen Morgen liefen. Vom strahlend blauen Himmel fielen vereinzelte Flocken. In der Rue des Martyrs waren die Fenster mit Lichterketten und Kugeln geschmückt. Und wie Mathilde mit ihrer kleinen Mannschaft die Straße entlangspazierte, dachte sie, dass sie auf ahnungslose Passanten wie ein Paradebeispiel für modernes Familienglück wirken mussten.

Wenn die wüssten.

Tief durchatmen.

2 Alice schlug sofort die Augen auf, als der Wecker um halb vier klingelte. Leise, um Laura nicht aufzuwecken, schlüpfte sie in eine alte Jeans, eine Daunenjacke, Mütze und Handschuhe und zog die Tür hinter sich zu. Fred wartete bereits in seinem alten Lieferwagen auf sie. Er lächelte, als sie es sich auf dem breiten Beifahrersitz neben ihm bequem machte, und fuhr los Richtung Autobahn. Paris lag zu dieser frühen Morgenstunde märchenhaft verlassen vor ihnen, nur vereinzelt stapften ein paar Nachtschwärmer durch den Schnee.

Sie waren auf dem Weg nach Rungis, um auf dem Großmarkt die Einkäufe für das Weihnachtsmenü zu erledigen. Reichlich würden sie sich mit Kapaunen, Messermuscheln, Austern, Trüffelbrie, Wurzelgemüse, Lachs und anderen traditionellen Produkten eindecken, die sie für ihre Gäste weihnachtlich und neu »interpretieren« wollten. Alice war im siebten Himmel bei dem Gedanken an all diese Herrlichkeiten und was sie daraus zaubern könnte.

Während der Fahrt wechselten sie kaum ein Wort, schon seit langem genossen sie ihr einvernehmliches Schweigen, wenn sie beisammen waren. Die Nase am beschlagenen Fenster, blickte Alice hinaus auf die vorüberziehenden Bürgersteige, die Prostituierten an den Straßenecken, die umherirrenden Rosenverkäufer. Die Banlieue war praktisch ausgestorben, ebenso wie die Autobahn, die an Trabantenstädten vorbeiführte, die von den Leuchtreklamen großer Marken stolz überragt wurden. Doch schon bald würden die Pendler nach Paris hineindrängen, um dort ihren Lebensunterhalt zu verdienen, würden mehrere Stunden im Stau verbringen und sich die Morgensendungen im Radio anhören.

Auch Fred hatte das Radio eingeschaltet, sanfter Jazz begleitete sie nach Rungis, wo die Hektik der Grossisten sie erwartete.

»Kann ich dir einen Kaffee ausgeben?«, fragte Fred, als er den Wagen vor den Markthalle parkte.

»Gern!«, rief sie begeistert. »Du weißt doch, dass ich ohne meinen Kaffee am Morgen kaum zu gebrauchen bin.«

Sie steuerten auf eine alte Zinktheke zu, an der sich ein paar alte Gastronomiehasen zu einem ersten Bierchen versammelt hatten und sich lautstark über Hollande, die Steuerreform und die jüngsten Fußballergebnisse austauschten. Im Hintergrund lärmte fleißig eine Espressomaschine.

Fred und Alice stellten sich mit ihren Grands crèmes und Croissants an einen Bistrotisch neben einen mit Kunstschnee und roten Girlanden geschmückten Weihnachtsbaum. Alice blies in ihre Hände und ließ diesen rauen Ort auf sich wirken, an dem sie sich auf eine eigenartige Weise dennoch wohl fühlte. Für ein paar Stunden würde sie ihre Sorgen vergessen, hier war sie fern von Adrien und von den Gedanken an Weihnachten, das er mit seiner Tochter (und seiner verfluchten Geliebten!) verbringen wollte. Alice durfte gar nicht daran denken, an diesem Fest ohne Laura zu sein.

Alice dachte an die friedlichen Weihnachtsabende mit Adrien zurück, an denen sie zu dritt das Essen zubereitet und dabei Weihnachtslieder gesungen hatten. In der Wohnung hatte es nach den Plätzchen geduftet, die Laura mit Begeisterung ausstach: Sterne, Männchen und kleine, schiefe Herzen bräunten im Ofen unter der Aufsicht der glücklichen Bäckerin. Adrien hatte sich stets um das Öffnen der Austern gekümmert und Alice um die Pute, die jedes Jahr anders gefüllt wurde. Dann hatten sie den Tisch festlich gedeckt, silberne Glitzerpailletten darauf verstreut und ihn mit zahlreichen kleinen Kerzen dekoriert. Am nächsten Morgen weckte Laura sie auf, und dann bewunderten sie zusammen den Berg an Geschenken, die das Christkind in der Nacht gebracht hatte. Auch nachdem sie aufgehört hatte, daran zu glauben, holte Laura sie weiterhin am Weihnachtsmorgen im Schlafzimmer ab. Bis zum letzten Jahr, als sie nur noch zu zweit waren. Nach gründlichem Nachdenken hatte Alice schließlich Lucies Einladung akzeptiert und Weihnachten bei den Chevreux verbracht, fern von zu Hause und der schmerzlichen Erinnerung an ihr Leben zu dritt.

In diesem Jahr würde sie also allein feiern. Wie konnte Adrien ihr das antun? Hatte er denn gar kein Herz, musste er ihr die Tochter ausgerechnet an jenem Abend entziehen, der ihr so wichtig war? Die Vorstellung, dass Adrien mit seiner blutjungen Tussi und Laura lachend um einen schön geschmückten Tisch saß, war ein Alptraum für sie, den sie rasch beiseiteschob.

»Wann erzählst du mir eigentlich mal, was die Typen vom Fernsehen neulich von dir wollten?«, fragte Fred.

»Ach«, winkte sie ab. »Vergiss es.«

»Was soll das heißen, vergiss es? Sie haben dir doch ein Angebot gemacht, oder?«

»Ja, sie wollen mich in einer Sendung haben. Irgendwas über Emanzipation. Sie wollen demonstrieren, dass man im Beruf Erfolg haben kann und trotzdem, ich zitiere, ›eine kultivierte, attraktive Frau und Mutter‹ sein kann. Das ist der ›Pitch‹, wie sie es genannt haben. Also, nimm dich in Acht, du redest mit einer kultivierten Frau …«

»Und was hast du ihnen geantwortet?«

»Ich habe gesagt, ich werde darüber nachdenken. Aber eigentlich weiß ich schon, dass das nichts für mich ist.«

»Und warum?«

»Wirklich, Fred. Kannst du dir mich im Fernsehen vorstellen? Ich bleibe lieber im Hintergrund, du kennst mich doch. Ich fühle mich nirgendwo wohler als in meiner Küche, schön im Warmen, an meinen Töpfen. Außerdem bin ich schließlich weit davon entfernt, eine kultivierte Frau zu repräsentieren. Und«, sagte sie grinsend, »ich glaube nicht, dass es meinem Chef gefallen würde, wenn ich blaumachte, um mich unter die Promis zu mischen.«

»Jetzt lass mal deinen Chef aus dem Spiel! Das ist sein Problem. Meinst du nicht, es wäre der richtige Moment, um über neue Projekte nachzudenken? Alice, wie alt bist du? Sechsunddreißig, siebenunddreißig?«

»Achtunddreißig, im Januar.«

»Glaubst du, es bieten sich so viele Gelegenheiten, einmal ganz neue Seiten an seinem Beruf zu entdecken? Und für Frauen ist es noch schwerer, das weißt du. Wenn du fünfzig bist, klopfen sie nicht mehr bei dir an, glaube mir. Und ganz ehrlich, was riskierst du denn?«

»Ich weiß nicht.«

»Denk darüber nach. Wann brauchen sie dich?«

»Ich weiß es nicht genau. Ich glaube, sie wollten nachmittags drehen. Es ließe sich schon irgendwie mit meinen Arbeitszeiten arrangieren. Man könnte meine Sequenz auch filmen, wann es mir am besten passt, und sie dann einspielen.«

»Und ich gehe mal davon aus, dass das Ganze nicht schlecht bezahlt wird?«

»Volltreffer. Ich habe meinen Ohren nicht getraut, diese Leute müssen verrückt sein! Offenbar können sie es sich leisten, ihr Geld zum Fenster rauszuwerfen … Es ist fast ein bisschen pervers, was sie mir angeboten haben, damit ich eine Stunde lang Jakobsmuscheln vor der Kamera zubereite.«

»Vielleicht glauben diese Wahnsinnigen, dass du es wert bist.«

»Klar, sie kennen mich ja auch noch nicht.«

»Hörst du jetzt mal auf, dich schlechtzumachen? Alice, du bist eine sehr kluge, schöne Frau. Und auch stark. Du steckst mitten in einer Scheidung, und trotzdem kommst du niemals zu spät, bist niemals krank und lässt dich nie von deinen Sorgen ablenken, obwohl du praktisch ganz allein einen fünfzehnjährigen Teenager großziehst und zwölf Stunden am Tag schuftest. Du könntest viel selbstbewusster sein. Dein Exmann muss bescheuert sein, um das nicht zu begreifen. Außerdem hast du eine tolle Figur. Wie schaffst du es bloß, so schlank zu bleiben? Ich nehme jedes Jahr fünf Kilo zu in diesem verflixten Beruf.«

Alice lächelte ihn an. Was für ein Glück, dass sie diesen Mann an ihrer Seite hatte! Dass Adrien sie verlassen hatte, hatte ihrem Selbstwertgefühl einen ordentlichen Knacks versetzt. Ihr war es fürs Erste genug, den Alltag zu meistern und weder zurück noch zur Seite zu blicken in dem Versuch, so stark zu sein, wie die anderen sie sahen. Für Laura. Für sich selbst. Bloß nicht klein beigeben. Die Sache mit dem Fernsehen zwang sie jedoch dazu, innezuhalten und nachzudenken. Sie würde in den Vordergrund treten müssen, ins Scheinwerferlicht. Wollte sie das? Was wollte sie überhaupt, außer, dass alles wieder so wäre wie früher?

»Also, tu mir einen Gefallen, und ruf heute noch zurück. Die wollen doch bestimmt erst mal eine Pilotsendung drehen, oder?«

»Du scheinst dich ja gut mit Fernsehen auszukennen.«

»Was glaubst du? Ich hatte auch schon meine fünfzehn Minuten Berühmtheit … Früher, vor langer Zeit, als es noch Telegraphen und die Postkutsche gab, hatte ich eine eigene Kochsendung im Fernsehen. Zugegeben, nicht sehr lange, weil die mich alle genervt haben. Ich könne mich nicht anpassen, hieß es schließlich. Kannst du dir das vorstellen?«

»Ach was!« Alice schmunzelte.

»Aber du, meine Schöne, wirst den Bildschirm sprengen mit deinen großen blauen Augen und deinen spitzen Messern.«

»Klar, und mit meiner Zornesfalte.«

»Du wirst einen Riesenerfolg haben, gerade wegen deiner Zornesfalte! Und jetzt sollten wir mal los … Diesmal lade ich dich auf den Kaffee ein. Aber wenn du demnächst reich und berühmt bist, musst du mich ins Savoy ausführen. Einverstanden?«

»Abgemacht. Aber bevor wir abheben, warten wir erst mal den Piloten ab.«

Während Fred die Rechnung zahlte und in ein Gespräch verwickelt wurde, indem es darum ging, ob Ibrahimović ein besserer Neuzugang sei als Cavani, checkte Alice die Nachrichten auf ihrem Smartphone, wozu sie bisher noch keine Zeit gehabt hatte.

Nanu, sie hatte mitten in der Nacht eine SMS erhalten. Das war bestimmt ein Irrtum oder mal wieder eine Werbe-SMS ihres Anbieters. Sie klickte das Symbol an, und verblüfft stellte sie fest, dass die Nachricht von Adrien stammte, abgeschickt um 2 Uhr 44.

Du fehlst mir.

Punkt.

3

Sie beschlossen, von der Place de Clichy zu Fuß die wenigen Häuserblöcke zur Rue des Martyrs zu gehen, wo Mathilde und Max wohnten. Unterwegs holten sie sich einen Kaffee und genossen das rege Treiben auf den Straßen rund um den Platz. Sie redeten zwar nicht viel miteinander, dennoch fühlte Éva sich wohl mit Vincent an ihrer Seite. Es schien, als hätten sie die dunklen Monate endlich hinter sich gelassen. Vincent kam nun früher aus dem Büro zurück, und Éva hatte den terrorisierenden Fruchtbarkeitskalender vom Kühlschrank abgenommen. Gemeinsam hatten sie den Entschluss gefasst umzuziehen und einträchtig ganze Abende lang im Internet die Immobilienseiten durchforstet. Zu weit weg von ihren Freundinnen wollte Éva allerdings nicht wohnen. Zu allem, was sie von ihnen trennte – nämlich, dass die anderen Kinder hatten und sie nicht –, sollte nicht auch noch eine räumliche Distanz hinzukommen.

Das Projekt Umzug stellte Éva und Vincent vor neue Herausforderungen. Denn obwohl sie mit ehrlicher Arbeit ihren Lebensunterhalt verdienten, hatten sie schnell einsehen müssen, dass angesichts der starken Konkurrenz potenter Mieter ihre Chancen, auserwählt zu werden, eher mager waren. Man riet ihnen zu einem Bürgen, was sie anfangs empört ablehnten. Doch als Lucie sich bereitwillig zur Verfügung stellte und Éva mit Engelszungen überredete, dieses Angebot anzunehmen, bröckelte ihr Widerstand.

Lucie hatte sich Éva gegenüber schon immer wie eine große Schwester gefühlt, obwohl sie gleichaltrig waren. Éva weckte aus irgendwelchen Gründen ihren Beschützerinstinkt. Durch sie wurde Lucie wieder zur Kämpferin, wie in ihrer Teenagerzeit. Sie würde sich darum kümmern, dass ihre Freundin eine schöne neue Bleibe fand – denn an ihre Eltern wollte sich Éva nicht wenden, die würden sie als gescheiterte Existenz betrachten, weil sie es mit knapp vierzig nicht aus eigenen Kräften schaffte.

Fensterlose Souterrainwohnungen, überteuerte Abstellkammern, verwahrloste Etagenwohnungen … An die dreißig Bruchbuden, von denen es in der Hauptstadt wimmelte und die ihre Besitzer trotz der Hässlichkeit für ein Vermögen vermieteten, weil es in Paris ungeheuer an Wohnraum mangelte, hatten Éva und Vincent sich angesehen, bevor Lucies großzügiges Engagement vom Himmel fiel. Und nun schienen sie endlich das Richtige gefunden zu haben: eine kleine Dreizimmerwohnung, frisch renoviert, mit einem sehr schönen Fischgrätparkett, einem funktionierenden Kamin und einer offenen Küche mit Frühstückstheke, von der Éva schon immer geträumt hatte. Das Badezimmer ging auf einen charmanten kleinen, gepflasterten Hof hinaus, der eine seltene Ruhe bot. Seit sie wussten, dass sie die Wohnung bekommen würden, stürzten Vincent und Éva sich mit großem Eifer in die Einrichtung und streiften voller Glück durch das Viertel, dessen Atmosphäre sie ebenso sehr liebten wie die buntgemischte Bevölkerung.

Hand in Hand liefen sie die Rue de Vintimille entlang durch die tanzenden Schneeflocken.

»Ich glaube, wir müssen uns ein bisschen beeilen.«

»Ja, stimmt. Mathilde kriegt eine Krise, wenn wir fünf Minuten zu spät kommen.« Éva lachte.

Als sie vor dem Haus standen, in dem Max und Mathilde wohnten, hörten sie die spitzen Schreie der Kinder. Sie sahen sich vielsagend an, bevor sie klingelten.

»Toll, ich freu mich schon drauf ...«

»Psst, Schatz.«

Max öffnete ihnen. Martin klammerte sich an sein Bein, während Théo versuchte, sich an beiden vorbeizuzwängen und die Besucher mit einem Plastikschwert anzugreifen.

»Willkommen in der Hölle!«

»Hallo, ihr kleinen Monster!«, rief Éva.

»Wo ist mein Geschenk?«

»Martin, würdest du bitte mal Éva guten Tag sagen? Man verlangt nicht einfach so ein Geschenk!«

»Ach, lass ihn doch. Und ich habe, ehrlich gesagt, auch gar nichts dabei ...«

Martin sah sie enttäuscht aus großen Augen an und fing an zu weinen, während sein Bruder mit seinem Schwert übermütig vor Vincent herumfuchtelte.

Max ließ die Besucher stehen, versuchte, Martin zu beruhigen, und brüllte Théo an. Éva und Vincent blickten sich suchend nach einem freien Garderobenplatz um und legten ihre Sachen schließlich in der Diele auf den Boden. Mathilde kam gestresst aus der Küche herbei.

»Was ist denn hier schon wieder los … Ach, hallo, ihr seid schon da?«

»Ja, du sagtest doch dreizehn Uhr. Können wir dir bei irgendwas helfen?«

»Es tut mir so leid. Auf dem Markt haben wir ewig gebraucht, und bis wir überhaupt erst mal da waren … Aber lassen wir das … Jedenfalls war es wahnsinnig voll, und dann sind uns quasi noch sämtliche Eltern aus der Schule in die Arme gelaufen, mit denen wir jedes Mal ein paar Worte wechseln mussten wegen der neuen Lehrerin und der Läuse und so. Ja, also genau, wir hatten auch Läuse, jetzt natürlich nicht mehr, aber ihr solltet euch vorsichtshalber auch behandeln, man kann nie wissen.«

Éva spürte, wie Vincent erstarrte, während Mathilde wie ein Schnellfeuergewehr die Sorgen einer gestressten Mutter herunterratterte.

»Soll ich schon mal einen Apéro servieren?«, schlug Éva vor, um die Situation zu entspannen.

»Ach, was bin ich nur für eine Gastgeberin! Ich habe euch noch gar nichts zu trinken angeboten … Max!«

»Was ist?«

Obwohl Max sich im anderen Teil der Wohnung aufhielt, spürte man, wie genervt er war. Die Jungs ließen ihm keine Ruhe. Als er in der Küche auftauchte, war er sichtlich mit seiner Geduld am Ende und warf seiner Ehefrau einen hasserfüllten Blick zu.

»Was ist?«

»Kannst du bitte unseren Gästen etwas zu trinken anbieten? Warst du bei Nicolas, um Wein zu holen?«

»Ich wickle gerade Martin, er hat sich von oben bis unten vollgeschissen. Und nein, wann hätte ich zu Nicolas gehen sollen? Wenn ich mich recht erinnere, waren wir zusammen unterwegs, oder nicht? So, willst du jetzt, dass ich deinen Sohn noch länger in der Scheiße liegen lasse?«

Éva und Vincent warfen sich peinlich berührte Blicke zu, während sie Zeugen des Rosenkriegs ihrer Freunde wurden. Unverständliche Verwünschungen murmelnd, war Max wieder verschwunden. Mathilde atmete tief durch, Éva sah ihr an, dass sie den Tränen nahe war. Sie wandte den Blick ab, denn sie wusste, dass sich Mathildes Tränenflut nur noch verdoppelte, sobald man Mitleid zeigte.

»Ach, weißt du, Mathilde, uns ist sowieso gerade nicht nach Wein, oder, Vincent?«, meinte Éva leichthin. »Wir haben lange ausgeschlafen und eben erst Kaffee getrunken. Wir sind auch mit einem Glas Wasser oder was immer gerade griffbereit ist zufrieden.«

»Tut mir leid«, sagte Mathilde und musste schlucken. »So geht das schon seit sechs Uhr heute Morgen. Ich drehe langsam echt durch.«

»Seit sechs Uhr … Das ist ja furchtbar«, sagte Vincent mit leicht panischem Gesichtsausdruck. »Aber was macht man denn so früh am Morgen?«

»Tja, um sechs melden sich die Kleinen und wollen spielen. Ich habe sie zu uns ins Bett geholt, aber da haben sie so herumgezappelt, dass ich schließlich um sieben Uhr aufgestanden und mit ihnen zum Bäcker gegangen bin. Seitdem wirbele ich hier rum … Noch vor fünf Jahren bin ich am Sonntag nicht vor eins aus dem Bett gekommen! Ich habe vor kurzem gelesen, dass junge Eltern im ersten Jahr nach der Geburt vierundvierzig Tage Schlaf verlieren. Krass, oder?«

Mathilde hielt inne, als sie die entgeisterten Gesichter ihrer Zuhörer bemerkte. Ihr wurde klar, dass sie die alptraumhaften Zustände ihrer Mutterschaft wohl mal wieder etwas überzeichnete.

»Aber abgesehen davon machen Kinder auch sehr glücklich. Ehrlich! Nur sind die Wochenenden nicht gerade die erholsamste Zeit. Oft freue ich mich schon darauf, montags wieder arbeiten zu gehen. Da kann ich zumindest in Ruhe vor meinem Computer sitzen, umgeben von Leuten, die normal und vernünftig mit mir reden.«

»Mamaaa, wann ist das Essen fertig?« Théo kam in die Küche gehüpft, gefolgt von seinem nackten Bruder und Max, der verzweifelt versuchte, den kleinen Nackedei wieder einzufangen.

»Bald, Schatz. Es ist fast fertig.«

In Windeseile suchte Mathilde Geschirr, Besteck, Servietten, Spießchen, Käse, Pastetchen und Obst zusammen und trug eine große Schüssel Couscous in das weihnachtlich dekorierte Wohnzimmer. Neben dem rustikalen Esstisch stand ein Weihnachtsbaum, stilvoll geschmückt mit einer Leuchtgirlande aus kleinen Papiergeschenken und entzückenden Holzfigürchen. An die Fenster waren mit weißem Kunstschnee Tannenbäume, Sterne und kleine Elfen aufgesprüht, und davor hingen große glitzernde Glaskugeln. So viel Hektik Mathilde auch verbreitete, an der gemütlichen Atmosphäre dieses Raumes erkannte man ihre liebevolle Art. Allmählich entspannten sich alle wieder, der unglückliche Start dieses Wintersonntags schien vergessen.

»Und Max, was macht dein Projekt mit der Sandwichbar?«, fragte Vincent, woraufhin Éva ihren Mann warnend in den Oberschenkel kniff.

Max räusperte sich. »Es geht voran. Im Moment arbeiten mein Freund Diego und ich an unserem Businessplan. Ich muss ihn euch mal zeigen. Diego hat wirklich was drauf.«

Éva sah unauffällig zu Mathilde hinüber, da sie ihre Einstellung zu Diego kannte. Die Freundin hob vielsagend eine Augenbraue.

»Habt ihr schon ein Ladenlokal gefunden? Wo wollt ihr euren Imbiss denn eröffnen?«

»Wir suchen noch. Aber wir haben schon ein paar heiße Tipps. Am liebsten würden wir im IX. Arrondissement bleiben.«

»Aha.« Vincent bemühte sich, einen freundlich interessierten Ton anzuschlagen. »Aber da wärt ihr natürlich nicht die Einzigen.«

Max zuckte mit den Schultern. »Ja klar. Aber unser Laden wird was Besonderes. Wir überlegen zum Beispiel, ob wir die Leute einfach zahlen lassen, was es ihnen wert ist. Das schafft Atmosphäre.«

Vincent biss sich auf die Lippen. Max und er würden niemals auf einen grünen Zweig kommen, so viel stand fest. Aber er hatte es zumindest versucht. Einmal mehr bedauerte er, dass Adrien bei solchen Gelegenheiten nicht mehr mit von der Partie war – Adrien hätte die Situation mit einem Spruch aufgelockert, der niemandem weh tat. Obwohl … Max war reizbarer als früher. Als sie jünger waren, hatten sie sogar gemeinsam einige feuchtfröhliche Abende verbracht, bei denen eine potentielle Freundschaft aufgekeimt war. Aber das gehörte der Vergangenheit an. Der Vorhang war gefallen, und nach dem kurzen Zwischenspiel im Sommer waren sie einander fremder denn je.

Max griff nach seiner Elektrozigarette, die seit dem Urlaub zu seinem Attribut geworden war, genau wie der Schnäuzer, den Vincent und Éva absolut lächerlich fanden.

Mathilde starrte demonstrativ auf den Käseteller.

»Éva, greif zu! Den Camembert habe ich extra für dich besorgt.«

Éva winkte ab. »Nein, ehrlich, ich bin von deinem leckeren Couscous total satt.«

»Möchtest du mal versuchen, die Jungs zu einem Mittagsschlaf zu überreden?«, schlug Mathilde Max vor.

Froh, vom Tisch aufstehen zu können, verschwand Max sofort im Flur. Kaum war er fort, fragte Mathilde schelmisch: »Magst du etwa keinen Camembert mehr, Éva, Königin der Weichkäse?«

Éva errötete und senkte die Nase auf den Teller, während Vincent ihr einen liebevollen Blick zuwarf. Mathilde grinste, bis Éva den Kopf wieder hob.

»Also gut. Ich bin schwanger!«

4 Lucie wollte ihre beiden Großen zum Kindergarten und zur Schule bringen. Sie hatte beschlossen, diese Aufgabe von nun an nicht mehr Winnie zu überlassen, wenigstens diese Zeit sollte ihr und ihren Töchtern gehören. Außerdem war diese kleine Runde im Viertel auch nicht zu unterschätzen, was potentielle Kundinnen anging. Da war zum Beispiel diese Designjournalistin, die einen Artikel über die Boutique schreiben könnte. Die Geschäftsfrau in Lucie wusste: Solche Kontakte waren essentiell in diesem Mikrokosmos der Postdreißiger mit Kaufkraft.

Allerdings war Lucies morgendliche Organisation durch ihren neugefassten Vorsatz gehörig durcheinandergeraten. Nachdem sie sich sorgfältig zurechtgemacht hatte, musste sie sich plötzlich darum kümmern, drei kleine Kinder für den Tag zu präparieren. Sie war viel zu spät dran, als sie endlich ihr Baby in den Kinderwagen legte, Charlotte und Marguerite aus der Tür schob und den Aufzug rief. Wenige Augenblicke darauf wurde ihr klar, dass sie niemals zu dritt samt Kinderwagen in den beengten Lift passen würden.

»Madame Chavez? Madame Chavez?«, rief Lucie, so laut sie konnte, das Treppenhaus hinunter in der Hoffnung, dass die Hausmeisterin sich wie gewohnt so frühmorgens bereits um die Pflanzen oder den Marmorboden im Foyer kümmerte.

»Ja, Madame Chevreux? Gibt es ein Problem?«

»Könnten Sie mir einen Gefallen tun und die beiden Mädchen die Treppe hinunterbringen? Wir passen leider nicht alle in den Aufzug.«

»Oje! Ist Winnie nicht da?«

»Nein, sie kommt erst morgen zurück. Das hoffe ich zumindest.«

»Sie hätten mir Bescheid sagen sollen, Madame. Ich kann die Mädchen doch bringen.«

»Vielen Dank, sehr nett von Ihnen, aber das mache ich gern selbst. Die Schule und der Kindergarten liegen sowieso auf dem Weg zum Geschäft. Aber es wäre wirklich nett, wenn Sie sie hinunterbringen könnten. Ich möchte nicht, dass sie die sechs Stockwerke unbeaufsichtigt hinuntergehen.«

»Das stimmt, sechs Stockwerke sind viel. Aber dafür hat man einen schönen Ausblick, nicht wahr?«

»Ja, ja.« Lucie ging geflissentlich über diese kleine Spitze hinweg. Es war nicht der Augenblick, mit Madame Chavez zu streiten.

Die Hausmeisterin nahm beide Mädchen fest an der Hand und marschierte mit ihnen die breite Treppe hinunter, während Lucie sich abmühte, den Kinderwagen durch die zwei Türflügel des Fahrstuhls zu quetschen. »Mist, das kann doch nicht wahr sein! Scheiß Kinderwagen!«, fluchte sie. Als es ihr endlich gelungen war, den

Wagen ganz in die Kabine hineinzuschieben, musste sie schweißgebadet feststellen, dass sie nicht mehr ohne weiteres an die Etagenknöpfe kam. In einer übermenschlichen Verrenkung erwischte sie schließlich mit der Fingerspitze einen Etagenknopf. Den falschen, wie sie erkannte, als die Türen ihres Metallgefängnisses sich im zweiten Stock öffneten und sie hörte, wie ihre Töchter fröhlich mit der Hausmeisterin aus dem Nähkästchen plauderten.

»Nee, Mama hat ihr eigenes Zimmer, sie muss nachts immer ganz viel schlafen.«

»Ach so, dann kümmert sie sich gar nicht um das Baby, wenn es nachts schreit? Das ist ja allerhand. Arme Kleine!«

Lucie schäumte vor Wut, als sie im Erdgeschoss ankam. Sie wäre der Hausmeisterin am liebsten an den Hals gesprungen.

»Madame Chavez! Könnten Sie mir bitte hier raushelfen, anstatt Ihre Mutterschaftsideale zu verbreiten?«

Die Hausmeisterin lächelte zuckersüß. »Aber sicher, Madame Chevreux.«

Lucie zog an ihrer Handtasche, die zwischen dem Kinderwagen und der Schwingtür eingeklemmt war

»Mama, wir kommen zu spät!«, quengelte Marguerite.

»Warum, wie viel Uhr ist es denn?«

»Zwanzig nach acht.«

»Wie bitte? Zwanzig nach acht? Das kann nicht sein!«

»Ziehen Sie, ziehen Sie, Madame Chevreux!«

»Ja, tu ich doch, aber Sie müssen auch die Türen aufhalten.«

Inzwischen hatten sich ein paar neugierige Nachbarn versammelt, um das Schauspiel zu verfolgen.

»Guten Morgen, Monsieur Ledru!«, flötete Madame Chavez. »Warten Sie, wir sind gleich fertig. Madame Chevreux kennt sich nicht aus. Winnie klappt den Wagen immer zusammen, aber gut, jeder, wie er mag ...«

»Wie bitte? Warum haben Sie das nicht gleich gesagt?«

»Was?«

»Na, dass Winnie den Kinderwagen zusammenklappt!«

»Ich dachte, Sie wüssten das.«

Voller Scham erkannte Lucie plötzlich, wie wenig sie über den Alltag ihrer Töchter Bescheid wusste. Sie war eine schlechte Mutter, und alle sahen ihr dabei zu. Wütend zog sie mit einem Ruck an dem Kinderwagen und hob dabei eine der Klapptüren des Lifts aus den Angeln.

»O mein Gott, Madame Chevreux, Sie haben den Aufzug ruiniert!«, rief die Hausmeisterin fassungslos.

»Nein, ich habe den Aufzug nicht ruiniert, er funktioniert noch einwandfrei. Ich habe nur eine Innentür ein wenig beschädigt.«

»Sie hätten den Kinderwagen nicht reinschieben dürfen.«

»Mama, es ist schon fünf vor halb! Wir bekommen einen Riesenärger!«

Charlotte und Marguerite plärrten, und die kleine Lou schrie mit der verbiesterten Nachbarin um die Wette. Zähneknirschend ergriff Lucie den Bügel des Kinderwagens, stellte Marguerite auf das Fußbrett und fasste Charlotte an der Hand, entschlossen, so schnell wie möglich das bühnenreife Drama im Hausflur hinter sich zu lassen.

»Kommt, Mädchen, wir gehen!«, rief sie. »Madame Chavez, bestellen Sie einen Handwerker, und schicken Sie mir die Rechnung. Es tut mir leid, wenn meine Kinder und ich Sie aufgehalten haben, wo Sie doch gewiss unglaublich beschäftigt sind.«

Und so ließ sie die Hausmeisterin stehen, die sich ganz gewiss hinter ihrem Rücken das Maul zerreißen würde: Schauen Sie sich die nur an, kann sich nicht mal um ihre Kinder kümmern, die geht schon wieder arbeiten, obwohl die Kleine kaum drei Monate alt ist, und ihr Mann ist nie zu Hause, bestimmt hat der eine Geliebte, der arbeitet dauernd bis spätabends … Sollte sie doch, dachte Lucie, und eilte erhobenen Hauptes ins Freie.

An der nächsten roten Ampel starrte Lucie auf die Uhr: Viertel vor neun. Für Marguerite, die in diesem Jahr in die erste Klasse gekommen war, begann in dieser Minute der Unterricht. Gestresst rannte Lucie mit ihren drei Kindern auf den Hof der Montessori-Schule in der Rue de la Grange-Batelière.

»Bis später, mein Schatz! Hab einen schönen Tag!« Sie küsste ihre Älteste rasch zum Abschied. Zu ihrer großen Enttäuschung waren die meisten Mütter schon fort. Missmutig lieferte sie Charlotte im benachbarten Kindergarten ab, auch hier waren sie die Letzten an diesem Morgen. Keine Menschenseele weit und breit.

Was für ein übler Morgen.

In diesem Moment vibrierte das Smartphone in ihrer

Handtasche. Es war Mathilde. Seltsam, sonst rief sie nie so früh an.

»Hallo, Mathilde«, meldete sie sich. »Ich hoffe, du hast nur gute Neuigkeiten, denn ich bin gerade sehr mittelmäßig gelaunt.«

»Ich habe eine Wahnsinnsneuigkeit!«, platzte es unwillkürlich aus Mathilde heraus.

»Du hast einen Geliebten? Dein Mann hat einen Job? Sein dämlicher Freund wurde von einem Müllauto überfahren?«

»He, he, warte mal … Lässt du mich mal ausreden?«

»Schieß los.«

»Es geht um Éva …«

»Was ist mit ihr?«

»Sie ist schwanger!«

Lucie stieß einen spitzen Freudenschrei aus, der Lou aufweckte. Und während die Kleine anfing zu brüllen, huschte ihr flüchtig der erschreckende Gedanke durch den Kopf: Sollte sie sich wirklich für ihre Freundin freuen?

5

13 Uhr. Videokonferenz.

Die Nachricht blinkte auf ihrem Bildschirm. Éva seufzte und griff nach ihrem Kopfhörer. Mit fünf Kollegen traf sie sich in einem virtuellen Raum, während irgendwo in einem menschenleeren Konferenzsaal Manager wichtigtuerisch ihre Präsentationen abspulten – auf Englisch. Schon davon war Éva genervt. Warum nicht auf Französisch? Auf den Slides zogen Torten, Graphiken und Ziffern vorbei. Zweifellos Verkaufszahlen, die ebenso zweifellos erhöht werden mussten, wie man ihnen jedes Mal bei den halbjährlichen Vollversammlungen einimpfte – trotz der Krise, die der Medienbranche arg zusetzte. Und dummerweise hingen ihre Arbeitsplätze an diesen Verkäufen, die sich in freiem Fall befanden, egal, wie viele Titten oder Politikerinnen im Badeanzug sie anstelle von Berichten zu Literaturpreisen oder Kriegsregionen brachten.

Éva widerte es an, wie sehr ihr Blatt die sensationsgeile Gesellschaft fütterte. Was konnte sie dagegen tun? Sie könnte sich bei ihrem nächsten Vorgesetzten beschweren, der dann dasselbe tun müsste, bis hin zum letzten Glied der schier unendlichen Kette an Abteilungsleitern und Chefs. Schlussendlich würde die Beschwerde bei einem Finanzier landen, den diese Information herzlich wenig interessierte – genauso wenig übrigens wie die Rolle des Journalisten, das Layout ihrer Zeitschrift und der Wert von Nachrichten ganz allgemein. Alles war nur Business.

Glaub mir, liebe Éva, wenn du über das Theaterfestival von Avignon berichten willst, beißt du auf Granit. Christophe, Lucies Ehemann, hatte versucht, ihr das beizubringen. Fast wäre die Diskussion zu einem handfesten Streit zwischen ihnen ausgeartet. Die »Linke« gegen den »Kapitalisten«, wie sie sich gegenseitig nannten (in seiner Abwesenheit bezeichnete Éva Christophe auch gern als »satten rechten Spießer«). Die Firma muss rentabel arbeiten, Éva, die Gehälter fallen nicht vom Himmel. Und weißt du, wie viele Sozialabgaben die Arbeitgeber für eine Journalistin wie dich abdrücken müssen?

Mag alles sein, aber Éva schämte sich dafür, ein Massenpublikum mit dieser seichten Kost zu bedienen.

Seit sie von ihrer Schwangerschaft wusste, war sie allerdings mehr denn je davon überzeugt, dass es falsch wäre, ihren Beruf an den Nagel zu hängen. Obwohl Vincent als Anwalt genug verdiente, bestand sie eisern darauf, die zusätzliche finanzielle Belastung durch das Kind mitzutragen, für dessen Zeugung sie so große Mühen auf sich genommen hatte.

Ihre immense Freude über den kommenden Familienzuwachs wurde derzeit von schrecklicher Übelkeit getrübt, die ihr kaum Ruhe ließ. Sie war noch nicht im dritten Monat und konnte daher am Arbeitsplatz nicht offiziell erklären, warum sie so oft zur Toilette rannte, kreidebleich und schlecht gelaunt, oder warum sie fast umkippte, wenn sie ein chinesisches Baby mit zwei Köpfen sah.

Über Skype erhielt sie eine Nachricht:

Sabine: Kaffee?

Éva: 20 Minuten vor dem Meeting gern! Hast du Kippen?

Sabine: In deinem Zustand?

Éva: Was soll das heißen, in meinem Zustand? Meinst du, es könnte schädlich für das Baby sein, im dritten Monat mit dem Hornochsen zu reden? Vielleicht hast du recht;-)

Éva gluckste, und Sabine unterdrückte nur mit Mühe einen Lachanfall. Ihr Chef, der gerade vorbeikam, sah sie mit großen Augen an. Es fühlte sich an, als wären sie wieder in der Schule. Wenn sie gleich vor die Tür gehen müssten, wäre Éva nicht weiter überrascht.

Éva: Gib mir eine Kippe, oder ich stecke dem Hornochsen, dass du in ihn verknallt bist.

Sabine: Schlampe.

Éva: Vielen Dank. Also, ich schreibe jetzt das mit den chinesischen Babys kurz runter, und dann treffen wir uns gleich an der Kaffeemaschine.

Ein paar Minuten später standen sie vor dem winzigen Kaffeeautomaten, den die Firma den Angestellten zur Verfügung stellte. Sie verbrannten sich die Finger an der heißen Brühe in den Plastikbechern und warteten darauf, dass sie abkühlte.

»Und Kaffee ist okay, ja?«

»O nein, geh du mir nicht auch noch auf die Nerven!«

»Wer geht dir denn sonst noch auf die Nerven?«

»Vincent. Seit ich schwanger bin, lässt er mir keine Ruhe. Er weiß genau darüber Bescheid, was Schwangere alles nicht dürfen, und benimmt sich wie ein Oberlehrer. Keine Zigaretten, kein Alkohol, keine Joints und keine Wurst – von mir aus. Aber seine Liste ist länger: Vorbei die Zeiten mit Sushi, Rohmilchkäse, Salat, Zucker, Kaffee, Tee, Vollmilch, Sport, U-Bahn-Fahren, Einkaufen ... und Sex.«

»Autsch, ist das nicht ein bisschen viel?«

»Wir haben so viele Probleme gehabt, endlich ein Kind zu bekommen, dass er nun Angst hat, ich könnte es wieder verlieren. Das geht mir ja genauso. Bei ihm grenzt es trotzdem an Paranoia. Der Arzt hat mir gesagt, alles sei normal, und ich müsse vor allem nicht auf Sex verzichten.«

»Wäre ja auch schön, wenn ihr eurer Lust freien Lauf lassen würdet. Wenn ich mich recht erinnere, habt ihr vor deiner Schwangerschaft nicht gerade wie die Verrückten gevögelt, oder?«

Éva errötete.

»Stimmt. Und wenn ich überlege, wie das Sexleben meiner Freundinnen, das vor ihrer Schwangerschaft ziemlich normal war, nun danach aussieht, wage ich mir gar nicht vorzustellen, wie sich das bei Vincent und mir gestalten wird.«

»Augenblick mal, du hast noch mindestens fünfzig, sechzig Jahre zu leben! Willst du etwa Nonne werden und untenrum völlig verstauben?«

Éva verzog das Gesicht. »Sag das mal Vincent.«

»Nein, sag du es Vincent. Er muss sich mal zusammennehmen. Und außerdem hat er doch auch seine Bedürfnisse, oder nicht? Ich weiß nicht, blas ihm wenigstens einen. Das empfiehlt Gwyneth Paltrow.«

»Wie bitte? Die Frau weiß doch über nichts Bescheid außer über die Bio-Zucchini, von denen sie sich ernährt. Ich bin da ziemlich up to date, ich habe erst vor drei Tagen einen Artikel über sie geschrieben.«

»Egal. Blas ihm einen, und behalte die Bio-Zucchini für dich.«

Kichernd gingen sie zum Ausgang. Die frische Luft tat Éva gut. Sie hielten sich ein wenig abseits von den Kollegen, die in kleinen Gruppen zusammenstanden und ein, zwei oder auch drei Zigaretten hintereinander wegrauchten, weil es nicht gern gesehen wurde, wenn man mehr als zwei Pausen am Tag einlegte, die meisten von ihnen jedoch gut ein Päckchen pro Tag durchzogen. Der Boden war mit Kippen übersät.

»Mir ist saukalt! Gehen wir wieder rein?«, fragte Sabine zähneklappernd und hielt ihren Ausweis für die Stempeluhr bereit, die ihnen gut zehn Minuten berechnen würde.

Als sie sich durch die gefährliche Drehtür quetschten, die wie durch einen Tropfenzähler die stinkenden, verfrorenen Raucher zurück auf ihren Kreuzweg schickte, entdeckte Éva zwischen ihren Leidensgenossen eine vertraute Gestalt.

Seine Augen glänzten, der Bart war gepflegt gestutzt, und er lachte gerade laut mit einer Praktikantin aus der Bildstelle. Sie betrachtete ihn in seiner fellgefütterten Jeansjacke – sehr hübsche Sommersprossen, schöne Hände, wilde Locken, geschwungener Mund – und konnte den Blick nicht von ihm abwenden. Bis er ohne Vorwarnung den Kopf hob und sie ansah.

Panisch stempelte sie ab und flüchtete in ihre verfluchte Tretmühle.

Sie hatte Jacques wiedergesehen.

Jacques wie Jacques Brel.

6

»Hallo, Mamé, wie geht es dir?«

»Wie bitte?«

»Mamé, hier ist Mathilde. Hörst du mich?«

»Wer ist da? Stimmt was nicht?«

»Mamé! Hier ist MATHILDE, die Frau von Max, deine Schwiegertochter, hörst du mich? Gib mir bitte mal die Krankenschwester.«

»Ich brauche keine Schwester! Auf Wiedersehen, Madame.«

»Nein, Mamé, bitte gib mir San-dri-ne. Deine Krankenschwester.«

Ein dumpfes Geräusch ertönte. Das schnurlose Telefon mit den großen Tasten musste auf dem Boden gelandet sein, und plötzlich herrschte Stille. Eine lange Stille, während der Mathilde voller Schrecken ihre Nägel betrachtete. O nein! Sie hatte so hübschen roten Lack aufgetragen, aber schon war wieder alles ruiniert.

»Hallo, Madame Marsac? Ich bin's, Sandrine. Wie geht es Ihnen?«

»Gut, und Ihnen, Sandrine? Wollen Sie mir nicht der Einfachheit halber Ihre Handynummer geben, dann muss ich Mamé das nächste Mal nicht wieder durch die ganze Wohnung schicken.«

»Ach, wissen Sie, es ist gut, wenn sie sich ab und zu mal bewegt. Sonst sitzt sie den lieben langen Tag nur in ihrem Sessel und wartet.«

Max ging seine Mutter niemals besuchen, obwohl er die Zeit dafür hätte. Es belaste ihn, sie so zu sehen, argumentierte er. Ob Théo und Martin sie später auch so allein vor sich hin vegetieren lassen würden? Mit stumpfem Blick, gefangen in einer vergangenen Zeit lange vor ihrer Geburt? Mathilde verscheuchte den düsteren Gedanken rasch und ging zur Organisation der Weihnachtsferien über. Sie beschäftigten Sandrine inzwischen als Vollzeitaltenpflegerin für Mamé, da ihr Alzheimer so stark fortgeschritten war, dass sie nicht mehr für sich sorgen konnte. Die Krankheit hatte Mamé verändert: Sie war launisch, abwechselnd depressiv, verbittert und geistesabweisend. Obwohl sie erst siebzig war, entfernte sie sich mit jedem Tag weiter von der Realität, ihrem Umfeld, ihren Angehörigen.

»Ich rufe wegen Weihnachten an«, sagte Mathilde. »Wie sollen wir es machen? Wir feiern Heiligabend zu Hause mit den Kindern, meiner Schwester und meinen Neffen und Nichten. Wir würden Mamé gern zu uns holen. Wann wollen Sie sich über die Feiertage Urlaub nehmen?«

»Ich hätte gern zwischen Weihnachten und Neujahr frei. Meine Eltern wohnen in Amiens, und es wäre ziemlich viel Aufwand für mich, nur für einen Tag zu ihnen zu fahren.«

Wie bitte? Sie sollte sich eine ganze Woche um ihre

demente Schwiegermutter kümmern? Das fehlte gerade noch!

»Na klar, Sandrine. Außerdem haben Sie ja praktisch seit den Sommerferien nicht mehr richtig freigehabt. Aber sagen Sie, kennen Sie nicht jemanden, der vertretungsweise ein paar Tage für Sie einspringen könnte?«

»Das ist ganz schwierig um die Weihnachtszeit. Darum hätte man sich schon im Sommer kümmern müssen. Das können Sie jetzt echt vergessen, tut mir sehr leid.«

Ach, wie herrlich. Mathilde freute sich schon jetzt auf das Ende der Weihnachtsferien.

»Verstehe.« Mathilde seufzte. »Wir werden schon irgendwie zurechtkommen. Könnte Ihr Mann uns Mamé vielleicht am Vierundzwanzigsten bringen? Ich habe an dem Tag alle Hände voll zu tun mit den Vorbereitungen, das wäre eine echte Erleichterung!«

»Leider nicht, er ist nicht da. Und ich selbst habe keinen Führerschein, wie Sie wissen.«

»Ja, natürlich. Na, dann muss ich das noch mit Max besprechen.«

»Ach ja, wie geht es Monsieur Max? Hat er inzwischen wieder eine Arbeit gefunden?«

»Nein.«

»Ah. Dann könnte er vielleicht kommen und seine Mutter abholen?«

»Ja, sicher. Wir schaffen das schon, zerbrechen Sie sich nicht den Kopf darüber. Könnten Sie denn bitte schon Mamés Sachen zusammenpacken?«

»Natürlich. Aber ich muss Ihnen das mit den Medikamenten noch erklären. Oder Ihrem Mann. Inzwischen muss man sie auch zur Toilette bringen. Und seit der Sache mit der Hüfte ist sie auch nicht mehr so gut zu Fuß.«

Das konnte ja heiter werden. Allein die vielen Treppen in ihrem Altbau ohne Aufzug …

»Gut, Sandrine, oder nicht gut. Dann weiß ich Bescheid, und wir werden uns darauf einstellen. Sagen wir also am Vierundzwanzigsten vormittags? Ich rufe Sie vorher an. Alles Gute, Sandrine, und einen schönen Tag. Könnten Sie mir bitte noch einmal Mamé geben?«

In diesem Augenblick öffnete sich die Tür zum Konferenzraum, in den sich Mathilde zum Telefonieren zurückgezogen hatte. Die Silhouette des Big Boss füllte furchteinflößend den Türrahmen. Er lächelte sein unsympathischstes Raubtierlächeln, als er sagte: »Wir stören doch hoffentlich nicht, Madame Marsac?«

»Ich, äh … Entschuldigung, ich habe nicht gesehen, dass Sie den Raum reserviert hatten …«

Er ließ sich nicht mal zu einer Antwort herab und sah sich unverwandt lächelnd im Saal um. Genau in dem Moment ging Mamé wieder ans Telefon.

»Hallo, Corinne?«

»Nein, hier ist Mathilde! Ma-thilde!«, flüsterte Mathilde verzweifelt in den Hörer, während ihre Schwiegermutter sie weiterhin mit dem Namen von Max' Exfreundin ansprach. Mathilde war sich nicht sicher, ob die alte Dame sie nicht absichtlich ärgern wollte. »Mamé, ich muss leider aufhören. Ich melde mich später wieder.«

Verdammte Großraumbüros! Sah so die Zukunft aus?

Ein Arbeitsplatz, an dem man nicht mal fünf Minuten in Ruhe nachdenken, geschweige denn seine kranke Schwiegermutter anrufen konnte!

»Warten Sie«, krähte Mamé. »Wer ist da? Ich habe Angst!«

Mathilde wurde schwer ums Herz. »Mamé, nicht doch. Du musst keine Angst haben. Ich bin es, Mathilde, die Mutter von Théo und Martin!«

»Wer ist Martin? Ich kenne einen Théo, aber keinen Martin. Was ist das überhaupt für ein alberner Vorname?«

»Sie sind deine Enkel, Mamé! Théo und Martin. Martin ist jetzt fast zwei Jahre alt, weißt du noch? Wir haben dich vor zwei Wochen erst besucht!«

»Ach, das würde mich wundern, mich besucht nie jemand.« Mamé schluchzte.

O nein!, dachte Mathilde gestresst. Sie musste das Gespräch mit ihrer Schwiegermutter an dieser Stelle abbrechen. Den Big Boss im Nacken, hatte sie keine Chance, Mamé zu trösten. Sie erzählte ihr rasch von der Weihnachtsfeier, die sie organisierten und dass Max sie abholen käme. Na ja, vielleicht.

»Oh, wie ich mich freue! Mein kleiner Max kommt! Ich hoffe, dass es ihm keine zu großen Umstände macht, wo er doch so schwer arbeiten muss!«

»Das wird er sicher einrichten können, Mamé, ganz sicher«, sagte Mathilde und dachte: Tja, mein Guter, aus der Nummer kommst du jetzt nicht mehr raus. »Mamé, ich muss jetzt Schluss machen. Wir sehen uns also zu Weihnachten. Auf Wiedersehen!«

»Auf Wiedersehen, Corinne.«

Erschöpft legte Mathilde auf. Uff, das wäre geschafft. Sie hatte dieses unangenehme Telefonat seit Tagen mit wachsendem Unbehagen vor sich hergeschoben. Mit einem kühlen Lächeln für ihren Chef verließ sie den Konferenzraum.

An der Kaffeemaschine holte sie sich einen dreifachen Espresso ohne Zucker.

Und weiter in der Organisation. Jetzt galt es, einen Babysitter für kommenden Freitag zu finden, da Max und sie bei Lucie zum Abendessen eingeladen waren. Éva und Vincent wollten auch kommen, und sogar Alice hatte sich extra für den Abend frei genommen. Mathilde waren diese Treffen mit den Männern nie ganz geheuer. Man wusste nicht, was da unverhofft im Gespräch aufpoppen konnte: Anekdoten über die Kinder, die Männer, zerstörte Illusionen, Phantasien. Die Freundinnen tauschten so viel Intimes aus … Es bestand immer das Risiko, dass eine sich verplapperte, und es war immer ein wenig peinlich, sich zu viert in der Realität zu begegnen. Wenn Mathilde sich beispielsweise mit Vincent unterhielt, musste sie unwillkürlich an seine Trägheit im Bett denken und stellte sich vor, wie sich sein bestes Stück zusammengeschrumpelt in den Boxershorts verschanzte – die Beschreibung stammte von Éva. Von Christophe wusste sie, dass seine sexuellen Wünsche etwas außergewöhnlich waren und dass Lucie den Ehrgeiz entwickelt hatte, sie zu erfüllen. Die Ehemänner ahnten, was über sie geredet wurde. Schon oft war Mathilde deswegen mit Max aneinandergeraten.

»Was fällt dir ein, mein ganzes Leben vor deinen Freundinnen auszubreiten? Woher weiß Christophe bitte schön, dass ich Probleme habe, einen Kredit für meine Bagelbar zu bekommen?« Es war unvermeidlich, dass viele ihrer Vertraulichkeiten später ins Ehebett getragen wurden: Das erzählst du aber nicht Éva, oder? Bei Max' momentaner Laune würde sie besonders diplomatisch sein müssen. Doch alles zu seiner Zeit. Ziel des Tages war, eine Betreuung für ihre Kinder zu finden. Und das war keine einfache Sache.

Um die Chancen auf eine der vier Studentinnen zu erhöhen, die sie im Lauf der Jahre auf ihre Liste der vertrauenswürdigen Babysitter gesetzt hatte, schickte Mathilde jedes Mal allen dieselbe SMS in Kopie: »Hallo, könntest du vielleicht am Freitagabend auf Théo und Martin aufpassen? Danke! Mathilde.« Die Erste, die antwortete, bekam den Job. Trotz der bewährten Strategie kam es vor, dass keine Zeit hatte, ja, dass sich nicht mal eine von ihnen meldete. Diese Jugend von heute – hatte nicht mal mehr die Höflichkeit abzusagen. Verdammt, seit wann sagte sie »diese Jugend von heute«? Wenn das Lucie gehört hätte!

7

Alice beugte sich mindestens zum dreißigsten Mal über ihr Smartphone und checkte die SMS.

Du fehlst mir. Punkt.

Was hatte das zu bedeuten? Er fehlte ihr auch. So sehr, dass es weh tat, unaufhörlich, in ihrem tiefsten Inneren. Aber wenn er sie ebenso vermisste wie sie ihn, hätte eine einzige SMS nicht ausgereicht, um den brennenden Schmerz auszudrücken, der durch ihre Adern floss. Vor allen Dingen nicht eine SMS, die einfach so, mitten in der Nacht, ohne Kontext, völlig schnörkellos gesendet worden war. Du fehlst mir – ja und? Was hieß das? Bedeutete es, dass er bedauerte, was geschehen war? Dass er wollte, dass sie ihm nicht mehr fehlte? Dass er sich zu ihr ins Bett legen würde, in Löffelchenstellung, ihr in die Ohren schnarchte und sonntagmorgens Hand in Hand mit ihr über die Flohmärkte schlenderte? Bedeutete es, dass es keine Juliette mehr gab, und vor allem, dass es nie mehr eine geben würde? Dass sie ihm wieder vertrauen könnte? War das überhaupt möglich? Oder hatte er einfach nur zerstreut auf seinem Smartphone herumgetippt und sie beiläufig darüber informiert, was er in dem Moment empfand, ohne sich um das Morgen und die Konsequenzen einer solchen Beichte in ihrem prekären Zustand zu scheren? Leider war es mit großer Wahrscheinlichkeit genau das. Und deswegen hatte sie bisher auch nicht geantwortet.

Sie wandte sich schließlich an ihren SMS-Expertenrat. Ihre drei Freundinnen waren sich einig: »Du darfst auf gar keinen Fall antworten!« Es war die bewährte Vorgehensweise. Stell dich tot. Warte ab. Ruf bloß nicht zurück.

Sie wusste, dass dieser Rat richtig war, dennoch bedrängten sie tausend und eine Frage: »Was willst du? Warum sagst du mir, dass ich dir fehle? Wie kannst du mir das antun? Treffen wir uns doch, wenn du mich vermisst. Erklär mir alles. Warum hast du mich verlassen? Warum kannst du ohne mich leben, während ich fast an meinem Kummer ersticke? Wie kannst du mit deinen Händen andere Brüste als meine umfassen?«

Sie musste sich zusammennehmen. Bloß nicht durchdrehen. Die Freundinnen rieten ihr, sich auf die Kochsendung zu konzentrieren.

»Das ist so genial, Alice«, rief Éva. »Du musst es einfach ausprobieren!«

Was hätte wohl Catherine gesagt? Alice dachte voller Zuneigung an ihre verstorbene Mutter, eine rebellische, freie Frau auf haushohen Absätzen, auf die sie ihre Jungmädchenträume projiziert hatte. Catherine hätte gewollt, dass Alice ihr Schneckenhaus verließ und aufhörte, ihr Licht unter den Scheffel zu stellen. Dass sie einmal ihre Routine durchbrach und sich einen Ruck gab, anstatt im Hintergrund abzuwarten und das Leben an sich vorüberziehen zu lassen. Sie hätte ihre Tochter sanft durchgeschüttelt, ihr gut zugeredet, so wie es jetzt Mathilde, Éva und Lucie taten.

Am nächsten Nachmittag sollte der Dreh in den Studios des Senders stattfinden. Alice war nervös, sehr nervös sogar. Sie bedauerte, sich geschworen zu haben, nie im Leben Beruhigungsmittel anzurühren. Das hatte sie getan, nachdem ihre Mutter unter dem Einfluss von Medikamenten auf der Autoroute du Soleil bei einem Verkehrsunfall ums Leben gekommen war, in dem Sommer, als Alice fünfzehn Jahre wurde. Heute könnte sie gut ein paar Tabletten gebrauchen, um diesen ganzen Druck und die auf sie gerichteten Scheinwerfer auszuhalten.

Du fehlst mir.

Wenn sie doch nur Adrien anrufen könnte! Er wüsste sie zu beruhigen. Er hatte seine Fehler, aber er wäre in der Lage, ihr mit den richtigen Worten Selbstvertrauen einzuflößen. Ohne ihn hätte sie niemals den Mut gefunden, ihr Pharmaziestudium schon nach einem Jahr sausen zu lassen, um sich ganz auf das Kochen zu konzentrieren – obwohl ihr die meisten Freunde und Verwandten davon abgeraten hatten. Damals waren Köche noch nicht so populär und Kochsendungen noch keine Zuschauermagneten gewesen. Frauen hatten sich noch keinen Platz in der Haute Cuisine erobert, und es gab nur wenige namhafte Restaurantbesitzerinnen. Während ihrer Lehrzeit war Adrien immer für Alice da gewesen und hatte sich rührend um die kleine Laura gekümmert. Wenn sie abends nach Hause kam, todmüde, weil sie den ganzen Tag gewaschen, geschält, gehackt, gegrillt, gewendet und oft wegen der sexistischen Bemerkungen ihrer Kollegen geweint hatte, die bereits auf ihr Talent neidisch waren, erwartete er sie mit offenen Armen an der Tür ihrer kleinen Wohnung an der Porte de Vincennes, wo das Baby bereits in seinem Zimmer schlief.

Du fehlst mir.

Mathilde war wie immer mit einer Million Verpflichtungen zu überlastet, um sie in dieser Situation zu unterstützen, Éva konnte nicht aus dem Büro weg und hing dauernd über der Kloschüssel, und Lucie erwartete Lieferanten in der Boutique. Daher würde Laura sie unterstützen. Sie hatte keine Schule an diesem Nachmittag und war absolut scharf darauf, ihre Mutter zu begleiten.

»Ist es so schlimm?« Fred legte ihr seine große Hand auf den Rücken und beobachtete kopfschüttelnd, wie sie sich damit abmühte, einen Seebarsch zu filetieren – eigentlich ein Kinderspiel. »Jetzt mach dir doch nicht in die Hose! Du wirst sie umhauen!«

»Aber ich mach mir doch gar nicht in die Hose. Das ist ja auch nur der Probedreh. Die werden schnell merken, dass an mir kein Fernsehstar verlorengegangen ist. Aber wenigstens bekommen wir dann hinterher ein lustiges Video, über das wir alle zusammen lachen können.«

»Na bitte! Komm, lass mich mal an die Fischchen ran, bevor du sie noch weiter malträtierst. Geh mal lieber die Reservierungen checken, ich habe den Eindruck, dass Hubert nur Blödsinn macht bei den Platzierungen.«

Die Mittagessenszeit erschien ihr unglaublich kurz. Und auch wenn einer der Gründe, warum Alice ihren

Beruf so sehr liebte, der war, dass sie sich niemals langweilte, wusste sie, dass es diesmal blanke Furcht war, die die heiße Phase der Mittagszeit wie wenige Sekunden vergehen ließ. Völlig aufgelöst sah sie ihre Tochter, jugendfrisch und sehr entspannt, ins Restaurant kommen.

»Hallo, Mama!«, rief Laura fröhlich.

»Wie, du bist schon da?

»Was heißt *schon*, es ist drei Uhr! Warum bist du noch nicht umgezogen? Und deine Haare … du siehst unmöglich aus! So nehmen die dich nie beim Fernsehen!«

»Liebling, ich style mich doch nicht zum Kochen!«

»Und warum nicht? Glaubst du nicht, es würde deinen Kollegen in der Küche Freude machen, wenn du dich mal ein bisschen hübsch machtest? Wirklich, Mama, du lässt dich gehen.«

Alice senkte den Blick. Laura hatte nicht unrecht. Sie hatte schon immer einen Hang dazu gehabt, ihre Weiblichkeit abzulegen, sobald sie in der Küche arbeitete. Sie vergaß, dass es ein Arbeitsplatz wie alle anderen war. Und seitdem Adrien sie verlassen hatte, gab sie sich wirklich kein bisschen Mühe mehr mit ihrem Aussehen. Morgens benutzte sie ein wenig Feuchtigkeitscreme und fuhr sich mit der Bürste einmal durch die blonden Haare, die sie seit Ewigkeiten genauso schulterlang geschnitten trug wie auf ihren Schulfotos.

»Aber die werden dich da ja sowieso in die Maske schicken. Und wenn du nicht aufpasst, schleifen die dich ruck, zuck in eine andere Sendung, wo dir ein neuer Look verpasst wird.«

»Laura, zügele deine Zunge«, sagte Alice. »Sonst gehe ich nämlich gar nicht erst hin.«

In diesem Augenblick wurden sie von Fred unterbrochen. »Hallo, schönes Mädchen!«, rief er. »Bist du etwa schon wieder gewachsen?«

Laura verdrehte die Augen, und Fred lachte. Er kannte sie seit vielen Jahren und mochte sie sehr. Alice hatte sie öfter mit ins Restaurant nehmen müssen, als sie noch klein war und die Kinderfrau ausfiel. Laura durfte sich dann in das helle, verglaste Büro des Chefs setzen, um zu malen oder zu spielen. Tatsächlich beschäftigte sie sich aber den ganzen Tag damit, fasziniert das Ballett der Küchenmitarbeiter im Hintergrund zu beobachten. Die Köche schlossen die Kleine schnell in ihr Herz und versorgten sie regelmäßig mit kleinen Leckereien, während ihre Maman stets gewissenhaft und ohne sich ablenken zu lassen ihrer Arbeit nachging.

»Und du bist ein bisschen dicker geworden, oder?« Laura grinste.

»Na, so was, noch frecher als früher! Begleitest du deine Mutter auf dem Weg zum Ruhm? Bring sie mir bloß wieder!«

»Mal sehen. Ich wette, sie lassen sie gar nicht mehr weg. Du wirst ihr viel, viel Geld bieten müssen, Fred Sternekoch.«

»Aha, du bist jetzt also ihre Agentin geworden. Du hast recht, man darf keine Zeit verlieren. Aber wenn ich du wäre, würde ich mich erst mal auf den Hosenboden setzen, damit ich mein Abi schaffe.«

»Du Blödmann!«, rief Laura, deren schulische Leistungen nicht überragend waren. »Mama, wir müssen los!«

»Ich rufe euch ein Taxi.«

Eine Stunde später wartete Alice wie ein Häufchen Elend in der Maske, bis eine energische junge Frau hereingestürmt kam. Sie hatte volles, glänzendes Haar, tätowierte Augenbrauen, einen ebenmäßigen Teint und Gelnägel mit Glitzersteinchen. Obwohl diese Künstlichkeit befremdlich auf Alice wirkte, fand sie die Maskenbildnerin sehr attraktiv. Bestimmt lagen ihr die Männer zu Füßen.

»Sind Sie die Köchin?« Die junge Frau musterte skeptisch ihr heutiges Versuchskaninchen.

»Ja. Am Empfang hat man uns gesagt, wir möchten hier warten. Aber vielleicht sollten wir auch sofort ins Studio? Für eine Probe muss man doch nicht geschminkt sein, oder? Ich will Sie nicht unnötig aufhalten.«

»Mama!« Laura stöhnte genervt.

Die Maskenbildnerin fing laut an zu lachen. Normalerweise hatte sie mit eitlen Stars und Sternchen zu tun, die nicht im Traum ungeschminkt einen Schritt Richtung Studio tun würden.

»Egal, ob Probedreh oder nicht, in diesem Zustand lasse ich Sie nicht vor die Kamera, sonst können Sie Ihre Sendung nämlich vergessen. Was haben Sie denn nur mit Ihrer Haut gemacht?«

»Gar nichts …«

»Das sehe ich. Aber das kriegen wir hin. Tun Sie mir nur einen Gefallen, meine Liebe. Machen Sie sofort einen

Termin beim Friseur aus, sobald Sie hier rauskommen. Ihr Haarschnitt sieht wirklich verboten aus, und Sie würden sich eine Menge schlechte Laune vor dem Spiegel ersparen!«

Charmant, diese Fernsehleute. Alice dachte noch über eine angemessene Replik nach, da machte sich die Maskenbildnerin bereits mit Grundierung, Concealer und einer Riesenfarbpalette daran, sie zu verwandeln.

»Mama, du siehst Hammer aus!«, kreischte Laura begeistert.

Alice lächelte unsicher. »Besser als vorher, das gebe ich ja zu. Aber ist das nicht ein bisschen zu viel? Ich weiß nicht, ob ich mich …«

»Nein, so ist es gut. Vor der Kamera gilt immer: Lieber zu viel als zu wenig. Es wirkt nicht maskenhaft, keine Sorge. Alle, die im Fernsehen auftreten, sind geschminkt, auch die Männer.«

»Meine Mutter sieht nie fern, müssen Sie wissen.«

»Stimmt, ich habe einfach keine Zeit zum Fernsehen. Und? Verpasse ich denn wirklich was?«

Diese philosophische Frage blieb unbeantwortet, denn eine klapperdürre Frau um die vierzig in engen Slimfit-Jeans, Boots und mit dicker schwarzer Hipster-Brille kam hereingestürzt und plapperte aufgeregt los.

»Alice, ich bin so glücklich, dass du dich zu dem Dreh durchgerungen hast!«

»Hallo, Raphaëlle. Danke, dass du mir diese Chance gibst und deinen Terminplan an meine Arbeitszeiten angepasst hast.«

»Machst du Witze? Wir sind heilfroh, dass wir dich haben! Ich bin sicher, dass du alle begeistern wirst. Was hast du uns denn da für ein hübsches junges Mädchen mitgebracht?«

»Das ist Laura, meine Tochter.«

»Wie bitte? Hast du sie mit fünfzehn bekommen, oder was? Hallo, Laura, du kannst wahnsinnig stolz auf deine Mutter sein!«

»Und wie!«, pflichtete Laura der hektischen Moderatorin bei.

»Jetzt seid bloß nicht zu enthusiastisch, wir wissen alle nicht, wie das da gleich vor der Kamera läuft.«

»Apropos, Alice, eines möchte ich dir ans Herz legen: Die Kamera verzeiht nichts. Denk also nicht an deine Zweifel und Unsicherheiten, ich will nichts davon hinterher auf den Aufnahmen sehen. Du bist super! Und wenn wir das Abenteuer zusammen wagen wollen, bekommst du sowieso ein Medientraining. Heute geht es einfach nur darum, dass du uns ein leckeres kleines Gericht zubereitest und es so einfach und appetitlich erklärst, dass die Zuschauer Lust bekommen, es sofort zu Hause nachzukochen. Du lächelst und plauderst ein wenig mit mir darüber. Alles easy. Die Zutaten für dein Gericht haben wir schon besorgt. Wir haben uns im Fundus der großen Kochshow von Freitagabend bedient. Die sind mitten in der Produktion, es ist ein Riesenerfolg. Hast du sie schon mal gesehen?«

»Nein. Weißt du, durch das Restaurant …«

»Verstehe. Aber bestimmt hast du schon mal davon

gehört. Es ist der Hit! Die Zuschauerzahlen schießen in den Himmel. Kochen funktioniert gerade phantastisch. Und die Zielgruppe wird immer breiter, denn schließlich kochen alle heutzutage, sogar die Männer. Wenn mein Großvater das erlebt hätte – der wusste nicht mal, wozu ein Kochtopf gut war … Aber sag mal, was ist denn mit deinen Haaren los, Liebes? Du musst dir neue Strähnchen machen lassen, die Kamera verzeiht nichts, das sagte ich ja bereits.«

»Ja, ja. Ich gehe am Wochenende zum Friseur.«

»Super! Und geh bitte zu einem guten. Die Rechnung schickst du an uns. Okay, wir erwarten dich in zehn Minuten am Set. Atme noch mal tief durch, und dann: Ran an die Buletten! Sag, wenn du eine kleine Lexotanil brauchst? Oder eine Xanax? Ein paar Betablocker?«

»Nein danke. Wirklich, ich schaffe das schon.«

Die Produzentin eilte davon, das Smartphone bereits am Ohr, die perfekte Karikatur ihrer selbst. Die Maskenbildnerin reichte Alice ihre Kochkleidung, das Outfit war in den Farben des Senders gehalten. Alice schüttelte den Kopf, was machte sie hier bloß? Ihr blieben noch ein paar Minuten. Sie könnte sich wie ein Wiesel aus dem Staub machen, das Handy ausschalten, in die Anonymität ihrer Küche zurückkehren und ihr ruhiges Leben wiederaufnehmen.

Doch dann dachte sie an Adrien.

Und an seine blutjunge Juliette.

Nein! Sie wollte sich nicht mehr kleinmachen. Sie konnte zwar keine Jugend mehr versprechen, doch hatte sie andere Waffen, die ihr zur Verfügung standen. Sie war zum Kampf bereit.

Du fehlst mir.

Er würde schon sehen! Dass sie stark war, dass sie auch außerhalb ihres kleinen Familien- und Freundeskreises begehrt war.

Erhobenen Hauptes schritt sie hinaus ins Scheinwerferlicht.

8

»Max, wann willst du deine Mutter abholen?« Mathilde war eigentlich gutgelaunt in diesen Tag gestartet. Sie freute sich darauf, das Weihnachtsessen zuzubereiten, freute sich darauf, mit der Familie später am Tisch zu sitzen, einen guten Wein zu trinken und in die leuchtenden Gesichter der Kinder zu blicken, wenn sie ihre Geschenke auspackten. Sie wollte sich hübsch machen für diesen Abend, wollte die Wohnung aufräumen, wünschte sich nichts sehnlicher als einen Bilderbuch-Heiligabend.

Max alberte mit den Jungs auf dem Bett herum, kitzelte sie, packte sie am Schlafanzug und schien Mathilde nicht zu hören. Mit leicht getrübter Laune und in einer großen Schürze mit dem Aufdruck »Wer ist hier der Chef?« erschien sie im Türrahmen und fragte noch einmal, nun etwas lauter: »Wann willst du deine Mutter abholen?«

»Keine Ahnung. Warum? Muss es denn um eine bestimmte Zeit sein? Findet heute Nachmittag etwa eine Konferenz statt?«, erwiderte er spöttisch, ohne sie anzusehen.

Mathilde musste schlucken. »Nein, aber ich habe Sandrine versprochen, dass du heute Vormittag kommst. Sie muss nachmittags ihren Zug nach Amiens kriegen.«

Anstatt zu antworten, checkte Max hochkonzentriert seinen Twitter-Account.

»He, hast du mich gehört?«

»Ja, ich bin doch nicht taub! Ich muss heute Vormittag hin, ich hab's verstanden. Du hältst mich echt für blöd, oder?«

»Ich habe dich nur gefragt, wann du deine Mutter abholst, denn es ist schon kurz vor elf, und du bist noch nicht mal angezogen. Und wenn du bei Gelegenheit die Jungs gleich mitanziehen könntest, wäre das eine große Hilfe.«

»Also gut, Mathilde«, schnaubte Max wütend. »Was ist dein Problem? Was soll ich machen? Sag es mir! Oder schreib mir eine Liste, das machst du doch so gern, anstatt immer nur Andeutungen zu machen!«

»Ich mache keine Andeutungen. Ich bitte dich nur, deine Mutter abzuholen und deine Kinder anzuziehen. Aber die zweite Dschungelprüfung bleibt dir sowieso erspart, denn du hast keine Zeit mehr. Und hör auf, mich ewig als Xanthippe hinzustellen, Max! Das ist echt ungerecht, ich versuche doch nur, den Laden am Laufen zu halten, und will, dass wir es heute Abend gemütlich haben! Ich will diesen Stress doch auch nicht. Also frage ich mich eher umgekehrt, was ist dein Problem? Ich finde es echt nicht übertrieben fies von mir, wenn ich dich um elf Uhr vormittags um ein paar Kleinigkeiten bitte. Du wohnst schließlich hier, oder?«

»Wer weiß, wie lange noch«, brummte er.

Mathilde spürte einen dicken Kloß im Hals, wie so oft

in letzter Zeit. Sie bemühte sich, ihn herunterzuwürgen. Was war denn seit der Rückkehr aus den Sommerferien wieder so schiefgelaufen? Täglich rang sie um ihre Beherrschung. Sie hatte gehofft, dass diese Feiertage ihnen guttäten.

»Was? Was hast du da gesagt?«, flüsterte sie mit Tränen in den Augen.

»Mathilde, bitte verschone mich mit deinen Tränen ... Aber, was soll's, ich bin der Bösewicht, nicht wahr? Und du die arme Leidtragende. Max ist so gemein, er macht nichts im Haushalt, wirklich gar nichts. Max kann nicht mal seine Klamotten in Ordnung halten ... Ich bringe die Kinder in die Schule, ich rufe den Babysitter an ... Das erzählst du doch dauernd deinen Freundinnen, oder? Wenn dir dein Leben nicht passt, dann ändere es doch, verdammt noch mal! Wir leben schließlich nicht mehr im neunzehnten Jahrhundert. Ich glaube, du verdienst genug Geld, um dein kleines Leben auch ohne deinen Versager von Ehemann weiterzuleben, der seine Unterhosen nicht wegräumt. Der Alte kann gehen, nachdem er dir zwei Kinder gemacht hat, wie du es dir als Teenie erträumt hast. Das hast du doch gewollt, oder? Zwei Kinder und eine schöne Wohnung. So, das hast du jetzt. Und dazu deinen Job, deinen tollen Job, mit dem du uns ständig auf den Geist gehst. Aber auch den hast du gewollt, du hast alles so gewollt!« Er holte tief Luft, stellte sich dicht vor sie, sah ihr in die Augen und setzte hinzu: »Denk mal nach, Mathilde, wie du dich hier manchmal aufführst. Ich bin vielleicht nicht perfekt, aber du bist es auch nicht. Und wenn du nicht mal wieder ein bisschen runterkommst, zärtlicher und entspannter wirst, dann garantiere ich für nichts!«

Mit diesen Worten ließ er sie stehen und verschwand ins Bad.

Mathilde stand da wie angewurzelt, mitten im Flur, zwischen Spielzeugautos und Vintage-Sneakern, in ihrer lächerlichen »Wer ist hier der Chef?«-Schürze.

»Mama!«, rief Théo. »Guck mal, Martin hat mir das Gesicht angemalt! Mama! Mama, guck mal!«

Eine Träne kullerte über Mathildes Wange, dann eine zweite, dann ganz viele. Sie wollte nicht vor den Kindern weinen. Ohne ihn anzusehen, bat sie Théo, das mit seinem Vater zu klären. Dann ging sie ins Gästezimmer, in dem Max immer häufiger übernachtete und das sie später für ihre Schwiegermutter zurechtmachen wollte. Rasch schloss sie die Tür hinter sich. Die Vorhänge waren zugezogen, im Zimmer war es dämmrig. Mathilde setzte sich aufs Bett und ließ ihren Tränen freien Lauf. Hatte Max recht? Versank sie in Selbstmitleid? War sie ein Hausdrachen? Sie musste ein jämmerliches Bild abgeben, wie sie zusammengesunken auf diesem schmalen Bett saß, eingequetscht in ihre Hausfrauenschürze und hilflos zusehend, wie ihre Ehe den Bach runterging.

Lange starrte sie ins Leere, abgekämpft und erschöpft, folgte mit den Augen stumpf dem Muster der Tapete und kam allmählich wieder zu Atem.

»Mathilde?«, rief Max. »Théo, Martin, wisst ihr, wo Mama ist?«

»Vielleicht hat sie sich versteckt!«

»Mathilde, ich muss los!«

Sie musste sich aufraffen, ihren tröstlichen Rückzugsort wieder zu verlassen. Ihnen gegenüberzutreten. Besonders ihm. Ihm und seinem unbarmherzigen Blick. Sie streckte den Rücken durch und versuchte, ihr Spiegelbild im Glas eines der gerahmten Fotos zu erkennen, die das kleine Bücherregal über dem Kopfende des Bettes dekorierten. Ihr Gesicht überlagerte schemenhaft ihre lächelnde Familie, die sich vor einem Boot aufgebaut hatte. Ihr Weinkrampf hatte scheußliche Spuren hinterlassen. Sie tätschelte sich die Wangen. Max würde ihr diese Tränen nicht durchgehen lassen, er gehörte nicht zu den Männern, die sich dadurch erweichen ließen. Noch nie. Auch damals nicht, als er sie noch geliebt hatte. Liebte er sie nicht mehr?

Sie rieb sich die Augen und strich sich rasch einige Haarsträhnen hinter die Ohren. Dabei wurde ihr Blick von einem kleinen Stück Papier angezogen, das sorgfältig zusammengefaltet gleich neben dem gerahmten Foto lag. Eine Telefonnummer? Hatte Max eine Geliebte? Unsinn, wer notierte sich heutzutage noch Telefonnummern auf Zettel. Neugierig faltete sie das Stück Papier auseinander und schreckte unwillkürlich zurück. Ein kleines Häufchen weißes Pulver, fein, kristallin, war zum Vorschein gekommen. Schnell faltete sie das Papier wieder zusammen, legte es zurück an seinen Platz und öffnete wie ferngesteuert die Tür. Geblendet vom Licht, blinzelte sie ein paarmal und verkündete dann: »Hier bin ich! Mama ist hier!«

9

»Du musst ihn anrufen! Oder schick ihm eine Mail!«

»Ich weiß nicht, Lucie.«

»Jetzt hör schon auf! Immer diese Selbstzweifel. Du hast ja auch geglaubt, du würdest im Fernsehen keine gute Figur machen, und sie haben dich engagiert. Du hast das Recht zu verlangen, Weihnachten mit deiner Tochter zu verbringen. Wer hat sich denn mit einer präpubertären Tussi aus dem Staub gemacht? Will er das Durchschnittsalter an der Weihnachtstafel noch weiter senken? Und außerdem war doch alles arrangiert, oder nicht? Ihm ist nicht einmal eingefallen, dich zu fragen, ob du mit seinen Plänen einverstanden bist. Also verbringst du Weihnachten mit Laura bei uns, wie abgemacht. Soll ich ihn vielleicht lieber anrufen? Es wäre mir ein Vergnügen.«

»Davon träumst du wohl ... Nein, nein, ich mach das schon.«

Lucie und Alice bahnten sich mühsam einen Weg durch die Gänge des Printemps. Es war wahrlich keine Freude, sich an diesem letzten Verkaufstag vor Weihnachten durch das rappelvolle und überheizte Warenhaus zu drängen, um die fehlenden Geschenke zu besorgen. Erschöpft beschlossen die Freundinnen, eine Pause im

Restaurant auf der sechsten Etage einzulegen. Seit einer guten Stunde irrten sie verzweifelt durch die Spielzeugabteilung und klapperten mit anderen verzweifelten Eltern die leer gekauften Regale ab. Wo war das Barbieauto, das seit Wochen im Fernsehen beworben wurde, von dem die Kinder Tag und Nacht träumten?

»Kein Barbieauto mehr, ist das zu fassen! Das wird Marguerite dem Weihnachtsmann nicht verzeihen … Ich hatte das Ding schon am 28. November im Internet bestellt. Und vorgestern teilen sie mir per Mail mit, meine Bestellung hätte storniert werden müssen, weil alles ausverkauft sei! Ich habe versucht anzurufen, aber natürlich erreicht man keinen. Ich würde Himmel und Hölle in Bewegung setzen für dieses verflixte Barbieauto … Guten Tag, Madame. Haben Sie zufällig noch irgendwo eines dieser Barbieautos auf Lager?«

»Leider nicht, das Barbieauto ist ausverkauft. Aber wir bekommen am 7. Januar wieder eine neue Lieferung. Soll ich Ihnen eines reservieren?«

»Am 7. Januar? Das ist nicht Ihr Ernst! Soll ich meiner Tochter sagen, dass der Weihnachtsmann Logistikprobleme hatte und sich deshalb die Lieferung verzögert? Könnten Sie mal nachsehen, wo in dieser Stadt man noch eines bekommt? Meinetwegen auch zu einem höheren Preis?«

»Versuchen Sie es bei La Grande Récré, vielleicht haben Sie Glück.«

»Jedes Jahr dasselbe. Wann schaffen die es endlich mal, rechtzeitig genügend Ware einzukaufen?«, brummte

Lucie. »Komm, Alice, wir geben auf. Oder hast du noch irgendwas Dringendes auf dem Zettel?«

»Ich brauche ein Geschenk für Max.«

»Wie bitte, für Max? Dem willst du etwas schenken?«

»Ja, ich bin morgen bei ihnen zum Essen eingeladen, und da wollte ich nicht mit leeren Händen dastehen.«

»Besorge einfach etwas für die beiden zusammen. Ein Deko-Objekt. Oder für Max einen Elektroschocker, damit er morgens aus dem Bett kommt.«

»Lucie!«, rief Alice empört und kicherte. »Für Mathilde habe ich schon ein Geschenk.«

»Ach, was denn?«

»Einen Besuch bei meinem neuen Friseur. Ich glaube, in ihrer derzeitig miesen Verfassung könnte ihr das guttun.«

»Apropos, ich wollte dir die ganze Zeit schon sagen, wie phantastisch dir deine neue Frisur steht! Schade, dass der Vollidiot Adrien dich nicht so sehen kann. Obwohl, bald wird er dich ja im Fernsehen bewundern können.«

»Ach, hör auf … ich im Fernsehen, o mein Gott!«

»Du wirst ein Star sein, und das finde ich so großartig, so toll! Und jetzt komm, wir kaufen einen Korkenzieher für den anderen Vollidioten mit dem Hipster-Bärtchen und gehen oben etwas essen. Ich habe einen Riesenhunger!«

Wenig später setzen sie sich an einen der Tische in dem Restaurant unter der beeindruckenden Buntglaskuppel. Von ihren Plätzen aus konnten sie auf ein märchenhaft verschneites Paris blicken, geschmückt mit glitzernden

Lichterketten und roten Weihnachtskugeln. Lucie überflog mit Kennermiene die Karte, während Alice geistesabwesend weiterhin aus dem Fenster starrte. Ihre Gedanken waren leicht zu erraten.

»Schick ihm eine SMS«, warf Lucie ihr kämpferisch zu.

»Nein, ich rufe ihn an.«

»Willst du dich wirklich einer Diskussion aussetzen?«

»Mit ein bisschen Glück erwische ich seinen Anrufbeantworter. Dann hinterlasse ich ihm die Nachricht, dass ich Laura über Weihnachten nehme, und fertig. Ich kann diese SMS-Schreiberei nicht mehr ertragen.«

»Dann ruf doch direkt die Mailbox an.«

»Ach, geht das?«

»Lebst du hinterm Mond? Natürlich geht das! Ich weiß gar nicht, wie ich sonst meine Last-Minute-Absagen so geschmeidig platzieren könnte. Hier, sieh mal, das ist der Code. Den wählst du zuerst, dann die Nummer, und dann hinterlässt du deine Nachricht.«

Begeistert von den Errungenschaften der modernen Technik, tippte Alice den Code und die Nummer und spürte, wie ihre Hand zitterte, als Adriens Stimme ihr ins Ohr säuselte, dass er gerade nicht erreichbar sei. Nach dem durchdringenden Pfeifton stotterte sie nervös: »Hallo, Adrien, ich bin's Alice. Also, ja … ich wollte dir nur sagen, dass Laura Heiligabend bei mir verbringt. Ich meine, bei uns … Wir sind bei Lucie und Christophe eingeladen, genau wie letztes Jahr. Ich bringe sie dir dann am 25., nachmittags. Laura, meine ich. Damit ihr zu deinen Eltern gehen könnt, ich glaube, das wolltet ihr. Hat sie mir jedenfalls gesagt. Bitte drück die beiden von mir. Ach, egal, mach, was du willst … Also, dann, frohe Weihnachten.«

Sie unterbrach die Verbindung. Als sie den Blick hob, sah sie in Lucies entgeistertes Gesicht.

»*Mach, was du willst?* Spinnst du, Alice? Das nächste Mal werde ich ihm eine Nachricht hinterlassen. Du bist echt kein bisschen besser als vor dreizehn Jahren, weißt du das?«

»So schlimm?«

»Ziemlich schlimm. Aber immerhin, du hast es gesagt! Damit bist du diese Sorgen los, und wir können uns einen schönen Abend machen. Am besten schaltest du dein Telefon bis dahin aus, man weiß ja nie.«

In genau diesem Augenblick klingelte es. Ungläubig sah Alice Adriens lächelndes Gesicht über das Display ihres Smartphones flimmern.

»Nicht rangehen!«, befahl Lucie.

»Aber ich muss doch …« Mit diesen Worten nahm Alice das Gespräch an und verließ das Restaurant, um ungestört zu telefonieren.

Seufzend gab Lucie ihre Bestellung auf, überzeugt, dass das Gespräch länger als ein paar Minuten dauern würde.

»Bitte bringen Sie uns eine Flasche Pouilly-Fuissé, schön kühl. Die werden wir brauchen.«

10

»Jungs, macht ihr mal Tante Alex auf?«

Théo und Martin rannten den langen Flur entlang, aufgeregt vor Freude über das Wiedersehen mit ihren Cousinen am Weihnachtsabend. Vor allem Théo war in einem Alter, das ihn für den magischen Zauber von Weihnachten besonders empfänglich machte. Er hatte sich geschworen, nicht einzuschlafen, bis der Weihnachtsmann seine kleinen Hüttenschuhe mit allen Geschenken gefüllt hatte, die er sich so sehr wünschte.

Die Kinder kreischten wild durcheinander, als Alexandra, Mathildes Schwester, und ihr Mann Jérôme die Wohnung mit ihren beiden Töchtern Louise und Bianca betraten. Die Mädchen folgten Théo und Martin in Richtung Kinderzimmer, ihre Mützen und Handschuhe hüpften an Wollschnüren um sie herum. Unterdessen blickten sich ihre Eltern suchend nach den Erwachsenen um.

»Hallo, meine Lieben!«, rief Mathilde glücklich und umarmte erst ihre Schwester, dann ihren Schwager. »Endlich seid ihr da!

»Ja, und wie schön, es ist wieder Weihnachten!« Alexandra lachte. »Ist Max nicht da?«

Als der Name ihres Mannes fiel, erlosch Mathildes

Lächeln abrupt, was Alexandra sofort auffiel. Sie war nur zwei Jahre älter als Mathilde, und die beiden Schwestern standen sich sehr nahe. Alex wusste von den Beziehungsproblemen ihrer Schwester, von Diego und Max' spinnerten Projekten. Obwohl sie Max wirklich mochte – sie hatte ihn Mathilde damals vorgestellt, nachdem sie ihn auf einem Seminar kennengelernt hatte –, war ihr aufgefallen, wie sehr er sich verändert hatte und wie schlecht es Mathilde ging. Alex hoffte sehr, dass die Feiertage ihrer Ehe wieder ein wenig auf die Sprünge halfen, aber Jérôme war skeptisch. Er war Kardiologe, von ausgeglichenem Charakter, und obwohl er sich nur selten zu Kommentaren über innerfamiliäre Probleme hinreißen ließ, sprach er in Bezug auf Mathilde und Max inzwischen Klartext. Als Alex ihm zum wiederholten Mal von der beklagenswerten Situation ihrer Schwester erzählte, die versuche, das Schiff am Sinken zu hindern, obwohl es von Tag zu Tag mehr Schlagseite erhielt, hob er den Blick vom Rechner, nahm seine Hornbrille ab und bemerkte lakonisch: »Es ist aus.«

Alex wollte eine Erklärung für diese sinistre Prophezeiung haben, doch Jérôme zuckte nur mit den Schultern: »Reine Gefühlssache.« Da Jérôme neben anderen Vorzügen großes Einfühlungsvermögen besaß und den Charakter und die Sehnsüchte anderer Menschen unfehlbar erriet, machte Alex sich umso größere Sorgen um das Wohl ihrer Schwester.

Für den Augenblick jedoch hielt sie es für ratsam, dass sie alle ein schönes Weihnachtsfest miteinander verbrachten.

Max trat nun ebenfalls in den Flur und begrüßte die Familie seiner Frau sichtlich verlegen.

»Hallo, Alex. Wie schön, dass ihr gekommen seid. Wie spät ist es?«

»Sieben Uhr. Ist deine Mutter da?«

»Ja, sie ruht sich in ihrem Zimmer aus. Sie ist leider nicht mehr so robust wie letztes Jahr, ihr werdet sie kaum wiedererkennen. In dem Alter und mit dieser Krankheit schreitet der Verfall so schnell voran.« Er seufzte. »Das erinnert einen daran, dass man das Leben genießen sollte, solange man noch jung ist. Kommt rein!«

»Sei froh, dass du deine Mutter noch hast«, sagte Alex. »So, sollen wir dann mal eine gute Flasche Champagner aufmachen, um ein bisschen in Weihnachtsstimmung zu kommen? Jérôme hat einen Ruinart dabei, den hat er von einem seiner Patienten geschenkt bekommen.«

Im Wohnzimmer sah Jérôme sich die vielen gerahmten Fotos an, die eine glückliche Familie in den Sommerferien und im Skiurlaub zeigten, gebräunt und übermütig.

»Wir haben uns verändert, nicht wahr?«, sagte Max.

Jérôme zuckte zusammen, er hatte nicht bemerkt, dass sein Schwager hinter ihm stand.

»Na ja«, räusperte er sich. »Das ist doch erst knapp drei Jahre her.«

»Mir kommt es vor, als wäre inzwischen ein Jahrhundert vergangen. Und die Zeit hat ihre Spuren hinterlassen.«

»He, ihr beiden!«, rief Alex betont heiter. »Wer möchte ein Glas Champagner?«

»Ich!«, antworteten Max und Jérôme im Chor. Auch sie brannten darauf, die Atmosphäre aufzulockern, die auf diesem Weihnachtsabend lastete.

Alex bewunderte Mathildes hübsche Weihnachtsdekoration. Ihre Schwester war darin noch genauso perfektionistisch wie früher. Der Tisch sah aus wie aus einer der Deko-Zeitschriften, die sie so gern lasen, als sie noch jung waren und sich vorstellten, eines Tages selber in einer so schönen Wohnung zu leben. Mathilde hatte bekommen, was sie sich gewünscht hatte: Ihr Wohnzimmer mit Designermöbeln, ihren rustikalen Esstisch, ihren Berberteppich, ihr Parkett, ihren Stuck, ihren Kamin. Doch heute schien es, als sei dieses Glück aus dem Katalog nichts weiter als Camouflage.

Hausgemachte Canapés, Räucherlachs und Blinis machten die Runde – Mathilde hatte nichts dem Zufall überlassen. Im Ofen röstete ein großer Kapaun vor sich hin, und verschiedene Pürees warteten darauf, dass das Geflügel fertig war.

»Sollen wir die Kinder zuerst versorgen? Ich habe Nudeln mit Hühnchen für sie vorbereitet.«

»Das ist ja phantastisch! Ja, gern, lass uns das machen. Dann haben wir den Akt schon mal hinter uns.«

»Vielleicht könnte uns einer der beiden gut aussehenden Herren dort in der Zwischenzeit die Austern öffnen?« Mathilde lächelte versöhnlich, doch Max rührte sich nicht.

»Na sicher.« Jérôme krempelte die Hemdsärmel hoch. Er war ein echter Gentleman, elegant, charmant, *very british.* Während Mathilde ihren Schwager und seine Hugh-

Grant-Attitüde bewunderte, bemerkte sie auf einmal, dass sie sich noch gar nicht umgezogen hatte. Daher überließ sie es den Männern, das Geflügel zu tranchieren, und eilte ins Badezimmer. Unterwegs kam ihr Alexandra entgegen, gefolgt von einem Trupp quengelnder Zwerge im Schlafanzug, die beteuerten, keinen Hunger zu haben, außer auf ein bisschen Nachtisch. Sie fasste ihre kleinen Ungeheuer spaßhaft an den Händchen und drückte sie an sich.

»Ich ziehe mich nur schnell um, meine Süßen.« Aus ihrer Stimme sprach eine tiefe Zärtlichkeit, die sie selten im Alltag vernehmen ließ. Dabei waren die Jungs Mathildes Ein und Alles. Sie waren ihr wichtiger als Max, wichtiger als ihr Beruf, wichtiger als all der Ärger, der manchmal ihr ganzes Leben auszufüllen schien.

Rasch verschwand Mathilde in ihr Zimmer. Vor dem antiken Spiegel, den ihr der Vater hinterlassen hatte, unterzog sie sich einer kritischen Inspektion. Was für eine Katastrophe! Es fing mit der Unterwäsche an. Wie konnten die sexy Dessous auf ihrer To-do-Liste wieder so weit heruntergerutscht sein? Genau wie die Besuche im Fitnessstudio. Voller Hass packte sie in die Speckrollen unter ihrem Busen, die sie selbst verschuldet hatte. Versagerin! Fette, hässliche Versagerin! Was stopfte sie sich auch jeden Abend voll, allein vor schwachsinnigen Sendungen im Fernsehen, während ihre Söhne schliefen und ihr Ehemann sich weiß Gott wo herumtrieb? Ihr Bauch war von Schwangerschaftsstreifen gezeichnet, obwohl sie mit allen möglichen Spezialcremes tapfer dagegen angekämpft hatte. Trotzdem waren sie geblieben, ewige Zeugen der Torturen ihres fruchtbaren Körpers, die mehr als nur eine tiefgreifende Veränderung mit sich gebracht hatten. Kaum waren die Schwangerschaft und die Geburtsstrapazen überstanden und die kleinen Wesen geboren, erkundigte sich kaum mehr jemand nach dem körperlichen Wohlbefinden der jungen Mutter.

Der Inhalt ihres Kleiderschranks erschien Mathilde mit einem Mal trostlos. Außer ihrer nüchternen Bürokleidung – dunkle Stoffhosen, taillierte Blusen und unifarbene Pullover – hatte sie in den letzten Jahren kaum etwas für sich gekauft. Sie nahm ein Kleid heraus und zerrte an dem Stoff, um sich hineinzuquetschen. Presswurst, dachte sie grimmig und geriet in Rage. Sie nahm ein nächstes Kleidungsstück heraus und noch eins und noch eins. Nichts wollte passen, nichts sah hübsch an ihr aus. Verzweifelt ließ sie sich auf ihr Bett fallen und schloss die Augen.

»Mathilde?« Alexandra steckte den Kopf zur Tür herein. »Was machst du denn da? Wir warten mit dem Aperitif auf dich.«

»Ich komme gleich.«

»Warum liegt hier so ein Haufen Klamotten herum?«

»Ich passe in nichts mehr rein. Und das alles ist sowieso hässlich. Guck mal, wie ich aussehe! Bald halten mich die Leute für Max' Mutter oder für die ältliche Kinderfrau der Jungs.«

»Jetzt hör schon auf, du hast ein bisschen zugenommen, sonst nichts. Sieh mal, was ist denn mit diesem Kleid hier, das ist doch total schön!«

»Darin sehe ich aus wie eine Oma.«

»So ein Unsinn. Los, nimm das, zieh ein paar schöne Schuhe dazu an, und dann komm zu uns. Weißt du noch, was Mama immer gesagt hat? Ein paar schöne Stöckelschuhe machen aus jedem Fetzen eine Robe.«

Mathilde seufzte. Alexandra hatte recht, es war wirklich nicht der richtige Abend, um sich gehenzulassen. Morgen war auch noch ein Tag. Oder nächste Woche. Aber nicht heute Abend.

»Könntet ihr Mamé Bescheid sagen, dass wir anfangen wollen? Und ist mit den Kindern alles gutgegangen?«

»Super! Alle haben dreieinhalb Penne gegessen, danach ihren Pudding verschlungen und nehmen jetzt das Zimmer auseinander. Vorerst sehen wir die nicht wieder.«

»Vielen Dank, Schwesterherz.« Mathilde schmiegte sich an Alexandra und atmete den vertrauten Duft dieser Frau ein, mit der sie all die Jahrzehnte durch dick und dünn gegangen war.

Im Wohnzimmer saßen alle rund um die üppige Vorspeisenplatte, die Mathilde am Nachmittag zubereitet hatte. Im Kamin knisterte das Feuer, die kleinen Pantoffeln der Kinder standen schon davor, und daneben auch ein Schuh von Max und einer von ihren, die die Kinder aus ihren Schränken geholt hatten. Das war so süß, dass ihr die Tränen kamen. Der Weihnachtsbaum glitzerte vor der hohen Glastür zu dem kleinen Balkon, den sie Terrasse nannten, weil man darauf im Sommer einen kleinen Tisch und zwei Stühle stellen konnte. Obwohl die Scheiben beschlagen waren, sah man die erleuchteten Fenster der Nachbarwohnungen, wo andere Familien sich versammelt hatten. Mathilde setzte sich zu Max, der neben Jérôme Platz genommen hatte und mit ihm über die Regierung und die Wohnungskrise diskutierte. Schüchtern streichelte sie über seinen Arm, und er zuckte zusammen. Als sie ihre Handfläche auf seinen Handrücken legte und ihm damit zu verstehen gab, dass sie ihn nicht versehentlich gestreift hatte, warf Max ihr einen erstaunten Blick zu. Er lächelte flüchtig und schien zu bemerken, dass sie sich hübsch gemacht hatte. Eine Welle der Erleichterung und Zuneigung durchflutete sie. Was für eine Distanz hatte sich zwischen ihnen aufgetan, wenn ein einfaches Lächeln, eine liebevolle Geste es schaffte, sie in einen solchen Zustand zu versetzen!

Der Abend konnte beginnen.

11

Es war das erste Mal, dass Éva Alice weinen sah, und da sie selbst kein Mensch war, der die körperliche Nähe suchte, wusste sie nicht, wie sie sie beruhigen sollte. Jetzt hätten sie Lucie gebraucht, die hätte Alice in den Arm genommen, ihr über die Schulter gestrichen und ihr versichert, dass alles gut werden würde. Éva hatte sich mit Alice nach der Arbeit in Freds Restaurant auf einen weihnachtlichen Aperitif getroffen, bevor sie mit Vincent zu ihren Schwiegereltern fuhr. Ihr war sofort aufgefallen, wie niedergeschlagen ihre Freundin wirkte, die normalerweise sehr darauf achtete, niemals ihre Gefühle zu zeigen, um ihr Gegenüber bloß nicht in Verlegenheit zu bringen.

»Hast du Probleme?«, hatte Éva sich vorsichtig erkundigt.

Seitdem saß Alice schluchzend in dem leeren Restaurant, das über die Feiertage geschlossen war. Adrien hatte angerufen und von ihr verlangt, ihm Laura am Weihnachtsabend zu überlassen.

»Aber wie hat er es geschafft, dass du nachgegeben hast?«

»Er ist sofort auf Konfrontationskurs gegangen, das hat mich total überrumpelt! Ich verstehe das nicht, vor zwei Wochen noch hat er mir eine SMS geschickt und mir gesagt, ich würde ihm fehlen! Und jetzt hat er mich direkt angegriffen, hat nicht mal gefragt, wie es mir geht. Er hat direkt losgefeuert: Alice, ich bin an der Reihe, Laura kommt Heiligabend zu mir … Jetzt ist es also so weit gekommen, dass wir an unserem Kind zerren wie an einem gemeinsam angeschafften Gegenstand – du bekommst sie zu Weihnachten, ich zu Ostern … Das ist wirklich schlimm. Wenn ich das gewusst hätte!«

»Wenn du was gewusst hättest? Hättest du dann vielleicht kein Kind bekommen? Oder hättest du besser gleich zwei bekommen, damit jeder eines hat?«

»Nein, natürlich nicht. Aber weißt du, ich fühle mich so allein, so verdammt allein. Laura ist alles, was ich habe, alles, was mich im Augenblick aufrecht hält. Weihnachten ohne sie kommt mir wie die Höchststrafe vor …« Alice putzte sich die Nase und atmete tief durch. Dann sah sie Éva an und stellte ihr endlich eine Frage, die sie zwar seit langem beschäftigte, die sie aber bisher nicht zu stellen gewagt hatte, um ihre Freundschaft nicht zu belasten. »Weiß Vincent eigentlich, was mit Adrien los ist?«

»Alice …«

»Ich weiß, wir wollten nicht darüber reden.«

»Vincent ist einer der ältesten Freunde von Adrien, das weißt du doch. Ich kann ihn nicht daran hindern, sich mit ihm zu treffen, auch wenn ich die Entscheidung getroffen habe, den Mistkerl nie mehr wiederzusehen. Vincent und ich haben beschlossen, uns nicht darüber auszutauschen. Ich weiß, dass er die Neue schon kennengelernt hat, sie haben sich einmal zu dritt getroffen. Aber sie haben wohl nicht ausdrücklich über eure Situation geredet. Ich würde Vincent ja gern bitten, Adrien zur Vernunft zu bringen, aber du weißt doch, wie Männer sind.«

»Da bin ich mir nicht so sicher.«

Die Bemerkung blieb im Raum stehen. Zwischen Herzklopfen und gebrochenem Herzen versuchten die Freundinnen seit so vielen Jahren, das andere Geschlecht zu begreifen – doch waren sie diesem Ziel tatsächlich näher gekommen? Éva fluchte innerlich. Scheißtrennungen, Scheißmänner! Ob sie ihr Kind eines Tages auch mit Vincent teilen müsste? Es ihm im Juli überlassen müsste, weil sie es schon im Februar haben durfte?

»Gehst du trotzdem zu Lucie und Christophe?«

»Nein, das möchte ich nicht. Ich werde mir etwas zu essen aus der Küche mitnehmen, mich ins Bett verkriechen und darauf warten, dass der Spuk vorübergeht.«

»Nein, Alice, bitte nicht! Weihnachten allein im Bett zu verbringen ist echt die schlechteste aller Lösungen!«

»Ich schwöre dir, es ist mir lieber, als die alleinstehende Frau zu sein, die man ans Tischende setzt. Lucie und Christophe feiern mit ihren Mädchen, den Eltern und dem Baby, was soll ich denn da?«

»Hat Adrien sonst noch irgendetwas zu dir gesagt?«

»Na ja, ich habe ihm vom Fernsehen erzählt und hatte den Eindruck, dass er sich für mich freut. Aber das war auch irgendwie seltsam. Er scheint wirklich mit mir abgeschlossen zu haben, mehr als freundliches Interesse war da nicht.«

»Ach, jetzt lass mal die Kirche im Dorf, schließlich hast du ihm nicht mitgeteilt, dass du wieder heiraten willst.«

»Er hat mir erzählt, dass sie den Abend zu dritt verbringen wollen, er, Laura und das Flittchen. O mein Gott!« Alice wurde von einer weiteren Tränenflut eingeholt.

»Scheiße … Möchtest du mit uns kommen?«

»Nein, nein, schon gut … Aber jetzt genug von mir! Wie geht es dir? Du musst ja so aufgeregt sein! Fühlst du dich gut? Du hast doch bestimmt schon deinen Dreimonatsultraschall gemacht, oder?«

»Nein, warum? Ich bin erst am Ende des zweiten Monats. Im Oktober bin ich schwanger geworden.«

»Ach, wirklich? Man sieht es aber schon ganz schön, für zwei Monate.«

»Alice …«

»Ja?«

»Ich muss dir etwas sagen.«

12

»Und, schmeckt dir der Kapaun, Mamé?«
»Das Hühnchen?«
»Das ist Kapaun, Mamé. Den isst du doch so gern. Ich habe ihn extra für dich bei meinem Metzger bestellt.«

»Ein bisschen trocken.«

»Er ist ganz wunderbar, dein Kapaun, Mathilde. Ein richtiges Festessen!«, rief Alexandra euphorisch. Dann wandte sie sich augenzwinkernd an Max: »Ihr könntet in eurer Sandwichbar doch auch speziell belegte Bagel anbieten, zum Beispiel mit Kapaun.«

»Wie meinst du das? Findest du, wir sollten das tun, oder willst du mir auch einfach nur damit sagen, dass es Bagel schon an jeder Ecke gibt und ich mit dem Geschäft auf die Nase fallen werde?«

Max hatte zu viel getrunken. Er sprach abgehackt, undeutlich und fast schon aggressiv. Dabei hatte das Essen ganz gut angefangen. Die Unterhaltung hatte sich um Politik, Elternabende und die neuesten lustigen Clips im Internet gedreht. Allerdings hatten sie inzwischen einige Flaschen Wein geleert, und die letzte hatte Max bereits mit unsicheren Schritten leer zurück in die Küche gebracht.

»He, Max! Nein, ich interessiere mich einfach nur für

dein Projekt«, sagte Alex beschwichtigend und warf ihrer Schwester beunruhigte Blicke zu.

»Na klar. Speziell belegte Bagel mit Kapaun! Du und deine Schwester, ihr macht mich echt fertig!«

»Ach, dich auch?«, wagte sich Jérôme mit breitem Lächeln vor.

Betretenes Schweigen legte sich auf die Tafelrunde. Man hörte nur noch das Kratzen der Gabeln auf den Tellern und die Schlürfgeräusche von Max' Mutter, an der die Unterhaltung vollkommen vorüberging. Sie brach als Erste das Schweigen: »Wann kommt denn das Kind, Corinne?«

»Ich bin Mathilde, Mamé. Und ich bin nicht schwanger.«

»Ach, ich dachte. Aber wer bekommt denn nun ein Kind?«

»Niemand. Na ja, unsere Freundin Éva, aber ich weiß nicht, ob du sie kennst.«

»Nein, ich kenne keine Éva.«

»Mama, Mathilde bekommt kein Kind, sie hat nur ein paar Kilo zu viel auf den Rippen.«

»Muss das sein?«, erwiderte Mathilde und warf Max tödliche Blicke zu.

»Stell dich nicht so an. Das war ein Scherz … Du beklagst dich doch selbst die ganze Zeit darüber!«

»Kann sein, aber das müssen wir nicht hier und jetzt thematisieren.«

»Max, was ist in dich gefahren? Lass sie in Ruhe«, ging Alex dazwischen.

Die Kinder kamen ins Wohnzimmer gestürmt, lachend, verkleidet und völlig überdreht. Mathilde sprang auf und drückte sie an sich. Sie wanden sich aus ihrer Umarmung, ungeduldig, weil sie endlich das große Wunder des Weihnachtsabends erleben wollten.

»Mama, wann kommt denn der Weihnachtsmann?«

»Bald, mein Schatz. Er braucht ein bisschen Zeit, weil er doch in alle Häuser muss, weißt du?«

»Verbrennt er sich nicht am Feuer?«

»Aber nein! Ich habe dir doch erklärt, dass er sehr geschickt ist. Wie könnte er sonst überall durch die Schornsteine rutschen? Los, geht wieder spielen. Irgendwie habe ich das Gefühl, dass es nicht mehr lange dauern wird.«

Als die Kinder fort waren, schlug Alex zur allgemeinen Erleichterung vor, die Geschenke zu holen.

»Ja, ich glaube das ist ein guter Zeitpunkt«, sagte Mathilde. »Max, vielleicht könntest du aufpassen, dass die Kinder nicht aus dem Zimmer kommen? Mamé, du bleibst am besten sitzen, wir sind gleich wieder da.«

Alex und Jérôme folgten Mathilde ins Elternschlafzimmer. Dort stapelten sie die Päckchen neben dem Bett auf und achteten darauf, nicht mit den Plastiktüten zu rascheln, in denen sie steckten.

Alex war in einen schweigenden Kampf mit ihrem Ehemann verwickelt und versuchte verzweifelt, ihm eine große Plastiktüte abzunehmen, mit der er einen Heidenlärm verursachte. Mathilde lachte nervös. Sie verdrehte die Augen und flüsterte laut: »Jetzt lasst doch mal die Tüte los!«

Dann gaben sie sich gegenseitig das Zeichen, leise die Türklinke hinunterzudrücken und ins Wohnzimmer zu schleichen. Im dunklen Flur hörten sie das gedämpfte Lärmen der Kinder. Sie nahmen sich Zeit, jeden kleinen Geschenkestapel so hübsch wie möglich zu drapieren, um der Szene jenen märchenhaften Anblick zu verleihen, den die Kinder erwarteten und an den sie sich womöglich ihr Leben lang erinnern würden. Sie schalteten alle Lichter aus, so dass die Wohnung nur noch von den überall verteilten Kerzen und der blinkenden Lichterkette am Weihnachtsbaum erleuchtet wurde. Als Mathilde den Kopf hob, entdeckte sie voller Schreck Théo dort in seinem Spiderman-Schlafanzug vor der Glastür. Mit leerem Blick beobachtete der Kleine, was im Wohnzimmer vor sich ging. Seit wann stand er schon da? Geistesgegenwärtig stürzte Alex zur Tür und drängte ihn energisch in den Flur.

»Geh schon mal die anderen holen, Titi! Der Weihnachtsmann war da, aber wir räumen noch ein bisschen auf, er hat vielleicht eine Unordnung gemacht!«

Wut stieg in Mathilde auf. Sie hatte doch nichts weiter von Max verlangt, als aufzupassen, dass die Kinder im Zimmer blieben. Zornig sprang sie auf und ließ sich auch nicht von Jérôme zurückhalten, während die Chorknaben mit süßer Stimme aus der Stereoanlage tönten: »Sti-hille Nacht, hei-lige Nacht …«

Natürlich war Max weder im Kinderzimmer noch in der Küche bei Mamé, die sich inzwischen umständlich darangemacht hatte, den Tisch abzuräumen und die gebrauchten Teller fröhlich wieder in die Schränke sortierte.

Zielstrebig steuerte Mathilde das Gästezimmer an und öffnete geräuschlos die Tür. Max saß über seinen alten Schreibtisch gebeugt und zog sich mit einem zusammengerollten Geldschein eine Linie des weißen Pulvers in die Nase, das sie am Nachmittag entdeckt hatte.

Er sagte nichts, als er sie im Türrahmen entdeckte. Sie musterten sich wie zwei Gegner, die nach heftigem Kampf Atem für den letzten Schlag schöpften.

Schließlich war sie es, die als Erste das Schweigen brach: »Hau einfach ab, und zwar sofort.«

DER TUNNEL

1

Marguerites Gesicht lief krebsrot an, als sie kopfüber von der Reckstange hing. Ihre mageren Beine in der feinen Wollstrumpfhose waren fest um die Metallstange geklemmt, und ihr Samtrock fiel ihr wie eine Gardine über den schicken Dufflecoat und die Flechtzöpfe mit den süßen Zopfgummis.

»Marguerite, komm da runter!«, rief Lucie panisch. »Winnie! Winnie, sorgen Sie bitte dafür, dass Marguerite da runterkommt!«

Winnie stand im Sandkasten und war gerade dabei, mit Charlotte kleine Schildkröten und Türmchen zu backen. Sie sprang jedoch sofort auf und half Marguerite, von der Reckstange hinunterzukommen. Beruhigt konzentrierte sich Lucie wieder auf das Baby im Bugaboo. Lou starrte sie missgelaunt an, das Mützchen bis zu den Augen hinuntergezogen.

»Schau sie nicht an, das regt sie auf.«

»Im Ernst?« Lucie sah Éva verwundert an.

»Ja, sobald wir uns abwenden, macht sie die Augen zu. Das ist wie mit den Männern, je mehr Aufmerksamkeit sie spüren, desto weniger verhalten sie sich in deinem Sinne …«

Lucie und Éva saßen auf einer Bank am Square Saint

Georges vor einem winzigen quadratischen Spielplatz im IX. Arrondissement. Die Bäume hatten schon lange ihr Laub verloren, und seit Monaten herrschte Frost. Trotzdem zwangen sich die Eltern aus dem Viertel jeden Tag hierher, damit die Kinder wenigstens eine halbe Stunde am Tag an die frische Luft kamen. Hier wurden Freundschaften geschlossen, die das Schicksal zusammenschmiedete.

Im Zentrum dieser Arena herrschten Geheule und Geschubse, einige Jungs spielten Fangen, die kleineren Kinder im Sandkasten rissen sich fremdes Spielzeug unter den Nagel.

»Gaspard, gibt sofort den Roller zurück, er gehört dir nicht! Gib ihn dem kleinen Jungen zurück! Doch, du gibst ihn sofort zurück! Bitte entschuldigen Sie. Sag Entschuldigung, Gaspard. Nein, hör auf zu weinen. Du hast deinen eigenen Roller.«

Éva bedauerte es fast, dass sie sich zu diesem deprimierenden Ausflug hatte überreden lassen. Der Himmel war grau, und diese menschliche Komödie im Kleinformat ängstigte sie plötzlich. Dabei hatte sie es kaum erwarten können, diese neue Welt zu entdecken, die auch bald die ihre sein würde.

»Bist du jeden Tag hier?«, fragte sie ihre Freundin beunruhigt.

»Um Himmels willen, nein, nur ab und zu. Aber ich sehe die Mädchen so wenig, durch die Arbeit, unsere Verpflichtungen, die Reisen … Einmal habe ich Charlotte mit Winnie zusammen vom Kindergarten abgeholt, und als sie zuerst nur mich sah, fing sie bitterlich an zu weinen. Dann entdeckte sie Winnie und ist ihr in die Arme gesprungen. Das tut weh, und seit ich es erlebt habe, gehe ich manchmal mit auf den Spielplatz. Ich will nicht, dass meine Kinder ein neurotisches Verhältnis zu mir entwickeln.«

»Jetzt hör aber auf, deine Mädchen erwecken wirklich keinen neurotischen Eindruck. Und außerdem ist es doch besser, dass sie ihr Kindermädchen lieben, anstatt zu weinen, wenn sie es sehen.«

»Das stimmt. Aber ich möchte auch nicht eines Tages mit Teenagern aufwachen, denen ich auf die Nerven gehe, obwohl sie mich überhaupt nicht richtig kennen.«

»Du machst dir zu viele Sorgen. Deine Mädchen lieben dich. Und woher willst du wissen, ob sie glücklicher wären, wenn sie den ganzen Tag mit dir verbrächten, anstatt dich nach der Arbeit zu sehen? Sag mal, hättest du nicht Lust, am Wochenende mal wieder mit mir auszugehen?«

»Das würde ich so gern! Aber Christophe hat momentan ständig irgendwelche beruflichen Verpflichtungen, und es kommt überhaupt nicht in Frage, dass ich ihn allein zu diesen Veranstaltungen gehen lasse, wo überall die Hyänen auf der Lauer liegen.«

»Ist es wieder so weit? Ich dachte, du hättest deine Eifersucht inzwischen ein bisschen besser im Griff.«

»Du ahnst ja nicht, wie es da draußen zugeht! Die erste Scheidungswelle ist herangerollt, viele Frauen entdecken plötzlich ihren zweiten Frühling. Und glaube mir, Christophe steht ganz weit oben auf ihrer Shortlist der guten

Partien. Sobald ich nicht dabei bin oder mich nur umdrehe, um eine Windel zu wechseln, stürzen sie sich auf ihn, säuseln ihm ins Ohr.«

»Lucie, du übertreibst! Das hört sich ja schrecklich an.«

»Ich sage dir, es gibt keine weibliche Solidarität. Das ist ein Konzept, das erfunden wurde, um uns in Sicherheit zu wiegen. Für einen Mann und ein wenig Komfort würden diese Frauen alles tun.« Lucie spielte nervös an ihrem großen Diamantring und ließ sich ausnahmsweise einmal in die Karten sehen: Sie, die Queen, hatte Angst vor anderen Frauen. Gerade deswegen schätzte sie auch ihre Boutique so sehr, ihren Beobachtungsposten, von dem aus sie das Kommen und Gehen dieser erbarmungslosen Räuberinnen beobachten konnte. Dabei war Christophe ganz verrückt nach seiner Frau und seinen Töchtern, und niemand konnte ihm auch nur den geringsten Flirt nachsagen, obwohl er reich und attraktiv war. »Aber lassen wir das … Für wann bist du eigentlich ausgerechnet?«

»Offiziell oder inoffiziell?«

»Beides.«

»Offiziell in drei Monaten, inoffiziell in zwei.«

»Und, schaffst du es dichtzuhalten?«

»Ich schwanke. Manchmal überlege ich, Vincent alles zu beichten, so sehr nagt es an mir. Dann wieder frage ich mich, wozu das gut sein sollte. Warum alles verderben? Weißt du, wie viele Kuckuckskinder es gibt? Man sagt, eins von zehn … Das Problem ist, dass ich anfange, ihm Dinge zu verschweigen. Die letzten Ultraschallergebnisse zum Beispiel. Vincent macht meine Schwangerschaft mittlerweile zu seinem Zweitjob. Er vergleicht ständig alle Werte und Zahlen, den Kopfumfang des Babys, seinen Bauchumfang … Und neuerdings stutzt er, wie ungewöhnlich groß es sei für das aktuelle Stadium. Wenn das Kind einmal auf der Welt ist, wird sich alles wieder normalisieren. Aber im Moment stresst er mich ganz schön.«

»Reg dich nicht auf. Es gibt wirklich keinen Grund, wieso er es erfahren müsste. Du hast recht, warum solltest du alles verderben? Ohne diese Laune des Schicksals wärst du vielleicht nie schwanger geworden … Würdest du ihn nicht gern mal wiedersehen?«

»Wen?«

»Na, den Vater natürlich.«

»Nenn ihn bitte nicht so. Vincent ist der Vater. Der andere ist eine Erinnerung, eine Schwäche, ein paar Stunden Unvernunft. Ich habe ihn nie wieder angerufen. Obwohl er nicht nur die Nacht über geblieben ist, wir haben ja sogar den ganzen nächsten Tag noch miteinander verbracht … Seltsam, nicht? Ich habe die Arbeit geschwänzt, er auch, und wir sind spazieren gegangen. Hand in Hand, es war wie im Film. Manchmal kommt es mir so vor, als wäre das nicht ich gewesen, die diesen Moment erlebt hat. Es war eine andere Frau, die ich dabei beobachtete, wie sie Hand in Hand mit diesem Mann durch die Straßen lief. Auf der Île Saint Louis, was für ein Klischee! Ich hätte tausend Leute treffen können, sogar Freunde von Vincent. Aber es war mir egal, es ging mir so gut! Es war eine glückliche Auszeit. Wir waren in diesem kleinen Teesalon im V. Arrondissement, du weißt schon, haben dort

Scones gegessen und Tee aus altmodischen Kännchen getrunken. Ich wusste, dass ich ihn nie wiedersehen würde, deshalb habe ich mir keine Sekunde lang Vorwürfe gemacht. Mein Handy hatte ich ausgeschaltet. Mit Vincent lief es damals sowieso nicht so gut, er war schon seit Wochen im Ausland und ich fix und fertig wegen all der ergebnislosen Behandlungen … Dieser andere Mann hat mich aus meinem Dornröschenschlaf geweckt.«

»Wie heißt er?«

»Jacques.«

»Glaubst du, es hätte mit ihm etwas werden können? Ich meine natürlich, wenn es Vincent nicht gäbe.« Lucie hatte einen aufgeregten Flüsterton angeschlagen. Es war das erste Mal seit Monaten, dass die Freundin sich ihr anvertraute. Nachdem Éva Alice ihr Herz zu Weihnachten ausgeschüttet hatte, wurde im Kreis der Freundinnen nur sehr vorsichtig auf dieses außereheliche Abenteuer angespielt, das Éva und Vincent das langersehnte Elternglück beschert hatte. Jedes Mal, wenn die Rede darauf kam, hatte Éva es eilig gehabt, das Thema zu wechseln.

Nun streichelte sie gedankenverloren ihren Bauch.

»Spontan würde ich sagen, nein. Er ist so ein freakiger Typ, Kellner, Musiker, so was. Einer von den Typen, wie sie am Kanal Saint Martin herumhängen, mit Mundharmonika, ausgelatschten Turnschuhen, Baggypants und selbstgedrehten Zigaretten. Ich sehne mich nach einem anderen Leben. Aber ich denke pausenlos an die Zeit, die wir miteinander verbracht haben. Wir haben uns einfach verstanden. Es war nicht nur der Alkohol. Ich habe ihm viel aus meinem Leben erzählt: über meinen Vater, über euch, Vincent, meine Ehe, meine Arbeit, meine Träume. Kurzum, jede Menge uninteressanten Mist, über den ich nie mit Vincent rede. Und weißt du was? Alles hat ihn interessiert. Er hat zugehört, die richtigen Fragen gestellt und im richtigen Moment geschwiegen. Es war schön.«

»Wie seid ihr auseinandergegangen?«

»Am Abend sind wir in der Rue Mouffetard essen gegangen. In ein spanisches Restaurant, wo wir literweise schlechten Rotwein aus der Karaffe getrunken haben, und irgendwann tanzten alle Gäste auf den Tischen. Ich hatte das Gefühl, mich in einem kleinen katalanischen Dorf aufzuhalten, außerhalb der Zeit. Ich glaube, an dem Abend war ich verliebt. So wie man sich im Urlaub verliebt, weißt du.«

»Aber es gibt Urlaubsflirts, die dauerhaft sind, die zur wahren Liebe werden … Was ist dann passiert?«

»Irgendwann klingelte mein Handy. Es war Vincent. Ich bin natürlich nicht rangegangen, aber der Zauber war vorbei. Er war wieder in Paris, ich musste nach Hause.«

»Und Jacques?«

»Er hat mir wortlos seine Nummer zugesteckt. Ich habe ihm meine nicht gegeben. Ich wollte nicht, dass er mich womöglich anruft, wenn ich mit Vincent zusammen bin. Und ich wollte, dass die Entscheidung bei mir liegt. Vielleicht hatte ich auch Angst, dass er mich nicht anrufen würde. Ich habe mir dann ein Taxi genommen, Jacques winkte mir zum Abschied. Tja, und das war's. Ich habe ihn nicht mehr wiedergesehen.«

»Ach, wie schön, so was noch mal zu erleben! Ich glaube, bei mir hat es nicht mehr gekribbelt, seit ich achtzehn war.«

»Warum kribbelt es eigentlich nicht mehr? Kaum ist man in einer festen Beziehung, hört das auf. Man liebt sich, man ist zärtlich, geht mal mehr, mal weniger leidenschaftlich miteinander ins Bett, fühlt sich einander verbunden, hat gemeinsame Freunde, fährt in Urlaub, schmiedet Pläne für die Zukunft. Aber solche Schmetterlingsmomente … aus und vorbei! So wie am Anfang, so intensiv, dass die Welt aufhört, sich zu drehen, wenn der andere nur deine Hand berührt, das gibt es nicht mehr. Ob das für die nächsten fünfzig Jahre eine Erinnerung bleibt? Das wäre hart, oder?«

»Ja, ziemlich hart. Dieses intensive Gefühl, das du beschreibst, erlebe ich nur noch durch meine pathologische Eifersucht – so schwer es mir fällt, das zuzugeben. Aber der Schmerz, der mich schier überwältigt, wenn ich mir Christophe mit einer anderen Frau vorstelle, ähnelt ein bisschen diesem Verliebtheitskribbeln. Mathilde sieht das anders, sie sagte, dass sie außer Wut zuletzt gar nichts mehr gefühlt habe.«

»Hat sich bei den beiden immer noch nichts getan?«

»Nein, nichts. Aber jetzt erzähl mir weiter von Jacques … Du kannst das, was passiert ist, doch nicht einfach ignorieren! Hast du ihn wirklich kein einziges Mal angerufen?«

»Nein. Ich wollte es. Tausend Mal. Ich habe ihm Nachrichten geschrieben, Hunderte. Aber ich habe sie nie abgeschickt. Romantisches Gefasel. Ich war nie zufrieden, nichts konnte ausdrücken, wie verzaubert ich mich damals fühlte. Und dann habe ich erfahren, dass ich schwanger bin, die Tage und Wochen sind vorbeigerauscht, die Vorsorgeuntersuchungen, die Ultraschallbilder, die Angst, dass es wieder nichts wird. Ich habe an nichts anderes mehr gedacht als an dieses Baby ... Aber neulich habe ich ihn wiedergesehen.«

»Du hast ihn wiedergesehen?! ... O Mist, sie wacht auf. Ausgerechnet jetzt.« Lucie hob Lou aus dem Kinderwagen. »Süße, du musst lernen, dass man seine Mama nicht stören darf, wenn sie gerade etwas sehr Wichtiges zu besprechen hat. Éva, nimmst du sie bitte mal kurz, während ich ihr ein Fläschchen mache? Aber versprich mir, dass du gleich weitererzählst!«

Éva lächelte.

Lucie kramte aus der Wickeltasche ein Fläschchen mit Milchpulver hervor, das sie in ein anderes Fläschchen mit warmem Wasser gab. Mit einer gekonnten Geste schüttelte sie den Inhalt, damit sich keine Klümpchen bildeten.

»Du könntest auch bei einer Cocktailbar anheuern!«

»Was hast denn du gedacht? Ist schließlich mein drittes Kind. Und nur weil ich eine Kinderfrau habe, heißt das nicht, dass ich meinem Baby nicht auch schon mal die Flasche gebe.«

»Entschuldige, das wollte ich damit nicht sagen. Es ist nur so, dass ich mich gar nicht mit so was auskenne. Ob ich das auch mal so routiniert hinbekomme?«

»Keine Sorge. Du hast doch Frausein gelernt. Seit Millionen von Jahren ziehen die Frauen dieser Erde vom Nordpol bis in die Wüste Kinder groß. Also, glaube mir, auch du wirst es schaffen. Also, wann und wo hast du ihn wiedergesehen?«

»Bei der Arbeit. Während einer Zigarettenpause.«

»Wie bitte, du rauchst während der Schwangerschaft?«

»Soll ich jetzt erzählen, wie es war, oder nicht? Wenn du mir eine Moralpredigt halten willst, gehe ich.«

»Entschuldige, ist mir so rausgerutscht. Komm, erzähl weiter.«

»Also, ich kam gerade von der Zigarettenpause, da stand er mit so einer Praktikantin aus dem Marketing vor der Tür. Ich hatte solche Panik, dass ich weggerannt bin. Er ist mir nachgelaufen! Ich habe mich geschämt wie noch nie in meinem Leben.«

***

»Éva! Warte, lauf nicht weg, das ist doch lächerlich!«

»Ich muss wieder an die Arbeit, gleich ist Redaktionsschluss.«

Er sah sie mit dieser Eindringlichkeit an, die sie schon einmal hatte schwach werden lassen. Sie bemerkte, dass ihre Hände zitterten und ihr Herz wie wild klopfte.

»Gehen wir einen Kaffee trinken?«, fragte Jacques.

»Ich muss noch eine Stunde arbeiten.«

»Ich kann auf dich warten.«

»Was machst du hier eigentlich? Ist das deine Freundin, diese Praktikantin?«

Er lächelte breit. »Interessiert dich das?«

»Nein, war nur eine Frage.«

»Sie ist meine kleine Schwester … Du bist also wieder glücklich mit deinem Mann?«

Sie schwieg aus Angst, dass er sie besser durchschaute, als ihr lieb war.

»Sagen wir um sieben, Rue de la Terrasse? Da gibt es ein Café, das ich gern mag.«

»Also gut, aber ich kann nicht lange bleiben.«

»Ja, ich weiß. Dann schreib mal deinen Artikel fertig. Bis nachher.«

Sie wandte sich eilig ab, um ihre Verwirrung vor ihm zu verbergen. Als sie wieder vor ihrem Computer saß, versuchte Sabine, sie auszuquetschen. Wer war dieser wahnsinnig süße Typ? Aber du wirst deinen Mann ja wohl nicht schwanger betrügen. Andererseits … ist ja nicht verboten. Woher kennst du ihn? Gegenüber Sabine spielte sie die Begegnung souverän herunter.

Kaum aber saß sie an ihrem Artikel über *Das schönste Leben*, konnte sie an nichts anderes denken als an ihn. Jacques. Wie Jacques Brel. Ein Signalton meldete, dass sie eine SMS erhalten hatte. Doch sie wollte nicht nachsehen aus Angst, eine banale Nachricht von Vincent vorzufinden. Denk an die Butter. Was willst du heute Abend essen? Warst du beim Blutabnehmen? Ich komme um acht nach Hause. Küsschen.

Als sie etwa eine Stunde später durch den Schnee zu Jacques stapfte, ließ sich die verflixte Romantik durch nichts mehr verscheuchen. Den Mantel mit dicken Flocken bedeckt, betrat sie das große, kürzlich renovierte Lokal, dessen lange Zinktheke erhalten geblieben war. Sie errötete, als sie ihn entdeckte. Er hatte es sich auf einem kleinen Veloursofa bequem gemacht und las die *Libération*, als wollte er ihr noch mehr gefallen. Vor ihm zeugte ein fast leeres Bierglas davon, dass er tatsächlich auf sie wartete, seit sie sich vor einer Stunde voneinander verabschiedet hatten. Sie atmete tief durch, ließ sich ihm gegenüber in einen Sessel sinken und spielte die Unnahbare.

»Bist du etwa der vielbeschworene letzte Leser der Printausgaben von Zeitungen?«

»Ja, genau, der bin ich. Was für ein Glück du hast, dass du mir begegnet bist.«

»Potzblitz!«

»Bist du die letzte unserer Art, die das Wort Potzblitz benutzt?«

»Genau! Und ach, du grüne Neune.«

»Na, dann bin wohl der Glückspilz von uns beiden. Ich kämpfe übrigens aktiv gegen die Verlotterung der Sprache.«

»Lass mich an deiner Seite kämpfen!«

»Du siehst, wir brauchen einander. Hör auf, aus meinem Leben zu verschwinden, sonst ist unser Kampf vergebens. Ohne dich werde ich es nicht schaffen.«

Sie wusste nicht, was sie erwidern sollte.

»Was möchtest du trinken? Wodka, wie immer?«

»Nein, ich nehme ein Wasser.«

»Du machst Witze! Hast du Angst, noch einmal meinem unwiderstehlichen Charme zu erliegen? Ich verspreche dir, brav zu sein. Was nicht bedeutet, dass ich keine Lust hätte, an deinen wunderschönen Lippen zu knabbern.«

»Lass das.«

»Schon gut, schon gut … Du hast mir gefehlt, ich dachte, ich werde verrückt. Warum hast du mich nicht angerufen?«

»Ich habe dir doch gesagt, dass ich verheiratet bin. Für uns gibt es keine Zukunft. Das haben wir beide gewusst.«

»Aber irgendwie habe ich dich so verstanden, als wäre aus eurer Ehe ziemlich die Luft raus. Behaupte bloß nicht, du hättest nichts empfunden … Es war doch etwas Besonderes, oder?«

»Ich weiß nicht …«

»Lügnerin.«

Er nahm ihre Hand. Sie zuckte zusammen und wollte sie ihm schon entziehen, als sie beschloss, diesen zärtlichen Moment zu genießen. Sie tat schließlich niemandem weh. Dass sie ihre Hand in der eines anderen liegen ließ, bedeutete ja nicht, dass sie Vincent betrog.

»Merkst du, wie gut unsere Hände ineinanderpassen?«

»Sie lassen sich gehen, Monsieur.«

»Normalerweise bin ich nicht so, das kannst du mir glauben. Nicht mal meine besten Freunde kennen diese Seite an mir. Frag meine Schwester in der nächsten Kaffeepause. Also, was willst du wirklich trinken?«

»Wie gesagt, ein Wasser, bitte.«

»Bist du schwanger, oder was?«

Sie antwortete nicht, sondern schlug nur die Augen nieder. Das war leichter. Er ließ ihre Hand los.

»Bist du schwanger? Éva, sieh mich an!« Er sah sie an, plötzlich ganz ernst.

»Ja. Ich bin im dritten Monat.«

»Haben Sie gewählt?«, fragte der Kellner ungeduldig.

»Ein Wasser und noch ein Bier, bitte.«

»Flaschenbier oder vom Fass? Heineken, Kronenbourg, 1664, Blanche?«

»Egal.«

»Egal gibt's nicht. Flasche, vom Fass? Heineken, Kronenbourg, 1664, Blanche?«

»Ein 1664 vom Fass.«

Jacques seufzte. »Verstehe. Glückwunsch. Bestimmt freust du dich. Du hast dir doch sehnlichst ein Kind gewünscht, oder?«

»Ja.«

Als der Kellner Bier und Wasser brachte, schlüpfte sie gerade in ihren Mantel.

»Ist wohl besser, ich gehe jetzt.« Sie küsste ihn auf die Wange und zog ihn an sich. »Ich danke dir«, sagte sie mit erstickter Stimme.

»Wofür?«

»Für das Wasser. Und für alles andere.«

Sie ging, ohne sich noch einmal umzudrehen, in dem Wissen, wie lächerlich ihre letzte Antwort gewesen war. Sie weinte nicht, ging aber wie in Trance an erleuchteten Schaufenstern vorbei, überquerte Straßen, ohne nach rechts oder links zu schauen, bis sie plötzlich vor der eigenen Haustür stand.

Vincent erwartete sie bereits. Er stand in der Küche

und briet panierte Koteletts. Im Fernsehen liefen die Nachrichten. Vincent hatte sich schon Sorgen gemacht und begrüßte sie erleichtert.

»Wo warst du denn?«

»Nirgends. Ich habe eine alte Freundin auf der Straße getroffen.«

»Ach, wirklich? Ich habe zigmal versucht, dich zu erreichen. Hast du an die Butter gedacht?«

***

»Das war das letzte Mal, dass ich ihn gesehen habe.«

»Ach, so was Trauriges!«

»Lucie, was hast du denn?«

»Ist doch wahr!« Lucie standen Tränen in den Augen. »Willst du es ihm wirklich nicht sagen?«

»Was soll ich ihm denn sagen? Ach, übrigens, es ist dein Kind, da in meinem Bauch. Ja, ich weiß, wir haben kaum dreißig Stunden miteinander verbracht, davon zwölf im Bett, aber wie wär's, wenn wir zusammenziehen würden, das wäre doch toll, oder? Ich müsste mich nur vorher scheiden lassen, dann könnten wir von meinem Gehalt als Journalistin und deinem als Tamburinspieler leben.«

»Ich weiß nicht, ob Geld eine Rolle spielen sollte bei der Entscheidung, was du für dieses Kind tust.«

»Du hast leicht reden … Ich wüsste nicht, wie ich das allein finanziell stemmen sollte: Krippe, Babysitter, Kleidung, Kinderarzt und so weiter …«

»Die Kleidung kannst du von mir bekommen. Meine

Mädchen haben so viel, dass ich gar nicht weiß, was ich damit machen soll, wenn sie rausgewachsen sind.«

»Es wird ein Junge.«

Lucie stieß einen spitzen Schrei aus und schlang die Arme um ihre Freundin.

»Das ist ja absolut phantastisch! Bitte, bitte, lass mich die Patin von deinem kleinen Prinzen werden, ich werde ihn schamlos verwöhnen! Komm, gehen wir in die Boutique, ich habe so viele niedliche Sachen für Babys bekommen.« Dann rief sie: »Winnie, könnten Sie die Mädchen nach Hause bringen und schon mal in die Badewanne stecken? Ich bin gegen acht Uhr zurück. Tausend Dank!«

Die beiden Freundinnen machten sich in Richtung der Rue Fontaine auf den Weg. Es dämmerte schon, als sie sich *Charlotte et Marguerite* näherten. Unterwegs kamen sie an einigen Mutigen vorbei, die ihren Aperitif trotz der Märzkälte draußen tranken. Vielleicht planten sie bereits ihr Wochenende. Kleine Fluchten aus dem Alltagsgrau, ein bisschen feiern, ein bisschen trinken, ohne an morgen zu denken.

Sollte das alles für mich vorbei sein?, fragte sich Éva.

2 Martin, Mathilde und Théo hatten es sich zu dritt auf dem Bett bequem gemacht. Zwischen ihnen stand ein Korb mit süßen Teigwaren, aus dem sie nach Belieben naschten, während sie sich mit Begeisterung *Cars 2* im Fernsehen anschauten.

Die Jungs hatten ihre Mutter gegen sieben Uhr geweckt. Da lag Mathilde noch im Tiefschlaf, weil sie am Abend zuvor mit einer ehemaligen Kommilitonin bis drei Uhr morgens unterwegs gewesen war. Sie hatten ordentlich einen über den Durst getrunken, und obwohl dieser Abend sie eigentlich mit Hilfe von Cocktails hätte aufmuntern sollen, war ihre Laune mit jedem Drink weiter in den Keller gesunken.

Alt und deplatziert hatte Mathilde sich gefühlt neben all den jungen, sorglosen Frauen Mitte zwanzig. Sie hatte sich extra schick gemacht, mit Bleistiftrock und hochhackigen Schuhen, sah dadurch aber lediglich zehn Jahre älter aus, als sie war. Ein Dreißigjähriger hatte sie sogar mit »Madame« angesprochen, als er eine Zigarette von ihr schnorrte – und sie hatte im ersten Moment geglaubt, er wolle sie anbaggern.

Die beiden Freundinnen hatten sich schließlich damit abgefunden, allein an der Theke in dem großen Gewölbesaal unter der Brücke Alexandre III Wodka, Martini und Bier in sich hineinzuschütten. Nicht einmal betrunken hatten sie es gewagt, sich unter die Jugend zu mischen oder ein Auge auf die attraktiven Männer in ihrem Alter zu werfen, die wie sie an der Theke saßen, sich aber um nichts in der Welt mit Damen wie ihnen eingelassen hätten. Stattdessen lockten sie mit ihren goldenen Kreditkarten die Studentinnen an, die sich am Wochenende einen Sugardaddy suchten.

Das Haar grau meliert, den Bauchansatz mehr oder weniger geschickt unter gutgeschnittenen Kaschmirpullovern verborgen, bildeten sie sich ein, ihr Altersunterschied zum übrigen Publikum fiele weniger auf als der ihrer weiblichen Altersgenossen.

Es war ja oft die Rede von den Cougars, älteren Frauen, die es schafften, zehn, ja sogar zwanzig Jahre jüngere Männer anzuziehen. Mathilde erschien dieses Konzept unvorstellbar. Zwar verurteilte sie diese Frauen nicht, aber schon allein die Vorstellung, mit einem Mann im Alter ihrer Praktikanten ins Bett zu gehen, fand sie so geschmacklos, dass sie eine Gänsehaut bekam. Doch an diesem Abend hätte sie wohl jeden Trost und jeden Flirt dankbar angenommen, um sich wenigstens für ein paar Stunden schön und begehrenswert zu fühlen.

Um halb drei Uhr morgens beschloss sie, dem Elend an der Theke ein Ende zu bereiten. Sie verabschiedete sich von ihrer Freundin und wartete auf der Straße brav auf ein Taxi, allein und wie erstarrt, hoch auf ihren lächerlichen Stöckelschuhen. Lachende, aufgekratzte junge

Menschen schwärmten in alle Richtungen. Nostalgisch und ein bisschen sentimental dachte sie an die Zeiten zurück, als sie mit Éva, Alice und Lucie die Nächte durchgetanzt hatte.

Als sie wankend zu Hause ankam, rechnete sie im Geiste nach, was sie ausgegeben hatte: Babysitter, Restaurant, Cocktails, Taxi – sie kam auf 200 Euro für die Gewissheit, dass sie eine alte Schachtel war! Missmutig ging sie ins Bad, schminkte sich rasch ab und putzte sich die Zähne. Ihre Kleidung roch nach Zigarettenqualm. Sie hatte mindestens ein ganzes Päckchen geraucht, obwohl sie mit ihrer zweiten Schwangerschaft aufgehört hatte. Doch seit Max ausgezogen war, hatte sie wieder angefangen. Jeder hatte seine Laster. Manche aßen zu viel, andere tranken Alkohol, sie rauchte eben.

Endlich ließ sie sich in einem gemütlichen Schlabbershirt ins Bett fallen – das Privileg der Alleinstehenden. Sie versuchte noch, ein paar Zeilen in der *Elle* zu lesen, aber die Schrift tanzte ihr vor den Augen. Seufzend knipste sie das Licht aus und schloss die Augen. Doch kaum erfüllte Dunkelheit den Raum, schlug sie die Augen wieder auf und starrte an die Decke, die sich über ihr im Kreis drehte.

Teure Restaurantkost und Wodka zu 15 Euro das Glas endeten in der Toilette. Hoffentlich bekamen die Jungs nichts mit! Aber die Kleinen schliefen offenbar wie die Engelchen. Sie waren sich nicht des Tsunamis bewusst, der seit einigen Wochen ihr Leben überspült hatte. Wann kommt Papa wieder? Ich weiß nicht, Schatz. Er hat viel

Arbeit mit Diego. Warum bringt Papa uns nie mehr in den Kindergarten, Mama? Kommt Papa heute Abend zum Essen nach Hause? Warum nicht? Warum weinst du, Mama?

Es musste aufhören, und zwar bald. Sie mussten eine Entscheidung treffen und mit den Kindern reden. Sie konnte ihnen nichts mehr vorspielen, sie konnte nicht mehr allein die Last dieser elterlichen Lüge tragen.

Bis dahin aber würde sie sie verwöhnen wie an diesem Sonntagmorgen. Sie würde mit ihnen im Bett frühstücken, schließlich war Papa nicht da, um über die Krümel im Bett zu schimpfen. Und sie würde mit ihnen einen Film ansehen, mit ihnen lachen, weil dieses Kinderlachen einfach ansteckend wirkte.

Später musste sie sich aufraffen, um wieder in die reale Welt zurückzukehren, musste sich aus dem Familienkokon befreien, da Théo um drei Uhr bei seinem neuen besten Freund Arthur zum Geburtstag eingeladen war. Musste sich zurechtmachen, bevor sie auf ordentliche Eltern traf.

In dem Moment piepste ihr Handy.

Bist du schon im Tag angekommen?

Eine Nachricht von Alice.

3

6 Uhr 30. Die Ziffern auf dem Wecker leuchteten in sanftem Rot in das Schlafzimmer. Lucie blinzelte und schlich vorsichtig über den flauschigen Teppich ins Badezimmer. Vor dem Spiegel über dem großen Waschbecken streckte sie sich und betrachtete die Tiegel und Tuben auf der Ablage. Sie genoss diese frühe Stunde, wenn Christophe und die beiden älteren Töchter noch schliefen und sie sich in aller Ruhe frisch machen konnte. Sie wusch sich das Gesicht und legte eine sündhaft teure Creme von La Prairie auf. Dann bog sie die Wimpern hoch, bürstete ihre Augenbrauen und verteilte etwas Rouge auf den Wangenknochen. Ihr fiel auf, dass sie schon seit mehreren Monaten nicht bei ihrer Kosmetikerin gewesen war und dringend ein professionelles Peeling benötigte.

Seufzend betrachtete sie ihr Gesicht im Vergrößerungsspiegel. Krähenfüße, Nasolabialfalten, Zornesfalten … Sie kannte sie alle beim Namen. Eine ihrer zahlreichen Obsessionen, die sie Christophe wohlweislich verschwieg. Er sollte sich damit zufriedengeben, dass seine Gattin bezaubernd war und nicht alterte, trotz ihrer dreifachen Mutterschaft und ihrer achtunddreißig Jahre. Um nichts in der Welt hätte Lucie ihre kleinen Geheimnisse mit ihrem Ehemann geteilt. Frauen mussten geheimnisvoll sein, das gehörte zum Rezept dauerhafter Ehen. Wie falsch die Frauen ihrer Generation doch lagen, wenn sie alles mit ihren Männern teilten. Niemals hätte Lucie Christophe erlaubt, ins Bad zu kommen, während sie eine Gurkenmaske auflegte oder sich ein Haar auszupfte, das ihre Kosmetikerin vergessen hatte. Obwohl sie seit fünfzehn Jahren verheiratet waren, wartete sie immer noch, bis er die Wohnung verlassen hatte, um zur Toilette zu gehen. Und so hatte sie Christophe auch untersagt, entgegen der heutigen Gepflogenheit, den Geburten ihrer Kinder beizuwohnen. Es wäre ihr unangenehm gewesen, sich ihrem Ehemann so unkontrolliert und animalisch zu zeigen. Da auch Christophe ein Mann alter Schule war, trafen sich Lucies Vorstellungen exakt mit seinen.

Als Lucie nach einer knappen Viertelstunde wieder in das Kingsizebett schlüpfte, ebenso geräuschlos, wie sie es verlassen hatte, küsste sie ihn zärtlich und schob eine Hand in seine Unterhose. Leise stöhnte er auf und zog Lucie zu sich. Sie ging nun ein wenig energischer zu Werke, umfasste seinen Hintern und bemühte sich nach Kräften, ihm Vergnügen zu verschaffen. Er kam schnell und heftig. Sie lächelte zufrieden.

»Guten Morgen.«

»Guten Morgen, böses Mädchen. Schämen Sie sich denn gar nicht, einen Mann einfach so im Schlaf zu überrumpeln?«

»Aber das mache ich ja nicht mit allen Männern.«

Er gab ihr einen kleinen Klaps auf den Po, worauf sie kicherte wie ein kleines Mädchen.

Durch die dicke Tür hörten sie das Baby weinen. Lou verlangte nach ihrer Sieben-Uhr-Flasche.

»Warte, ich komme gleich wieder.«

»Lass das doch Winnie machen, Liebes. Schließlich beschäftigen wir ein Kindermädchen in Vollzeit, um uns genau solche Unannehmlichkeiten zu ersparen.«

Doch Lucie folgte einem ungewohnten Impuls. »Nein, ich möchte sie gern füttern.«

»Na schön, aber lass mich nicht zu lange warten, meine Schöne.«

Sie umarmte ihn zärtlich und eilte in das Zimmer der Kleinen. Doch Winnie war ihr anscheinend zuvorgekommen. Lucie fand die beiden in der Küche, wo sie geduldig vor dem Fläschchenwärmer warteten.

»Guten Morgen, Winnie. Lassen Sie nur, ich nehme sie und gebe ihr das Morgenfläschchen.«

»Aber nein, Madame. Legen Sie sich nur wieder hin, ich gebe es ihr schon.«

»Nein, nein. Mir wäre es lieber, wenn Sie für die Großen schon einmal Frühstück machen würden. Kann ich … Kann ich sie haben, bitte?«

Lou hatte sich bequem an die mollige Philippinin geschmiegt, die kleinen Fäuste um ihre Haare und ihren Schmuck geklammert, ganz offenbar nicht bereit, diesen sicheren Hafen zu verlassen. Ungeschickt versuchte Lucie, die Kleine an sich zu nehmen, mit dem Ergebnis, dass das Baby sofort anfing zu weinen.

»Lassen Sie mich das machen, Madame.«

»Nein!«, keifte Lucie. »Ich bin durchaus in der Lage, mich um meine Kinder zu kümmern! Geben Sie mir das Fläschchen.«

Winnie wagte nicht zu widersprechen, und während Lou die Ärmchen verzweifelt nach ihrer Kinderfrau ausstreckte, steckte Lucie das Fläschchen in ihre Bademanteltasche und verschwand ins Schlafzimmer.

Als sie durch die Tür trat, war Christophe mit seinem Tablet beschäftigt. Der Anblick reizte Lucie bis aufs Blut – wem er wohl schrieb, einer Geliebten? Seiner Finanzdirektorin? Der Schlampe, mit der er im Fitnessclub geflirtet hatte?

Vor einigen Jahren wäre ihre Ehe beinahe an ihrer Eifersucht zerbrochen. Schleichend hatten sich ihre Krisen verschlimmert und waren zu veritablen Szenen ausgeartet, die sie selbst nie für möglich gehalten hätte. Sie hatte ganze Tage damit zugebracht, Christophes Facebook-Account zu durchforsten, und natürlich hatte sie auch in seinen E-Mails herumgeschnüffelt. Das Passwort hatte sie leicht erraten – es war Marguerites Geburtsdatum –, und fortan las sie jede hereinkommende Mail. Und wer sucht, der findet: Eines Tages hatte sie tatsächlich den Hauch eines Flirts mit einer entfernten Kollegin entdeckt. Lucie hatte rotgesehen und eine Facette ihrer selbst gezeigt, die keiner für möglich gehalten hätte. Sie war in die Küche gestürzt und hatte Anstalten gemacht, sich die Unterarme aufzuritzen. In den Tagen darauf hatten ihr Mann und ihre Freundinnen sie dazu überredet, sich in eine Klinik zu begeben. Dort war sie einige Zeit behandelt worden und hatte sich einer Psychoanalyse unterzogen, von der sie häufig sprach, jedoch mit dem ihr eigenen Zynismus, der alle glauben machte, sie sei wieder ganz die Alte. Sie musste Christophe versprechen, niemals wieder in seinen Sachen herumzuschnüffeln, und jedes Mal, wenn der Dämon in ihr aufstieg, zu versuchen, ihm Paroli zu bieten.

In Erinnerung an die apokalyptischen Momente ihrer Ehe atmete sie tief durch und versuchte, Vernunft walten zu lassen.

»Komm, mein Schatz, wir trinken das Fläschchen bei Papa«, flötete sie und schlüpfte unter die Bettdecke.

»Ach, kommen die Kinder neuerdings in unser Bett?«

»Es ist doch schön, mal als Familie zusammen zu sein, oder? Schau mal, wie glücklich sie aussieht, das Frühstück bei ihrem Papa und ihrer Mama zu bekommen.«

Christophe konnte der neuen mütterlichen Art seiner Frau auf Anhieb nicht viel abgewinnen. »Als wir Kinder waren, war das Elternschlafzimmer tabu«, murrte er.

»Mag sein, mein Schatz, aber wir befinden uns im 21. Jahrhundert, die Zeiten haben sich geändert. Und es ist ja nicht so, als würde sich die ganze Familie täglich um unser Bett versammeln … Schau mal, ihre Augen. Wie glücklich sie aussieht! Da ist Pa-paaa! Möchtest du sie mal nehmen?«

Christophe zuckte zusammen, sichtlich nicht gefasst auf die körperliche Nähe zu diesem zarten Wesen, mit dem er nichts anzufangen wusste. Für ihn wurde ein Kind erst interessant, wenn es sich vernünftig ausdrücken konnte, wenn es zur Schule ging, Ski fahren oder Tennis spielen konnte. Vorher handelte es sich für ihn um eine Art dekoratives Element, um das sich andere kümmerten, hauptsächlich Babysitter. Doch bemerkte er zu seiner eigenen Überraschung, dass er sich plötzlich mit dem kleinen Körper an seiner Brust wohl fühlte. Er schloss die Augen und passte seine Atmung der seiner Tochter an. Gerührt rückte Lucie an ihn heran und legte den Kopf an seine Schulter. Jetzt waren sie eine richtige Familie. Sie dachte bei sich, dass sie an sich arbeiten und auch diese Seite zulassen musste, wenn sie glücklich sein wollte.

Doch dann klingelte es an der Tür.

Wie konnte sie den Termin mit ihrem Personal Trainer nur vergessen! Rasch zog sie ihre Fitnesskleidung an, Leggings und ein enges Top, nahm ihre Matte und eilte in den Flur. Doch als sie die Tür öffnete, sah sie sich Madame Chavez, der Hausmeisterin, gegenüber. Sie wedelte mit einer Zeitschrift vor ihren Augen.

»Guten Morgen, Madame Chavez, was kann ich für Sie tun?«, fragte sie.

»Guten Morgen, Madame Chevreux. Ihr Trainer hat gerade seinen Roller unten abgestellt, er wird gleich da sein. Also, ich finde das ja bewundernswert, Gymnastik um halb acht morgens, und das mit einem Baby, das machen Ihnen nicht viele nach.«

»Ach, wissen Sie, alles eine Frage der Gewohnheit«, erwiderte Lucie gereizt. »Gibt es sonst noch etwas?«

»Na, ich wollte Ihrem Mann den *Figaro* bringen, wie

immer. Da ist übrigens auch etwas über Ihre Freundin drin.«

»Welche Freundin?« Neugierig nahm Lucie die Zeitschrift an sich.

»Na, die hübsche Köchin, die jetzt auch im Fernsehen auftritt.«

»Alice? Was gibt es denn über sie zu berichten?«

Madame Chavez lächelte wissend. »Dass sie eine Affäre mit dem Kollegen hat, dem das Sternerestaurant gehört.«

»Fred? Unmöglich!«

»Da wissen die vom *Figaro* offenbar mehr als Sie«, bemerkte Madame Chavez spitz. »Aber Sie haben ja auch so viel um die Ohren mit dem Baby.«

»Ja, ja …« Lucie war zu perplex, um sich aufzuregen. Sie verabschiedete die Hausmeisterin fahrig und blätterte aufgeregt in dem Magazin. Tatsächlich, Alice und Fred waren eng umschlungen auf der Île de la Cité gesehen worden.

»Ist Raph schon da?« Christophe kam in die Küche, um sich einen Kaffee zu machen.

»Noch nicht, Liebster«, antwortete ihm Lucie, in Gedanken versunken.

Warum hatte sie nichts bemerkt? Und warum hatte Alice kein Sterbenswörtchen darüber verloren? Ihr erschien die Story äußerst unwahrscheinlich.

Ungläubig murmelte sie vor sich hin: »Alice mit Fred? Was soll das denn?«

4 Mathilde kochte sich eine frische Tasse Kaffee und rief bei Alice an, die sich sofort meldete: »Hallo?«

»Hallo, mein Liebe! Wie darf ich deine Frage verstehen, ob ich im Tag angekommen bin?«

»Ach, ich wollte nur mal so hören …«

»Was ist los?«, fragte Mathilde misstrauisch. »Hattest du Herrenbesuch?«

Schweigen.

»Du hattest also Herrenbesuch! Halleluja! Das ist phantastisch, warte, ich hole mir eine Zigarette.«

»Hast du wieder angefangen?«

»Nein, nicht richtig … Erzähl!«

»Freu dich nicht zu früh, ich habe eine große Dummheit gemacht.«

»Was denn, kannst du dich nicht mal zurücklehnen und es einfach genießen?«

»Das sagt die Richtige … Mathilde, ich habe mit Fred geschlafen.«

»Wie bitte?« Mathilde stieß einen entsetzten Schrei aus.

»Was ist, Mama?« Théo und Martin kamen in die Küche gestürmt und sahen sie aus großen Augen an.

»Nichts, ihr Süßen, alles gut. Ich telefoniere nur.«

»Können wir Erdbeerbisquits haben?«

»Nein, ihr habt schon genug Süßes gegessen. Los, zischt ab, meine kleinen Teufelchen … Also, jetzt noch mal von vorn, ich sitze.«

»Hast du ein bisschen Zeit?«

»So lange, wie *Spiderman* läuft, also zwölf Minuten. Es hat gerade angefangen.«

Mathilde kuschelte sich auf das Wohnzimmersofa mit einer Tasse Kaffee, einem Päckchen Zigaretten in der Nähe, bereit, Alices saftigen Neuigkeiten zu lauschen.

***

Der Donnerstag war ein wichtiger Abend für das Restaurant, der neue Freitag, wie es so schön hieß. Und so arbeitete Alice in der Küche wie eine Besessene. Sie hatten gerade die Frühlingskarte ausgegeben, und ihre Mitarbeiter waren damit noch nicht so vertraut wie mit den Gerichten auf der Winterkarte. Deswegen packte sie überall mit an, hatte ein Auge auf die Zubereitung nach den neuen Rezepten und begrüßte zwischendurch die Gäste, die nicht nur gut essen wollten, sondern auch darauf brannten, der »Fernsehköchin« einmal die Hand schütteln zu dürfen. Fred schien das nichts auszumachen, er zeigte sich stolz auf seine Küchenchefin, die nach seiner Meinung ihre Lorbeeren redlich verdient hatte. In den einschlägigen Zeitschriften wurde besonders Alices Sanftheit und Ernsthaftigkeit hervorgehoben, tatsächlich galt sie nach einer aktuellen Umfrage als eine der fünf verführerischsten Frauen im Fernsehen. Alice wunderte sich darüber, doch schenkten ihr die Fernsehauftritte wieder das Selbstvertrauen, das durch die Trennung von Adrien zerstört worden war.

Frauen in der Haute Cuisine waren selten, umso mehr stürzten sich die Medien auf die schöne, kühle Alice, die alleinstehende und erfolgreiche Mutter, die so leidenschaftlich gern kochte. Inzwischen musste sie einen Pressesprecher engagieren, denn täglich erreichten sie Anfragen für ein Shooting oder eine Homestory. Sie lehnte meistens ab, da sie glaubte, nicht viel Interessantes über sich selbst zu sagen zu haben.

»Einmal Kalbsbries, einmal Banka-Forelle, ein Pollack mit Brokkoli und Hühnchen nach Art des Hofs von Armoise für die Vierzehn. Danach Erdbeeren mit Sesam und ein Mi-Cuit au Chocolat mit Birne. Und mach mir bitte auch ein T-Bone-Steak spezial für Monsieur Neveu zurecht, er wusste nicht, dass wir die Karte geändert haben.«

»Geht klar, Chef!«

Frédéric bewegte sich gewohnt geschmeidig im Slalom zwischen Stammgästen und Küche, so gelassen, als gälte es für ein paar Freunde ein leckeres Omelett zuzubereiten.

»Alice, ab ins Restaurant! Dein Fanclub möchte dich sehen.«

»O nein, bitte nicht heute Abend, ich habe wirklich keine Lust!«

»Das ist die Kehrseite des Ruhms, meine Liebe. Die Leute haben mich gefragt, ob du da bist, und du weißt, wie ungern ich lüge. Also, hör auf, dich zu verstecken.«

Seufzend zog Alice ihre Schürze aus und verließ die Küche, um die Gäste aus der Medienwelt zu begrüßen. Sie errötete unter den zahlreichen Blicken, die auf sie gerichtet waren, und versuchte, sich auf die Fragen zu konzentrieren, die man ihr stellte. Ob es nicht schwierig sei, das Fernsehen und das wahre Leben zu vereinen? Und ob sie irgendwann ihr eigenes Restaurant eröffnen wolle? Wie immer reagierte Alice höflich und mit freundlicher Distanz. Sie begnügte sich mit einem Lächeln, wenn die Fragen zu indiskret wurden, und wünschte sich nichts sehnlicher, als so schnell wie möglich wieder hinter den Kulissen zu verschwinden.

Gegen zwei Uhr morgens war nur noch ein Tisch besetzt. Endlich kamen sie wieder ein wenig zu Atem. Die Männer an dem Tisch redeten laut durcheinander und recherchierten abwechselnd auf ihrem Smartphone, wo man wohl den Abend am besten beenden könne. Ihre Gattinnen waren gewiss zu Hause, doch nichts drängte die Herren zur Eile. Wie üblich musste Alice irgendwann einen Kellner zur Abrechnung an den Tisch schicken, damit auch die angetrunkenen Familienväter zu einem Ende kamen und sie selbst Schluss machen konnte.

Nachdem das Geschirr gespült, die Küche gereinigt und der Gastraum gefegt war, blieben Alice und Fred in guter alter Gewohnheit allein zurück.

»Der Chef muss vor allen anderen da sein und als Letzter gehen, um ein Vorbild zu sein«, hatte Frédéric ihr oft eingeschärft. »Und zwar egal, in welchem Beruf.«

Alice musste an Mathilde denken. Ihr unterstand in

ihrer Marketingabteilung eine kleine Gruppe von vier Mitarbeitern, und immer kam sie diesen Pflichten nach, erschien nie nach neun Uhr in der Firma, obwohl sie vorher Martin zur Krippe und Théo zum Kindergarten bringen musste.

Frédéric riss sie aus ihren Gedanken, als er plötzlich mit zwei Motorradhelmen auf sie zukam und sie fast schüchtern fragte: »Hast du Lust auf eine kleine Tour durch Paris?«

Alice war überrascht, eigentlich war sie zu müde für diesen spontanen Programmpunkt am Ende des langen Arbeitstages. Doch fand sie die Idee gar nicht so schlecht. Es erinnerte sie an früher, als sie und Adrien mit der Vespa ziellos durch Paris gekreuzt waren. Gefühlt lag diese Zeit ein Jahrhundert zurück.

»Warum nicht? Ich ziehe mich nur schnell um.«

»Ich habe alle Zeit der Welt.«

Die Nacht war kühl, aber trocken. Auf den Bürgersteigen waren nur noch vereinzelt Passanten unterwegs. Frédéric wartete vor seiner Triumph, auf die er sehr stolz war, und sah sie merkwürdig an, während sie die Restauranttür abschloss.

»Du siehst bezaubernd aus«, flüsterte er.

Sie nahm auf dem Motorradsattel Platz und versuchte zunächst, sich an dem kleinen Chrombügel hinter ihr festzuhalten. Dann sagte sie sich, dass es albern war, und legte die Arme um den breiten Oberkörper ihres Chefs. Über die Rue Montmartre fuhren sie in Richtung Étienne-Marcel, vorbei an noch geöffneten Bars, vor denen sich ein paar Nachteulen scharten. Dann weiter zum Hôtel de Ville, über die Rue de Rivoli, bis zum Pont Neuf und der Île de la Cité. Obwohl Alice in Paris geboren und aufgewachsen war, erfreute sie sich an dem traditionellen Charme, den die kleine Touristeninsel sich bewahrt und der sie berühmt gemacht hatte.

»Sollen wir ein Stück laufen?«, schlug Fred mit einem Mal vor.

»Um diese Uhrzeit?«

»Ja, das macht doch den besonderen Reiz aus. Ich würde gern am Flussufer entlangspazieren.«

»Wie du möchtest.«

Sie stiegen vom Motorrad ab und schlenderten langsam an der Seine entlang.

»Du, Frédéric, kann ich dich mal etwas fragen?«

»Nur zu.«

»Wir kennen uns jetzt seit fast zehn Jahren, und ich weiß praktisch nichts über dich. Jetzt bist du mit mir unterwegs, aber wartet denn niemand auf dich? Ich will nicht indiskret sein, aber ich habe noch nie mitbekommen, dass du eine Freundin hättest. Obwohl die Frauen so auf dich fliegen.«

»Du hast ja auch seit deiner Trennung keinen Mann mehr angeschaut.«

»Touché. Aber das ist keine Antwort auf meine Frage.«

»Also, ich bin nicht verheiratet und lebe auch mit niemandem zusammen, falls du geglaubt haben solltest, dass ich dir über all die Jahre meine Familie verheimlicht hätte. Ich bin auch nicht schwul, nur um Missverständnissen vorzubeugen. Nein, ich bin ein ganz gewöhnlicher Mann. Manchmal nehme ich eine Frau mit nach Hause, vielleicht bleibe ich auch ein paar Wochen mit ihr zusammen, das ist aber eher selten. Bisher hat mich keine so fasziniert, dass ich eine längerfristige Beziehung gewagt hätte.«

»Das spricht für dich. Heute bleiben viele Paare nur aus Gewohnheit zusammen oder weil sie Angst haben, allein alt zu werden.«

»Wie sollte ich allein alt werden, wo ich doch so gut kochen kann?«

Sie lächelte. »Ihr Männer habt einen Vorteil: Ihr könnt es euch erlauben, auf die Richtige zu warten. Es klingt zwar abgedroschen, aber für Frauen um die vierzig tickt entweder die biologische Uhr, oder sie wittern ihr Verfallsdatum. Vielleicht würden sich sonst alle mehr Zeit lassen, um die richtige Wahl zu treffen. Es würde weniger Irrtümer geben, und mehr Paare blieben bis ins hohe Alter zusammen. Und wenn sie nicht gestorben sind …«

»Du bist aber idealistisch.«

»Ach, und du? Du wartest hinter deinen Kochtöpfen auf deine Dulcinea.«

»Ich bin mir nicht sicher, wer die stabilere Beziehung hat: verliebte Paare oder diejenigen, die eher beste Freunde sind. Diejenigen, die am längsten zusammenbleiben, sind oft die, die sich mit ein wenig Zärtlichkeit statt mit der großen Leidenschaft zufriedengeben, gemeinsam ihre

Kinder großziehen und den Alltag meistern. Du machst die Steuererklärung, ich bezahle die Lebensmittel, du bringst den Müll runter, ich mache das Klo sauber. Man trifft sich mit befreundeten Paaren zum Kartenspielen und mietet im Sommer gemeinsam ein Haus, weil man nicht mehr genügend Romantik füreinander aufbringt, um zu zweit verreisen zu wollen. Du weißt schon, solche Paare, die sagen: Wir sind ein gutes Team! Aber das will ich nicht. Da bleibe ich tatsächlich lieber hinter meinen Kochtöpfen, wie du so schön sagst. Und außerdem bin ich ja nicht einsam.«

Er sah sie eindringlich an, was sie nicht bemerkte, weil sie noch über die Paare nachdachte, die ein gutes Team bildeten. Sie und Adrien waren nicht so eine Art Paar gewesen, keineswegs. Sie waren in erster Linie Liebende gewesen. Aber das hatte sie nicht vor einer Trennung geschützt. Vielleicht hatte Fred recht.

Es fielen einige Regentropfen, die sie erst für leichte Gischt vom Fluss gehalten hatten.

»Wir sollten uns beeilen. Ich habe keine Lust, nass zu werden.«

»Soll ich dich nach Hause bringen?«

»Ja, bitte. Morgen kommt Laura nach Hause, und ich möchte ausgeschlafen für sie sein. Es ist schon spät.«

Als sie vor Alices Haustür ankamen, grollte ein Gewitter ganz in der Nähe. Sie gab ihm den Helm zurück und zögerte, ihn zum Abschied zu küssen. Sie sahen sich täglich, er war ihr Chef, es gab überhaupt keinen Grund, sich anders zu verabschieden als sonst. Doch an diesem

Abend hatten sie die ausgetretenen Pfade ihres Umgangs verlassen.

»Wir könnten uns ausnahmsweise zum Abschied küssen. Es war ein schöner Abend«, sagte Fred, als hätte er ihre Gedanken gelesen.

Verlegen gab sie ihm einen Luftkuss und stürzte zur Tür. »Gute Nacht! Bis morgen!«

Dann hörte sie ihn davonfahren.

***

»Wow! Aber … Er ist nicht mehr mit raufgekommen?

»Moment, das war am Donnerstag!«

»Mamaaa, Théo ärgert mich!«

»Théo, Martin, Ruhe jetzt! Ich möchte telefonieren.«

»Ich muss Pipiii!«

»Mist … Ich muss leider Schluss machen, Alice. Schätze dich glücklich, keine Babys mehr zu haben.«

»Ich bin kein Baby!«

»Nein, du bist kein Baby mehr, ich habe deinen Bruder gemeint.«

»Ich bin auch kein Baby!«

»Nein, natürlich nicht … Alice, ich ruf dich zurück.«

5

»Tut mir leid, alles voll.«

Was war ihr nur eingefallen, sich heute Abend mitschleppen zu lassen, und das in ihrem Zustand! Zusammen mit Sabine und Enzo, einem Bildredakteur, auf den Sabine scharf war und der sich angeblich im Nachtleben bestens auskannte, standen sie sich jetzt schon eine Viertelstunde vor dem *Le Baron* die Beine in den Bauch, bloß um einen Absacker zu trinken. Für sie natürlich ohne Alkohol. Sabine hatte Éva zum Mitkommen gedrängt, weil sie partout nicht mit Enzo allein gehen wollte. Jetzt kam sie sich deplatziert vor mit ihrem dicken Bauch, während um sie herum alles auf Zwölf-Zentimeter-Absätzen vorbeistöckelte. Sie fiel in allen Kategorien aus dem Rahmen mit ihrem karierten Schwangerschaftshemd, der Leggins und den bequemen Ballerinas.

»Bak, Bak!«

Enzo versuchte immer wieder, die Aufmerksamkeit des Türstehers auf sich zu ziehen, eines großen Schwarzen mit getönter Sonnenbrille, der den einen zulächelte, während er andere mit Verachtung strafte, der manchen einen schönen Abend wünschte und andere höflich, aber bestimmt beiseiteschob. Stirnrunzelnd musterte er Enzo.

Éva zwang sich zu lächeln, um ihre Chancen zu erhöhen, diesen anscheinend sehr privaten Ort zu betreten.

»Nicht zu sehr lächeln!«, zischelte ihr Sabine zu und tat selbst ganz desinteressiert.

»Wie viele seid ihr?«, fragte der Muskelprotz.

»Drei.«

Er überlegte offenbar, ob sie dem Laden genug Glanz verliehen, unterdessen schien die Zeit stillzustehen. Éva hatte den Eindruck, dass die gesamte, vor dieser schmutzigen schwarzen Tür versammelte Menge das Urteil des Tempelhüters erwartete. Eintreten oder nicht eintreten, das war hier die Frage.

»Versteck deinen Bauch«, flüsterte Sabine.

Sehr witzig. Im sechsten Monat, in Wirklichkeit im siebten, war es nicht zu übersehen, in welchen Umständen Éva war, trotzdem schloss sie brav ihren Mantel. Dann bedeutete ihnen der berühmte Bak mit einem fast unmerklichen Nicken, dass sie reinkonnten. Beiläufig streckte er die Hand nach dem roten Samtband vor dem Eingang aus und gab diskret den Zugang frei. Rasch schlüpften sie durch die Tür, unter den neidischen Blicken der anderen Aspiranten, bevor ihr Wächter seine Meinung änderte.

»Danke«, murmelte Éva im Vorbeigehen, und noch während sie es aussprach, wurde ihr bewusst, wie unpassend das war.

Er hatte sie jedoch nicht gehört und war bereits wieder damit beschäftigt, angebliche Stammgäste wegzudrängen, die hoch und heilig schworen, von irgendwem drinnen erwartet zu werden. Einmal durch die Tür, stieß Éva einen erleichterten Seufzer aus und eilte durch den schmalen Rokoko-Flur, der mit anzüglichen Bildern aus der noch nicht lange zurückliegenden Zeit geschmückt war, als der Club eine Sexbar gewesen war. Hinter der nächsten Tür wurden sie von ohrenbetäubender Musik und dem Stimmengewirr der dichtgedrängten Menge empfangen. Schon bald verlor Éva Sabine und Enzo aus den Augen, die sich zur Tanzfläche drängten. Sie bahnte sich einen Weg zur Theke und kam sich klein und glanzlos vor, wie sie darauf wartete, wahrgenommen zu werden. Erleichtert stellte sie fest, dass das Durchschnittsalter eher bei vierzig als bei dreißig lag, und entspannte sich ein wenig.

»Und was bekommst du?«

»Was habt ihr an alkoholfreien Cocktails da?«

»Alkoholfreien? Hast du ein Magengeschwür, oder was?«

»Nein, ich bin schwanger.«

»Ah, verstehe. Lass mich mal sehen, wie wäre es mit einem Cocktail aus Himbeeren, Mineralwasser und Fruchtsäften? Das wird deinem Baby schmecken!«

»Hört sich super an«, rief Éva.

Fasziniert beobachtete sie, wie der Barkeeper mit seinem Shaker jonglierte. Sie fragte sich, wie lange man einen solchen Job wohl durchhielt: sich nächtelang Bestellungen zubrüllen zu lassen, ein Getränk nach dem anderen zuzubereiten, sich an der Theke anmachen zu lassen, dabei stets zuvorkommend zu bleiben und im Morgengrauen erschöpft ins Bett zu fallen.

»Darf ich dich einladen?«

Éva drehte sich um.

Max.

Das musste ja irgendwann mal passieren. Sie hatte überhaupt keine Lust auf diese Begegnung, aber zumindest war er ein bekanntes Gesicht in der Menge.

»Hallo, Max. Nein, lass mal, trotzdem danke.«

»Komm schon, ich lade dich ein.«

Er hielt dem Barmann seine Karte hin, nannte ihn beim Vornamen.

»Scheint so, als wärst du oft hier.«

»Findest du das verwerflich?«

»Nein, war nur eine Feststellung.«

Éva wusste nicht, was sie sagen sollte. Alle Themen, die ihr in den Sinn kamen, schienen tabu zu sein: seine Arbeit, seine Freunde, seine Wohnung und vor allem Mathilde.

»Und, wie geht's dem Baby? Alles gut?«, erkundigte er sich.

»Ja, sehr gut. Ist ja bald so weit, wir sind ganz schön aufgeregt.«

»Ach, das erste Kind ist etwas Wunderbares! Jeden Tag entdeckt man etwas Neues. Die Geburt, die Frage, wem es ähnlich sieht, das erste Bad, das erste Lächeln, die ersten Schritte …« Er lächelte versonnen, doch dann wechselte er plötzlich die Tonart. »Du hältst mich für ein Riesenarschloch, oder? Einen Egoisten, der seine Familie verlässt, um sich im *Le Baron* zu besaufen?«

»Du kannst machen, was du willst, das geht mich nichts an.«

»Natürlich denkst du so. So denken viele. Aber Außenstehende begreifen oft nicht die Dynamik in einer Paarbeziehung, also verurteilt mich nicht. Warte nur, bis du zwei Kinder hast, einen Immobilienkredit am Hals, ein Gehalt weniger und einen Partner, der dir tagein, tagaus das Gefühl gibt, nicht zu genügen. Irgendwann schleichst du dich abends davon, um dem Geschrei, den Kackwindeln und den Konflikten für ein paar Stunden zu entkommen. Mathilde war streckenweise echt schlimm, hat nur herumgenörgelt, von ihren Meetings, ihren PowerPoint-Vorträgen und ihrem Stress erzählt, bis sie um elf ins Bett ging, damit sie am nächsten Tag wieder fit wäre. Da bleibt einem nichts anderes übrig, als sich allein einen runterzuholen. Traurig, aber wahr.«

Seine Aussprache war undeutlich, er musste schon ein paar Gläser intus haben.

»Die Sache geht nur euch etwas an, Max.«

»Keine Sorge, ich habe kapiert, dass du dich nicht einmischen willst. Ich wollte dir nur mal kurz die andere Perspektive erläutern … Du wirst noch an meine Worte denken. Eines Tages wirst du dir die Frage stellen: Verdammt, ich habe mir dieses Kind und dieses Scheißleben als Elternpaar so sehr gewünscht, und wofür? Dafür? Das soll mein Leben sein?«

»Gefällt dir dein Leben nicht?«

»Ich hatte zu lange das Gefühl, dass es an mir vorüberzieht. Ich werde bald vierzig, ich habe die Hälfte hinter mir. Vielleicht weniger. Ich habe zwei Jungs, die ich über alles liebe, das stimmt. Aber ich brauche mehr, ich brauche auch Träume, ich muss glauben, dass alles noch möglich ist.«

»Was denn alles? Sieh doch mal, was du erreicht hattest: eine wunderbare Familie, Freunde, Gesundheit, einen gewissen Lebensstandard. Willst du Rockstar werden oder Fußballer? Dafür ist es tatsächlich zu spät.«

»Du verstehst es nicht, oder? Ich will nicht als einzige Perspektive vor Augen haben, dass ich in zwanzig Jahren diesen verdammten Kredit abbezahlt habe. Ich bin nicht nur Vater und Ehemann, ich existiere auch unabhängig davon. Das wollte meine liebe Frau nie begreifen.«

Éva wusste nicht, was sie antworten sollte, und kaute verlegen auf ihrem Strohhalm herum.

»Und was ist mit der Bagelbar, die du mit deinem Kumpel zusammen eröffnen wolltest?«, fragte sie dann.

»Davon sind wir abgekommen. Wir haben nicht die Mittel, und außerdem haben wir uns ziemlich in die Wolle bekommen.«

»Ach, wirklich? Hast du nicht bei ihm gewohnt?«

»Doch.«

»Und wo wohnst du jetzt?«

»Bei einer Freundin.«

Éva traf diese Antwort wie ein Schlag in die Magengrube, als wäre sie selbst unmittelbar davon betroffen. Also hatte Max eine Freundin, eine Frau, bei der er wohnte. Für ihn war seine Ehe offenbar tatsächlich abgehakt. Wie waren Mathilde und er nur so schnell an diesen Punkt geraten? Während des letzten gemeinsamen Urlaubs in der Provence schienen sie doch wieder glücklich miteinander zu sein. Abermals hatte die Hauptstadt mit ihren scharfen Zähnen eine Familie zermalmt. Die Arbeit, der Alltag, das teure Leben, der Schlafmangel und die Versuchungen, diese fatale Mischung hatte ein zerstörerisches Potential, dem immer weniger Partnerschaften in ihrem Umfeld standhielten.

»Weiß Mathilde davon?«

»Nein. Ich besuche die Kinder jedes zweite Wochenende und ab und zu abends in der Woche. Mathilde schläft dann bei ihrer Schwester. Sie will mir nicht begegnen, am liebsten sich nicht mal in einem Raum mit mir aufhalten. Bescheuert, oder?«

»Na ja. Und wie lange soll das noch so weitergehen?«

»Nicht mehr lange, wir müssen uns einigen. Wir müssen mit den Jungs reden, vor allem mit Théo. Wir dürfen ihn nicht länger anlügen. Außerdem weiß er es im Grunde schon. Jetzt, wo ich eine Wohnung habe, werde ich geteiltes Umgangsrecht verlangen.«

Das würde Mathilde nicht gefallen, so viel war sicher. Vor allem, wenn sie die Kinder der Obhut einer Unbekannten überlassen musste, über die Éva lieber nichts Genaues wissen wollte. Max war vollkommen pleite, verdiente seine neue Flamme so viel Geld, dass sie ihm ein bequemes Leben und genügend Zeit zum Nachdenken über eine möglichst kreative Zukunft garantieren konnte? Für wen hielt er sich mit seinen Träumen, die bisher ohne Hand und Fuß waren? Hielt er sich für besser als die anderen, die ein Glück versuchten, das er als klein abtat? Am liebsten hätte sie ihn geohrfeigt, um ihn zur Vernunft zu bringen, um ihm klarzumachen, wie geblendet er von sich selbst war. Sie beschloss, diese verstörende Unterhaltung zu beenden.

»Max, war nett, dich wiederzusehen, aber ich muss jetzt zurück zu meinen Freunden.«

Er nickte abwesend und starrte auf sein Glas. Er hatte sie nicht gefragt, mit wem sie hier war. Sie ließ ihn daher weiter um sich selbst kreisen und machte sich auf die Suche nach Sabine und Enzo.

6

»Komm, wir machen uns mal fertig, es wird Zeit.« Mathilde passte es gar nicht, dass sie ausgerechnet an diesem Tag um halb vier bei Théos Freund sein mussten. Wie gern hätte sie sich ein wenig ausgeruht von den Strapazen der vergangenen Nacht. Doch daran war nicht zu denken, sie würde sich den ganzen Nachmittag mit Martin beschäftigen müssen, während sein Bruder auf dem Geburtstag war. Wahrscheinlich würden sie auf den Spielplatz gehen, obwohl dieser graue Sonntag wirklich nicht zu langen Aufenthalten im Freien einlud. Sie verfluchte Max, der sich geweigert hatte, Martin zu nehmen, obwohl sie ihren Stolz hinuntergeschluckt und ihn in einer SMS darum gebeten hatte. Geht heute leider nicht, hatte seine knappe Antwort gelautet. Sie hatte sich sehr zusammenreißen müssen, um keinen Streit vom Zaun zu brechen.

So stand sie also im Nieselregen mit Théo an der Hand und Martin im Buggy vor dem Eingang eines Wohnhauses, als ihr auffiel, dass sie die Einladung mit dem Zugangscode zu Hause vergessen hatte.

»Verflixt! Wir haben die Einladung auf dem Kühlschrank liegenlassen. Théo, wie heißt denn dein Freund noch mal?«

»Arthur!«

»Mit Familiennamen, meine ich.«

»Arthur D.«

»D was?«

»Was meinst du mit D was, Mama?«

»Mein Hase, du heißt Théo Marsac. Marsac ist dein Familienname. Und Arthur, wie heißt er mit Nachnamen?«

»Weiß nicht.« Théo fing an zu schluchzen.

»Schon gut, Théo, kein Problem. Wir werden den Namen schon herausfinden.«

Tief durchatmen.

Mathilde ging die Namen neben den Klingelknöpfen durch, auf der Suche nach einem, der mit D anfing. Als sie gerade überall gleichzeitig klingeln wollte, kam eine Mutter mit ihrer feenartig herausgeputzten kleinen Tochter auf sie zu.

»Guten Tag, Sie wollen bestimmt auch zu dem Geburtstag?«

»Ja, und Sie sind meine Rettung! Ich habe den Code nicht.«

»Aber haben Sie denn keine Einladung erhalten?«

»Doch, aber wir haben sie vergessen, Sie wissen ja, wie das ist.«

Offenbar nicht, nach dem Blick der Mutter zu urteilen. Sie betraten gemeinsam den Hausflur und stellten fest, dass es keinen Aufzug gab.

»In welchem Stockwerk ist es?«

»Im sechsten.«

Die perfekte Mutter ging mit ihrer kleinen Fee die Treppe hinauf und ließ Mathilde mit den Jungs und dem Buggy stehen, ohne ihre Hilfe anzubieten.

»Schnepfe«, murmelte Mathilde.

»Was hast du gesagt, Mama?«

»Nichts, Schätzchen. Hier, nimm du das Geschenk.«

Im sechsten Stock angekommen, wusste Mathilde auf einmal wieder, warum sie aufgehört hatte zu rauchen. Völlig außer Atem versäumte sie es, Théo rechtzeitig zu bitten, einen Augenblick zu warten, bevor er klingelte. Schon wurde die mit zahlreichen Luftballons geschmückte Tür geöffnet, und der Lärm einer ganzen Geburtstagsgesellschaft von Kindern hämmerte auf Mathildes Schädel ein.

»Hallo, und wer bist du?«

Théo murmelte seinen Namen und hüpfte rasch an dem Erwachsenen vorbei, der bestimmt der Vater des Geburtstagskindes war. Mathilde zuckte entschuldigend mit den Schultern und lächelte verlegen den sehr attraktiven Mann an. In der Schule war sie ihm noch nie begegnet, da war sie sich ganz sicher, denn an ihn hätte sie sich erinnert. Er hatte dichtes, wuschliges Haar und trug ein T-Shirt mit V-Ausschnitt, eine Jeans und Turnschuhe.

»Entschuldigen Sie, das war mein Sohn Théo. Ich bin Mathilde, die Mutter. Und der kleine müde Mann hier ist Martin.«

»Ach, Théo! Von ihm habe ich schon viel gehört, er ist Arthurs neuer bester Freund. Ich freue mich, Sie kennenzulernen. Kommen Sie doch rein, Mathilde. Ich heiße übrigens Antoine.«

»Wir sind uns noch nie begegnet, oder?«

»Bestimmt haben wir uns immer verpasst, obwohl ich ihn jeden Tag abhole. Morgens bringt ihn seine Mutter immer.«

Die Glückliche, die ihre Nächte mit diesem netten Mann teilte.

»Ach so. Ich setze die Kleinen morgens vor der Arbeit immer nur schnell ab. Nachmittags holt sie oft der Babysitter ab.«

Wieder klingelte es. Antoine ließ Mathilde im Flur stehen, um aufzumachen. Martin hatte sich inzwischen selbständig gemacht. O nein, wo steckte er bloß? Sie fand ihn am Büfett, wo er sich bereits nach Herzenslust bediente.

»Martin, was isst du denn da?«, flüsterte Mathilde.

»Bonbons«, sagte er und deutete mit seinen Fingerchen auf die Süßigkeiten.

Mathilde entdeckte eine Schale mit kunterbunten Dragibus-Kaudragees, die wahrscheinlich vor ein paar Minuten noch voll gewesen war. Die perfekte Mutter der kleinen Fee beobachtete sie aus den Augenwinkeln, so schien es Mathilde. Mathilde nahm ein Taschentuch und zwang Martin, die kompakte Kugel hineinzuspucken, an der er halb erstickte. Da sie nicht wusste, was sie mit der eingewickelten Kugel anfangen sollte, steckte sie sie unauffällig in ihre Manteltasche, während Antoine ein Elternpaar ins Wohnzimmer führte, dem Mathilde zwar schon oft in den buntgestrichenen Fluren des Kindergartens begegnet war, mit dem sie aber nie mehr als ein schnelles »Guten Morgen« gewechselt hatte. Die beiden wirkten ein wenig spießig und langweilig, doch beobachtete Mathilde, wie liebevoll der Mann seine Ehefrau ansah, nahm wahr, wie beteiligt er am Familiengeschehen schien. Warum hatte sie eine solche Verbundenheit mit Max nie herstellen können?

Sie fragte sich plötzlich, wo eigentlich Arthurs Mutter steckte. War es möglich, dass dieser wunderbare Mann sich allein um den Geburtstag kümmerte, damit seine Ehefrau sich ausruhen konnte? Mathilde seufzte. Sie hatte definitiv auf das falsche Pferd gesetzt.

Sie beschloss, wieder aufzubrechen, bevor sie angesichts all dieser glücklichen Paare und perfekten Eltern anfing, Trübsal zu blasen.

»Wann soll ich Théo denn abholen kommen? Oder brauchen Sie tatkräftige Unterstützung?«

»Vielen Dank, aber keine Sorge, ich schaffe das schon. Ich habe Süßigkeiten, Autos und ein paar Spielzeugpistolen. Ich glaube, damit kann ich fünf kleine Jungs eine Weile beschäftigen. Es reicht, wenn Sie gegen sechs wieder da sind, aber später ist auch in Ordnung, sollte Ihnen das besser passen. Arthur und Théo spielen so schön miteinander, es stört mich gar nicht, sie beide zu haben, es ist sogar einfacher als einen allein.«

»Das ist wirklich sehr nett. Falls es später wird, melde ich mich.«

»Warten Sie, ich gebe Ihnen meine Handynummer.«

Mathilde tippte seine Nummer ein und gab ihm ihre. Dann hüpfte sie beinah beschwingt die Treppe hinunter.

Sie würde versuchen, Alice zu treffen, um endlich alles über ihre verrückte Liebesnacht mit Fred zu erfahren.

»Hallo, Alice? Bist du zu Hause?«

»Ja, warum?«

»Bist du allein?«

»Was für eine Frage, natürlich bin ich allein. Wer sollte denn bei mir sein?«

»Keine Ahnung. Vielleicht ein großer Zottelbär, der dich mit Drei-Sterne-Croissants beliefert?«

»Er hat nur einen Stern.«

Mathilde musste plötzlich lachen. Wie lange hatten sie sich schon nicht mehr die Köpfe über einen neuen Flirt oder eine missglückte Liebesnacht heißgeredet? Es war herrlich! Endlich mal etwas anderes als Betreuungsprobleme und Ehestreitigkeiten.

»Kann ich vorbeikommen? Bitte, bitte!«

»Natürlich, ich freue mich!«

»Ich habe Martin bei mir, hättest du eventuell etwas zu essen für ihn da?«

»Mathilde, ich bin Köchin. Glaubst du, ich würde deinen Sohn verhungern lassen?«

Eine Dreiviertelstunde später hatte es sich Mathilde im Wohnzimmer von Alice in der Rue Condorcet bequem gemacht, und Martin schlummerte selig nach seinem Mahl neben ihr auf der Couch. Alice und Adrien hatten diese Wohnung vor vielen Jahren gekauft und sie recht rustikal eingerichtet. Schwere Doppelvorhänge hingen vor den großen Bogenfenstern, auf dem Boden lagen dicke Teppiche, in einer Ecke knisterte der Kamin. Alice hatte Plätzchen gebacken, und eine wunderhübsche Teekanne aus Silber, zwei Tassen und ein kleines Milchkännchen rundeten das gemütliche Ambiente ab.

»Also?«

***

Als Alice am Tag nach ihrem Ausflug ans Seine-Ufer wieder ins Restaurant kam, war Fred nicht da. Anfangs wunderte sie sich nicht über seine Abwesenheit, aber als er bis zum Nachmittag nicht erschien, fing sie an, sich Gedanken zu machen. Zwar kam es häufiger vor, dass der Chef nicht zum Mittagessen erschien und ihr die Führung des Restaurants überließ, aber er hatte kaum je ein Abendessen verpasst, vor allem nicht freitags. Alice fühlte sich auf eine seltsame Weise schuldig. Schließlich erkundigte sie sich bei Sophie, die sich um die Reservierungen kümmerte und sehr erstaunt war, dass Alice nicht auf dem Laufenden war. Frédéric war krank.

Das war es also! Hatte er sich bei ihrem nächtlichen Spaziergang verkühlt? Aber warum hatte er nicht Bescheid gesagt? Sie schickte ihm eine Nachricht.

Bist du krank?

Entgegen seiner Gewohnheit reagierte Fred nicht sofort, was sie zusätzlich beunruhigte. Erst spät am Abend erhielt sie eine Antwort:

Fühle mich ein bisschen angeschlagen. Melde mich.

Alice fuhr nach Hause, nachdenklich und erstaunt.

Fred, angeschlagen? Diese Naturgewalt? Während der acht Jahre ihrer Zusammenarbeit hatte sie ihn niemals auch nur ein Taschentuch benutzen sehen.

Den folgenden Tag verbrachte sie mit Laura. Mutter und Tochter bummelten im Marais, und Alice kaufte sich nach langem Hin und Her eine Lederhose.

»Mama, ganz ehrlich, du siehst super darin aus!«

»Bist du sicher, dass ich nicht zu alt bin, um so was zu tragen?«

»Nein, du siehst wirklich klasse aus!«

»Wenn ich etwas sagen darf, Madame, ich finde auch, dass Ihnen die Hose ausgezeichnet steht«, pflichtete die Verkäuferin Laura bei.

Alice ließ sich überreden und kaufte dazu noch einen tief ausgeschnittenen Kaschmirpullover und einen Rock für Laura, die abends auf eine Party eingeladen war und einem gewissen Gaspard gefallen wollte – wie sie ganz nebenbei erwähnte. Alice traute ihren Ohren nicht. Ihre Tochter war doch erst fünfzehn, gestern noch ein Baby, wieso wollte sie einem Kerl gefallen? Standen jetzt etwa Gespräche über Sex und Verhütung ins Haus? Ein Jahr zuvor hatte sie Laura zu ihrer Gynäkologin geschickt, und sie nahm an, dass im Zeitalter des Internets und der Übersexualisierung der Medien ihre aufklärende Rolle als Mutter damit erfüllt war. Doch damals hatte es keine konkrete Bedrohung gegeben.

Aufgeregt kehrten sie nach Hause zurück, und Laura frisierte und schminkte sich unter den gerührten Blicken ihrer Mutter.

Alice erkundigte sich noch einmal nach Fred.

Mein lieber Kranker, geht es dir wieder besser? Kann ich irgendetwas für dich tun?

Er antwortete sofort und gefiel sich in rätselhaften Andeutungen.

Einerseits viel, andererseits wenig.

Typisch, er redete gern um den heißen Brei herum.

Hast du Hunger? Soll ich dir eine Kleinigkeit zu essen bringen? Ich habe gestern das Restaurant geplündert.

Sie hatte an diesem Abend nichts vor, und sie fand die Vorstellung nicht unangenehm, für diesen Mann, der in den letzten Jahren so viel für sie getan hatte, die Krankenschwester zu spielen.

Warum nicht?

Eine sehr lakonische Antwort, doch Alice packte beherzt einen großen Korb voll mit Lebensmitteln, die sie tatsächlich aus dem Restaurant mitgenommen hatte. Frisches Brot, Rohmilchkäse, Langostinos, frische weiße Rübchen, Spargel und ihre berühmte Bitterschokoladentorte. Das würde jeden angeschlagenen Mann wieder aufpäppeln. Zusätzlich legte sie eine Flasche edlen Rotwein in den Korb, die Adrien zum vierzigsten Geburtstag geschenkt bekommen hatte. Gut so! Dann schlüpfte sie in ihre neue Lederhose und den tief ausgeschnittenen Pulli und ging ins Bad, um ihr Make-up aufzufrischen.

»Mama, was hast du denn heute Abend vor?«, fragte Laura verblüfft. »Hast du etwa ein Date?«

Unwillkürlich errötete Alice. War ihr Aufzug unangemessen? Für Fred, der sie wahrscheinlich im Schlafanzug erwartete, schniefend und mit fragwürdigem Mundgeruch? Sie machte sich lächerlich.

»Nein, wo denkst du hin. Na ja, Fred ist krank, und ich bringe ihm ein bisschen was zu essen. Danach treffe ich mich mit den Mädels, und wir gehen noch einen trinken«, log sie, ohne zu wissen, warum.

»Keine Ahnung, wo ihr hingeht, aber du wirst allen die Augen verdrehen! Soll ich dir noch Smokey Eyes schminken? Das würde gut passen.«

Nach vergeblichen Abwehrversuchen überließ sie sich schließlich den kundigen Händen Lauras. Und wie sie dann, nur wenige Zentimeter vor dem zarten und glatten Gesicht ihrer Tochter saß, ertappte sie sich bei dem Gedanken, ob sie auch einmal einen solchen Teint ohne jede Falte, ohne große Poren, ohne Makel besessen hatte?

Eine Stunde später fand sich Alice im XVI. Arrondissement wieder, einer Gegend, die sie nicht mochte, wo Fred jedoch eine große, luxuriöse Wohnung mit einer der schönsten Terrassen von ganz Paris besaß. Sie hatte schon oft mit der ganzen Mannschaft dort gefeiert, war aber noch nie allein dort gewesen.

Als sie vor der Tür stand, bekam sie plötzlich Herzklopfen. Doch bevor sie weiter darüber nachdenken konnte, öffnete Fred ihr die Tür. Er war nicht im Schlafanzug, sondern trug ein schönes blaues Hemd, das seinen muskulösen Oberkörper betonte. Er trainierte viel, weil er so gern aß. Sie nuschelte ein schüchternes: »Guten Abend.«

»Komm rein«, sagte er in vollkommen unnatürlichjovialem Tonfall, ergriff mit fester Hand ihren Korb und stellte ihn auf dem Boden der nur schwach beleuchteten Diele ab. Mit fahrigen Bewegungen schloss sie die Tür und zog ihren Mantel aus. Was war nur los mit ihr? Und warum sah Fred sie die ganze Zeit so seltsam an?

»Geht es dir besser?«, stotterte sie.

»Jetzt, ja.«

Er nahm ihr den Mantel ab, ließ sie dabei nicht aus den Augen.

»Was … Was hast du eigentlich? … Was sagt der Arzt?«

»Es ist das Herz.«

Oje, war das möglich? Bitte nicht so ein Klischee aus seinem Mund! Doch ehe sie sich's versah, legte er ihr die Hand in den Nacken und küsste sie, erst zart, dann leidenschaftlich, und anstatt ihn von sich zu weisen, erwiderte sie seinen Kuss. Sie standen in der Diele, und Alice erschauerte, als Fred mit seinen großen Händen ihre kleinen Brüste unter dem zarten Spitzen-BH umfasste. Plötzlich hob er sie hoch und trug sie in sein Schlafzimmer. Dort legte er sie aufs Bett und versuchte, ihr die Lederhose abzustreifen, was gar nicht so leicht war, wie sie schon in der Umkleidekabine festgestellt hatte. Sie musste kichern und wartete auf eine ironische Bemerkung von Fred, um die entstandene Spannung zu durchbrechen, aber er brachte sie zum Schweigen, indem er sie mit Küssen bedeckte. Sie schloss die Augen und verdrängte energisch alle Fragen, die auf sie einstürmten. Was geschah hier gerade?

Wie lange hatte sie kein anderer Mann als Adrien mehr berührt? Und wie fand Fred ihren vierzigjährigen Körper? Er wirkte nicht enttäuscht, aber was würde passieren, wenn dieses Fieber vorüber war und der Morgen anbrach?

Doch mit einem Mal verstummten die Zweifel. Warum sollte sie sich nicht dieser Welle der Leidenschaft hingeben, die sie fortspülte? Sie schlug die Augen auf, und im Halbdunkel begegnete sie Freds Blick.

»Komm«, murmelte sie.

Sie umklammerte seinen kräftigen Körper, liebkoste ihn und vergaß alles, Adrien, Laura, das Fernsehen, ihre Ängste und ihre Hemmungen.

»Du bist so schön!«, keuchte Fred. Und dann sagte er noch etwas. »Ich liebe dich.«

Sie war sich nicht sicher, ob sie diese letzten, atemlos hervorgestoßenen Worte richtig verstanden hatte. Ineinander verschlungen ließen sie sich von ihrer Lust und Zärtlichkeit überwältigen.

Der Wecker zeigte 21 Uhr 12 an, als Fred aufstand und in der Diele verschwand. Sie hörte, wie er eine Flasche Champagner entkorkte und zwei Gläser füllte. Sie setzte sich auf und suchte nach einem Kleidungsstück, mit dem sie ihre Nacktheit bedecken könnte. In dem Moment kam er, nur mit einer Unterhose bekleidet, mit dem Korb und dem Champagner zurück ins Zimmer. Er reichte ihr wie selbstverständlich sein blaues Hemd, das so gut nach ihm roch. Nur eine kleine Tischlampe erhellte das Schlafzimmer. Sie breiteten die Lebensmittel auf dem Boden aus und improvisierten ein Picknick, aßen, als wäre nichts gewesen, und verfielen in eine ihrer gewohnten nächtlichen Unterhaltungen, in die sich praktische Überlegungen mischten – köstlich, dieser Brie, ist der von einer neuen Käserei? Glaubst du, wir sollten gegrillte Langostinos wieder auf die Karte setzen? – und mit persönlicheren Themen abwechselten, ohne dass sie jedoch erwähnten, was sich zwischen ihnen abgespielt hatte. Sie fühlten sich wohl miteinander, und das war genug. Dann, als sich Alice allmählich fragte, wann und wie sie Abschied nehmen und ob sie nicht bald ein Taxi rufen sollte kroch er zu ihr hin, knöpfte ihr das Hemd auf und berührte ihre Haut, die so empfindlich war, dass sie sofort eine Gänsehaut bekam. Sie schliefen in jener Nacht noch zweimal miteinander, ohne diesen unersättlichen Hunger stillen zu können, der sie immer wieder in die Arme des anderen trieb.

Es war sechs Uhr, als Alice sich lautlos ins Bad schlich und ankleidete. Sie wollte Fred nicht wecken, wollte aber zu Hause sein, bevor Laura von ihrer Freundin zurückkam, bei der sie nach der Party übernachtet hatte. Sie hätte ihm gern eine Nachricht auf einen Zettel geschrieben: Danke? Ich ruf dich an? Wir hören voneinander? Wünsch dir einen schönen Tag? Es klang alles falsch. Und so zog sie die Tür hinter sich zu, ohne eine Botschaft für ihn zu hinterlassen.

Vom Taxi aus sah sie Paris erwachen. Die Sonne ging gerade auf, als sie am Louvre vorbeifuhren, dessen imposante Pyramide ausnahmsweise nicht von Menschen umringt war. Sie fühlte sich glücklich wie schon lange nicht mehr.

In ihrer Wohnung empfing sie eine watteartige Stille. Sie nahm sich die Zeit, schön heiß zu duschen, wusch sich die Haare, cremte sich das Gesicht ein und hüllte sich dann in ihren Bademantel. Lange hing sie auf der Couch ihren Gedanken nach, bis sie irgendwann einschlief. Sie wachte auf, als sie hörte, wie Laura den Schlüssel im Türschloss drehte.

***

»Ja, so war das.«

»Ach, wie wunderbar!«

»Wie bitte?«

»Es ist eine wunderbare Liebesgeschichte! Weißt du eigentlich, was für ein Glück du hast?«

»Welche Liebesgeschichte? Ich habe mit meinem Chef geschlafen, der obendrein so etwas wie mein bester Freund ist, und du sagst mir, das sei ein Glück?«

»Dein bester Freund? Alice, er ist verrückt nach dir! Jeder weiß das, es ist nicht zu übersehen!«

»So ein Unsinn.«

»Alice, entschuldige, aber du musst echt mit dem Klammerbeutel gepudert sein, wenn du das nicht bemerkst.«

»Ich weiß nicht, wovon du redest.«

»Alice, du kannst einem wirklich auf die Nerven gehen, *he's* FUCKING *mad about you!*«

»Warum sprichst du Englisch?«

»I don't want the child to understand.« Sie deutete auf Martin, der inzwischen aufgewacht war und neugierig die Ohren zu spitzen schien.

»Oh, diese Phase hatte ich schon glatt vergessen …

Aber da sie jetzt ja schon mit fünf alle fließend Englisch sprechen, müssen wir uns bald etwas Neues einfallen lassen. Na ja, jedenfalls ergibt eine Affäre mit Fred überhaupt keinen Sinn. Ich habe ihn unheimlich gern, aber ich will nicht mit ihm zusammen sein. Mal ehrlich, kannst du dir das vorstellen? Ich kenne ihn schon so lange, dass ich ihn überhaupt nicht als Mann an meiner Seite sehe.«

»Aber eben hatte ich nicht den Eindruck, dass die Nacht mit ihm schlimm war.«

»Ich hätte dir das nie erzählen dürfen.«

»Was soll das jetzt wieder? Du hast doch selbst gesagt, dass er im Bett phantastisch ist.«

Alice schwieg einen Augenblick und kniff die Augen zusammen. Als sie an ihre leidenschaftlichen Umarmungen zurückdachte, fühlte sie ein Kribbeln in der Magengegend.

»Aber dass man sich gut im Bett versteht, bedeutet noch lange nicht, dass man auch als Paar funktioniert.«

»Wie dem auch sei. Was willst du jetzt machen?«

»Mich im nächsten Mauseloch verkriechen. Im Ernst, ich weiß es nicht, aber schon bei der Vorstellung, ihn morgen bei der Arbeit wiederzusehen, falle ich tot um vor Scham. Das ist ungefähr so, als müsste ich nackt hingehen. Die ganze Zeit werde ich mir einbilden, alle wüssten, dass wir miteinander im Bett waren.«

»Lass dich doch davon nicht beeinflussen. Niemand wird etwas merken. Außerdem bist du nicht die Erste, die sich mit einem Kollegen einlässt, und viele haben solche Affären über Jahre geheim gehalten. Das scheint sogar einen gewissen Reiz zu haben. Und weißt du eigentlich, wie viel Prozent aller Paare ihren Partner am Arbeitsplatz kennenlernen?«

»Er ist nicht mein Partner. Aber verrat's mir trotzdem.«

»Sechzig Prozent.«

»Stammt das etwa schon wieder aus einer von Évas Trash-Umfragen?«

»Hmm …«

Martin schmiegte sich in die Arme seiner Mutter. Je mehr die Trennung von Max zu einer unumstößlichen Realität wurde, desto mehr musste Mathilde der Tatsache ins Auge blicken, dass ihr in Zukunft nicht mehr so viel Zeit mit ihren Kindern blieb.

»Wie spät ist es eigentlich?« Sie blickte auf die Uhr. »Schon halb sieben?«

»Ja, warum?«

»Ich hätte Théo eigentlich um sechs vom Kindergeburtstag abholen müssen! Oje, ich bin echt eine Rabenmutter.«

»Hör auf, so auf dir herumzuhacken. Das ist doch nicht so schlimm, die Eltern werden ihn wohl kaum auf die Straße setzen.«

»Nein, aber es ist mir so unangenehm! Augenblick, ich schicke dem Vater mal eben eine Nachricht.«

»Dem Vater? Du hast seine Nummer?«

»Ja, erklär ich dir später.« Sie tippte nervös eine Textnachricht. »Komm, Martin, wir müssen uns beeilen! Danke, Alice, dass ich dich so unangekündigt überfallen durfte. Und ruf mich an, ich bin so gespannt, wie das

Wiedersehen der Liebenden von Pont Neuf verläuft. Schreib ihm heute Abend noch mal. Der Arme, bestimmt hockt er schon die ganze Zeit sehnsüchtig vor dem Handy. Denk mal daran, wie wir früher gelitten haben.«

»Ich würde ihm ja gern schreiben, aber ich weiß nicht, was.«

Doch Mathilde war bereits im Aufzug verschwunden. Auf dem Sofa blieben nur ein Haufen Krümel und ein Spielzeugauto zurück, das Martin in der Eile vergessen hatte. Ohne das Sofa von den Krümeln zu befreien, ließ sich Alice darauf fallen, griff nach ihrem Handy und öffnete das Fenster »Entwürfe«, das bereits mit Probenachrichten an Frédéric gefüllt war.

7

»Argentine … Argentine …«

Mathilde ließ sich beim Lesen nicht von der blechernen weiblichen Stimme der Metro-Durchsage stören. Schon früh am Morgen hatte sie eine Nachricht von Lucie erhalten, sie müsse sich unbedingt die neue Ausgabe dieser Zeitschrift besorgen, was Mathilde erstaunte, denn eigentlich las von ihnen nur Éva solche Magazine. Doch sie hatte Lucies Rat befolgt und war zum Kiosk geeilt, bevor sie in ihre Bahn gestiegen war. Schon nach wenigen Seiten stieß sie auf die Serie der unscharfen, dunklen Fotos, offensichtlich mit dem Teleobjektiv geschossen, die Fred und Alice während ihres nächtlichen Spaziergangs am Flussufer zeigten. Wenn Alice das sah, würde sie durchdrehen! Denn eines erkannte man ganz genau: Der Blick, mit dem Frédéric sie betrachtete, ließ wenig Zweifel offen über seine Gefühle ihr gegenüber.

»Zwischen den Köchen brodelt es!«, lautete die Überschrift des Artikels. Da es sonst wenig zu berichten gab – die Protagonisten gingen nicht einmal Hand in Hand die Seine entlang –, hatten die Reporter tief in die Klischeekiste mit Küchenmetaphern gegriffen. »Frédéric frisst ihr aus der Hand«, »Sie zu verführen ist kein Honigschlecken«.

Mathilde steckte die Zeitschrift in ihre Handtasche und holte ihr Handy hervor. Sie hatte vier SMS, dabei war es gerade mal 8 Uhr 43 am Montagmorgen – das war wirklich ungewöhnlich. Die erste Nachricht stammte von Lucie:

Und? Völlig bescheuert, oder?

Die zweite von Éva:

Ruf mich sofort zurück!! Ich soll einen Artikel über Fred und Alice schreiben, was soll der Quatsch?

Die dritte stammte von Alice selbst:

Hilfe!!!

Und die vierte kam von Antoine:

Besitzerin gesucht! Halstuch mit bunter Zuckerkugel am Sofa klebengeblieben. Exorbitanter Finderlohn! (Für die Frau, nicht die klebrige Kugel). Antoine

Wie peinlich! Nachdem sie gedankenlos ihr Halstuch gelöst hatte, musste sie sich darauf gesetzt haben, wobei offenbar Martins Zuckerkugel aus der Manteltasche gefallen war. Schlimmer ging es gar nicht. Boden, tu dich auf, und lass mich darin verschwinden!

Von weitem winkte ihr ihre Kollegin Annie zu, noch bevor sie an der Station La Défense eintrafen. Nein, meine Liebe, nicht heute Morgen!, dachte Mathilde. Sie musste vier Leute zurückrufen und brauchte ihre zehn Minuten Fußmarsch zur Arbeit. Annie mit ihren immer gleichen Geschichten aus dreißig Jahren Firmenzugehörigkeit fehlte ihr gerade noch.

»Guten Morgen, Mathilde! Hattest du ein schönes Wochenende? Etwas regnerisch, oder?«

»Guten Morgen, Annie. Hör mal, es tut mir furchtbar leid, aber ich muss vor der Arbeit noch mehrere Leute zurückrufen. Du gehst am besten schon mal vor.«

Annie fühlte sich sichtlich vor den Kopf gestoßen und trippelte mit kleinen beleidigten Schritten davon. Doch Mathilde achtete nicht darauf und überlegte, wen sie zuerst zurückrufen sollte. Ganz bestimmt nicht Antoine. Sie musste sich erst eine schlagfertige, sympathische Antwort ausdenken. Außerdem musste sie erst mit ihren Beraterinnen konferieren, bevor sie sich unüberlegt in etwas hineinstürzte. Lucie? Éva? Offenbar hatte Alice ihnen nichts von ihrer verrückten Nacht erzählt, und sie wollte ihr keinesfalls vorgreifen. Und so reagierte Mathilde zunächst auf Alices Hilferuf, die fast in Tränen ausbrach, als sie sich gleich beim ersten Klingeln meldete. Doch in dem Moment, als sie ihr tröstend zureden wollte, sah Mathilde, dass der Kindergarten versuchte, sie zu erreichen.

»Meine Liebe, nimm es nicht so schwer … Du, der Kindergarten versucht gerade, mich anzurufen. Ich melde mich nachher noch mal, ja?«

Sie nahm den Anruf gehetzt entgegen. »Ja, hallo?«

»Madame Marsac, hier ist die Leiterin. Wir haben ein kleines Problem mit Théo. Er übergibt sich seit heute Morgen. Könnten Sie ihn bitte abholen?«

Ach, herrje. Ihr armer kleiner Junge, und sie war nicht da? In einer halben Stunde musste sie vor dreißig Kollegen einen Vortrag halten, den sie seit drei Wochen Tag und Nacht vorbereitete. Es war ihr großer Tag. Hoffentlich konnte Max bis mittags einspringen. Sie wählte seine Nummer, während sie weiter in Richtung Firma ging, eingereiht in die Prozession mürrischer Montagmorgengesichter. Wie zu erwarten war, meldete er sich nicht. Sie hinterließ ihm eine Nachricht. Dann schickte sie ihm eine SMS hinterher, weil sie davon überzeugt war, dass er absichtlich nicht ans Telefon ging, wenn er ihre Nummer sah.

Hilfe! Théo ist krank. Er muss im Kindergarten abgeholt werden. Könntest du ihn abholen und bis heute Mittag übernehmen? Bitte!

Sie betrat die Drehtür, einen Knoten im Bauch, der nichts mit ihrer Präsentation zu tun hatte.

»Morgen, Mathilde, alles gut?«

»Hallo, schönes Wochenende gehabt?«

Mathilde grüßte abwesend zurück. Was sollte das eigentlich? Warum zögerte sie, sich zwischen der Arbeit und ihrem Kind zu entscheiden? Das ergab überhaupt keinen Sinn. Aber sie konnte jetzt auch nicht die Kollegen im Stich lassen. Und sie hatte schwer um diesen Job gekämpft, um ihre Stellung im Haus, überhaupt darum, den Beruf auszuüben, der ihr gefiel, was immer sie an deprimierten Abenden vor einem Caipirinha sagen mochte. Max musste zurückrufen! Sie hatten dieses Kind schließlich gemeinsam gezeugt. Sie brauchte ihn!

9 Uhr 10. Die Sitzung würde um 9 Uhr 30 beginnen. Wenn er in fünf Minuten nicht anriefe, wäre sie gezwungen, eine Mail an alle Teilnehmer zu schreiben, um mitzuteilen, dass ihr Sohn krank sei und sie die Präsentation

leider verschieben müsse. An einem Montagmorgen war das besonders ungünstig. Und es würde wieder alle Vorurteile bestätigen: Mütter eben, da sieht man, dass man ihnen keinen verantwortungsvollen Posten übertragen kann! Immer ist irgendetwas: Kind krank, Probleme mit dem Babysitter, Elternabende ... All diese Leute, darunter nicht wenige Familienväter, hätte sie gern gefragt, was sie tun würden, wenn ihnen das passierte. Sie seufzte.

»Hast du ein Problem?«

Romain hob den Kopf von den Akten und sah sie beinah teilnahmsvoll an. Sollte sie ihm ihre Schwierigkeiten anvertrauen? Zeige nie deine Schwächen, das Arbeitsleben ist ein Dschungel aus wechselnden Bündnissen und Seilschaften, die sich schnell gegen dich wenden können. Die Worte ihres früheren Mentors, der inzwischen in Rente gegangen war, hallten in Mathildes Kopf wider.

9 Uhr 14. Immer noch keine Nachricht von Max.

»Mein Sohn ist krank, und ich habe niemanden, der auf ihn aufpasst. Aber ich finde hoffentlich in der nächsten Viertelstunde eine Lösung.«

»Möchtest du, dass ich die Sitzung für dich übernehme? Ich kenne die Akte gut. Wenn dir das aus der Patsche helfen würde ...«

Lieber würde ich sterben, du Aas.

»Nein danke, nett von dir. Wenn ich wirklich gehen muss, verschieben wir die Sitzung.«

»Das wird kaum möglich sein. Der Big Boss ist heute extra angereist, und ich habe gehört, dass er anschließend eine Tour durch die Filialen machen wird, bis ins nächste

Jahr hinein. Ihr habt wirklich Pech mit den Malaisen eurer Kinder. Man könnte meinen, die wären ständig krank …«

Mathilde zog es vor, nicht zu antworten. Der Stress überwältigte sie. Geistesabwesend schluckte sie ein Viertel Lexotanil und schwor sich, dass sie zum letzten Mal auf die Chemie zurückgriff, um ihre Probleme in den Griff zu kriegen.

9 Uhr 15. Ihr Telefon klingelte. Max, endlich!

»Max! Ich habe schon fast nicht mehr daran geglaubt! Hast du meine Nachricht erhalten?«

»Ja. Alles in Ordnung, ich gehe ihn holen. Was soll ich anschließend machen, ihn mit zu mir nehmen?

»Zu dir? Hast du denn Platz?«

Mathilde drehte den Kopf und sah, dass Romain sich sehr für ihre Unterhaltung zu interessieren schien. Daher ging sie auf die Suche nach einem stillen Eckchen und fand schließlich Zuflucht im Treppenhaus.

»Ich wohne nicht mehr bei Diego. Ich bin umgezogen. An die Place des Ternes.«

»Ach ja? Place des Ternes, nicht schlecht. Entschuldige, wenn ich indiskret bin, aber könntest du mich aufklären? Wenn du die Kinder irgendwohin mitnimmst, würde ich schon gern etwas mehr dazu erfahren.«

9 Uhr 20. Sie hatte nicht einmal ihren Computer und den Beamer im Sitzungssaal angeschlossen, obwohl das allein für gewöhnlich mindestens zehn Minuten in Anspruch nahm.

»Ich wohne bei meiner Freundin.«

Es traf sie wie eine Ohrfeige. *Meine Freundin.* Bisher war

es ihr unvorstellbar erschienen, dass er irgendeine andere Frau als »seine« bezeichnen könnte. Dass es eine andere feste Partnerin in seinem Leben geben könnte. Eine Partnerin, die er in seinen Armen hielt, die er seinen, ihren Freunden und demnächst den Kindern vorstellen würde. Ihr wurde übel. Sie musste den Gedanken verdrängen, um sich auf das Wichtigste im Augenblick zu konzentrieren: Théo.

»Na gut, reden wir später darüber. Wenn es dir nichts ausmacht, wäre es mir lieber, wenn du ihn zu uns nach Hause bringen würdest, wo seine Sachen sind. Ich habe um halb zehn meine Präsentation. Ich rufe dich an, sobald ich damit fertig bin, und komme dann zu euch. Kannst du schon mal einen Termin beim Kinderarzt machen?«

»Ich habe seine Nummer nicht.«

»Ich schicke sie dir. Das Vorsorgeheft ist bei den Papieren im grauen Schrank in der Diele. Unten rechts, im Ordner mit der Aufschrift ›Gesundheit Théo‹.«

»Ja, gut. Tschüs dann, du musst ja zu deinem Meeting.«

Sie musste sich beruhigen. Aber mit einem Mal überwältigten sie all ihre Frustrationen und die Schuldgefühle, zugleich stiegen in ihr der Präsentationsstress und ihre Sorge um Théo auf. Sie fühlte sich vollkommen haltlos.

9 Uhr 28. Sie eilte auf die Toilette, spritzte sich etwas Wasser ins Gesicht, legte ein wenig Puder auf und machte Atemübungen. Annie ging vorbei, ohne sie eines Blickes zu würdigen. Dann stürzte sie in den Sitzungssaal.

Sie traf zur selben Zeit ein wie die leitenden Angestellten, die an ihrer Präsentation vor dem gefürchteten Big

Boss teilnehmen würden. Sie war heute als Erste an der Reihe.

Man hatte noch nicht die Getränke und das Gebäck für den Frühstücksimbiss der Teilnehmer bereitgestellt. Mathilde wollte gerade Corinne darauf aufmerksam machen, die einzige Frau außer ihr in der Runde, und ärgerte sich sofort darüber. Sogar sie war nicht frei von Sexismus.

»Romain, würdest du bitte bei Annie nachfragen, wo der Frühstücksimbiss bleibt?«

Er sah sie argwöhnisch an.

»Warum ich?«

»Warum nicht? Ich muss meine Präsentation vorbereiten. Ich habe gestern alles bestellt, es muss nur gebracht werden. Es sei denn, du willst keinen Kaffee? Aber wenn das für dich ein Problem ist … Würde sich bitte jemand darum kümmern?«

Alle steckten die Köpfe in ihre Akten, beugten sich über ihre BlackBerrys oder über ihre Laptopbildschirme. Nur Corinne bot sich an. »Ich sage Bescheid.«

»Meine Herren, wären Sie vielleicht ein bisschen zuvorkommender? Oder ist es noch immer Frauensache, sich um den Kaffee zu kümmern?«

Das Lexotanil schien nicht den gewünschten Effekt zu haben. Sie hätte sie alle der Reihe nach ohrfeigen können, diese Kerle mit ihren glattgebügelten Hemden, stellvertretend für Max und für das ganze komplizierte Leben, über das sie allmählich die Kontrolle zu verlieren schien.

»Ich mache das schon.«

Wie so oft hatte sie übereilt von sich auf andere geschlossen. Matthieu, ein netter Vater von drei Söhnen, war aufgestanden, um Annie Bescheid zu sagen. Mathilde atmete tief durch und machte sich daran, die richtigen Kabel zum Anschließen ihres PCs zu suchen. Keiner erhob sich, um ihr zu helfen. Das hatte sie jetzt davon. Endlich wurde ihr Bildschirm an der Wand gespiegelt, und was sah man? Ein Foto von Théo und Martin, die sich an einem bretonischen Strand amüsierten. Na wunderbar. Musste sie sich auch noch diese Blöße geben. Der Einblick in ihr Privatleben in diesem professionellen Rahmen war nicht besonders vorteilhaft für sie, das war ihr bewusst. Rasch öffnete sie ihr PowerPoint, genau in dem Augenblick, da der Big Boss eintrat, gefolgt von seinen beiden Assistentinnen, jungen Damen in Bleistiftröcken, die sich während seines Aufenthalts in Paris um sein Wohlergehen kümmerten.

»Meine Herren ...«, und dann, mit einem Blick auf die Versammlung: »Und meine Damen.«

Matthieu kam mit dem Getränketablett herein. Überrascht blickte der Chef ihn an, und die beiden Assistentinnen stürzten sich sofort auf die Tassen und die Thermoskanne, um den Service zu übernehmen, damit die Herren ungestört arbeiten konnten. Unglaublich, dachte Mathilde. Aber sie hatte gerade andere Probleme. Ein Mailfenster hatte sich auf dem Bildschirm geöffnet: »Wo steckst du, verdammt noch mal?«, schrieb Éva, und die gleich darauffolgenden Zeilen handelten von Fred und Alice.

Mathilde schloss hektisch all ihre Programme und räusperte sich: »Meine Damen und Herren, herzlich willkommen. Es geht heute Morgen um den Marketingplan für ein neues Gelshampoo, das sich speziell an Raucherinnen richtet, an aktive Frauen in Großstädten. Im nächsten September soll es auf den Markt kommen.«

Das Klappern von Tassen, kurzes Getuschel – Tee? Kaffee? Milch? Zucker? Croissant? Wie geht's denn so? Kommst du mit zum Mittagessen? –, das Rascheln von Papier, dann verstummten die Geräusche, und alle Augen waren auf Mathilde gerichtet. In der Hand hielt sie eine kleine Fernbedienung, mit der sie die Folien ihrer Präsentation wechseln konnte. Zunächst erschien ein Produktdummy der geplanten Flasche für das Raucherinnen-Shampoo.

Im selben Augenblick vibrierte ihr Handy. War etwas Schlimmes mit Théo passiert? Von Alice, Éva und Lucie hatte sie schon Nachrichten erhalten, also konnte diese nur von Max stammen. Er wusste, dass sie eine Präsentation hielt. Wenn er sie also zu erreichen versuchte, musste es etwas Wichtiges sein. Da aber dreißig Augenpaare sie erwartungsvoll ansahen, zögerte sie. Wie würde es wirken, wenn sie mitten im Vortrag nach ihrem Handy griff? Unprofessionell! Andererseits musste sie den Kopf freihaben. Sie konnte definitiv nicht weiter über ein Shampoo referieren, während möglicherweise ihr kleiner Schatz in die Notaufnahme eingeliefert wurde.

»Bitte entschuldigen Sie mich kurz.«

Die Nachricht war tatsächlich von Max: Ich finde das Vorsorgeheft nicht, und du hast mir nicht die Nummer des Kinderarztes geschickt.

Verdammt.

»Ich bitte nochmals um Entschuldigung. Ein Notfall, tut mir leid.«

Eine bleierne Stille legte sich auf den Saal, die gewiss einige nutzten, um ebenfalls das Display ihres Smartphones zu checken. Endlich! Die Nummer des Kinderarztes. Weiterleiten. Fertig.

»Entschuldigen Sie, wir können jetzt fortfahren: Nach den ersten Konsumentenumfragen scheint tatsächlich unter den aktiven, urbanen und vernetzten Frauen eine große Nachfrage nach einem revitalisierenden Shampoo zu bestehen, das man ohne schädliche Wirkung für das Haar täglich benutzen kann. Die Frauen wünschen sich ein sanftes Produkt, das Natürlichkeit und traditionelle Werte in sich vereint. Daher wird auf Inhaltsstoffe wie Eiweiß verwiesen, die bereits in den Siebzigern populär waren und sowohl als alte Hausmittel gelten, wie auch dem Bedürfnis nach biologischen und umweltfreundlichen Substanzen Rechnung tragen. Wir haben uns in Zusammenarbeit mit unseren Produktdesignern für eine Verpackung entschieden, die all diese Werte transportiert und in den Farben Grün und Ocker gehalten ist.«

Erneut vibrierte ihr Handy. Sie warf einen Blick auf das Display in der Hoffnung, den Namen des Absenders und die ersten Zeilen der Nachricht zu erhaschen, um entscheiden zu können, ob sie reagieren sollte. Es war schon wieder Max. Er schrieb, dass die Arztpraxis montags nicht geöffnet war. Warum googelte er nicht einfach, welcher Arzt die Vertretung übernahm, oder rief die

Hotline der Krankenkasse an? Sie beschloss, dass er selbständig mit der Situation umgehen musste. Sie wollte sich jetzt hundertprozentig auf ihren Vortrag konzentrieren, und das tat sie. Eine halbe Stunde später war sie gut vorangekommen und hatte ihren Rhythmus gefunden. Sie redete flüssig, das Publikum lauschte konzentriert. Sogar der Big Boss kniff weder die Lippen zusammen, noch hatte er bisher eine seiner tödlichen Bemerkungen fallenlassen. Als sie zum Schluss kam, klopfte es an die Tür.

»Herein!«, rief sie erstaunt.

Es war Annie, die mit roten Wangen die Versammlung überblickte, bevor sie Mathilde zuflüsterte: »Dein Mann ist am Telefon. Ich glaube, es ist dringend. Es geht um den Kleinen.«

»Bitte entschuldigen Sie mich noch einmal. Ich bin gleich wieder da.«

Hör auf, dich dauernd zu entschuldigen!

»Ja, Max? Was ist passiert?«

»Du hast nicht reagiert. Was soll ich denn jetzt in Sachen Kinderarzt unternehmen?«

»Ist das dein Ernst? Du störst mich mitten in meinem Vortrag, nur deswegen?«

»Ist das dein Ernst? Dein Sohn ist krank, und du redest von deinem Vortrag? Du kannst einem wirklich leidtun!«

Tief durchatmen.

Mit zusammengebissenen Zähnen, da Annie sie anstarrte und sie um jeden Preis Ruhe bewahren musste, damit sie ihre Arbeit beenden konnte, brachte sie mühevoll hervor: »Ich habe dir nicht geantwortet, weil ich gerade eine Präsentation vor dreißig Leuten halte. Wenn der Kinderarzt heute nicht aufhat, dann ruf einfach einen anderen an, okay? Geh ins Internet, und schau auf der Liste nach, wer heute Dienst hat. Du rufst an, sagst, dass dein vierjähriger Sohn kotzt, gibst Adresse und Krankenkassennummer durch und legst wieder auf. Das Gesundheitsheft befindet sich exakt an der Stelle, die ich dir genannt habe, und außerdem wird sich der Arzt wahrscheinlich auch ohne zurechtfinden. Und jetzt werde ich meinen Vortrag zu Ende halten, wie es meine Aufgabe ist, die es uns verdammt noch mal erlaubt, diesen verschissenen Arzt zu bezahlen, den du jetzt anrufen wirst. Ich komme dann direkt im Anschluss nach Hause. Schaffst du das?«

Sie legte auf. Annie sah sie entsetzt an.

»Tja, so ist das mit modernen Paaren, man liebt sich, man macht Kinder, man fährt seine Ehe gegen die Wand, und dann wirft man sich mitten im Großraumbüro Gemeinheiten an den Kopf.« Mathilde erkannte sich selbst nicht wieder.

Sie rannte zurück in den Sitzungssaal, wo bereits Aufbruchstimmung herrschte.

»Ist der Chef schon weg?«

»Ja, er hatte wohl noch andere Sitzungen. Aber er hat gesagt, es sei sehr interessant gewesen, und du sollst ihm deine Präsentation bitte zumailen.«

Corinne fasste Mathilde am Unterarm und flüsterte: »Es war wirklich sehr gut!«

Es hätte nicht viel gefehlt, und Mathilde wäre in Tränen ausgebrochen. Doch sie hatte keine Zeit, sie musste zu Théo. Rasch sagte sie Romain Bescheid.

»Ich fahre jetzt nach Hause. Mein Sohn ist krank. Natürlich bleibe ich erreichbar. Wenn es auch nur das Geringste gibt, schick mir eine Mail, oder ruf mich an. Ich versuche, heute Nachmittag wiederzukommen.«

Mit diesen Worten eilte sie in Richtung der Aufzüge.

»Hat er gestern irgendwas Besonderes gegessen?«

»Ich weiß es nicht. Ich wohne nicht mehr hier, ich habe mich von der Mutter getrennt.«

Sie musste schlucken, als sie diese Worte aus dem Wohnzimmer vernahm. Sie stand in der Diele und streifte ihren Mantel ab.

»Wie geht es dir, mein Hase?«, rief sie, als sie den Raum betrat. »Guten Tag, Monsieur«, begrüßte sie dann den Arzt.

»Guten Tag, Madame.«

»Ist es ein Magen-Darm-Infekt? Das grassiert gerade, nicht wahr?«

»Um das mit Sicherheit zu bestätigen, muss ich ihn erst untersuchen. Haben Sie sein Vorsorgeheft?«

Mathilde nickte und eilte in die Diele, wo sie ihren sorgsam gehüteten Aktenschrank völlig durchwühlt vorfand. Sie hasste ihn, konnte er nicht wenigstens hinterher wieder alles einräumen? Tatsächlich war das Heft jedoch nicht da. Bestimmt hatten die Kinder damit gespielt. Sie ging ins Kinderzimmer hinüber und fand es schließlich unter einem Berg von Heften und Werbeprospekten. Als sie das Heft aufschlug, stellte sie fest, dass sie es als Malbuch benutzt hatten.

Der Arzt war mittlerweile mit seiner Untersuchung fertig, und Théo lag in Max' Arm. Sein Vater strich ihm sanft über das Haar. Max liebte seinen Sohn, egal, was man ihm sonst vorwerfen konnte. Wie sollten sie ihm und seinem Bruder erklären, dass die Erwachsenen nicht mal fünf Jahre nach der Geburt ihrer Kinder warten konnten, bis sie die Flucht ergriffen, weil ihnen alles zu viel wurde und sie ihr unabhängiges Leben wiederhaben wollten? Nein, sie mussten es noch einmal versuchen. Es war unvorstellbar, ihre beiden erst zwei und vier Jahre alten Söhne von einer Wohnung in die andere zu zerren. Sie mussten es auf sich nehmen und wieder zusammenleben. Vielleicht fanden sie mit etwas gemeinsamer Anstrengung sogar wieder zueinander? Sie musste liebevoller und gelassener werden, mehr auf seine Bedürfnisse eingehen. Wenn er dann noch eine Arbeit fände, würde sich alles wieder einrenken, da war sie sich sicher.

»Da haben wir's. Eine ordentliche Magen-Darm-Infektion.«

Mathilde war erleichtert, das würde man in den Griff bekommen. Sie hatte immer die heimliche Sorge, dass eine schlimme, womöglich tödliche Krankheit ihre Familie heimsuchen könne. Sie hatte ihre eigene Hypochondrie auf ihre Kinder ausgedehnt, nachdem sie Mutter geworden war.

»Dann muss er jetzt wohl ein paar Tage das Bett hüten.«

Théo lächelte mit geschlossenen Augen, und sie hörte ihn flüstern: *»Spiderman.«*

»Mindestens zwei bis drei Tage. So lange braucht er, um sich zu erholen.«

Nachdem sie mit einem Scheck vom gemeinsamen Konto bezahlt hatte, brachte Mathilde den Arzt zur Tür und wandte sich an Max.

»Kannst du noch ein bisschen bleiben? Ich möchte gern mit dir reden.«

Er nickte und trug Théo ins Bett, während Mathilde hinunter in die Apotheke ging, um Medikamente für ihn zu besorgen. Als sie wiederkam, saß Max vor dem Fernseher, die Füße auf dem Tisch, und zappte durch die Programme.

»Kannst du das bitte mal ausmachen?«

Er tat es und sah sie an. Mathilde wusste nicht, wo sie anfangen sollte.

»Wie geht es dir? Ich meine, kommst du zurecht?«

»Ja, ich habe ein paar Stellen in Aussicht, gute Angebote.«

»Das ist ja großartig! Hattest du schon Vorstellungsgespräche?«

»Nein, nein. Es ist die weniger klassische Variante. Ein paar Kumpel haben mich mit jemandem bekannt gemacht, der einen Kompagnon für sein Start-up sucht. Ich habe neulich abends mit ihm gegessen, und er will sich bei mir melden, sobald er das nötige Kapital zusammenhat. Es ist ein Start-up mit Videospielen.«

»Aha … Hört sich ja ganz gut an«, sagte Mathilde vorsichtig. »Also keine Bagel mehr?«

Er antwortete nicht, und er wusste, dass er sie damit zur Weißglut bringen konnte. Wenn ihn ein Thema in Verlegenheit brachte, schwieg er, ohne in Betracht zu ziehen, welche Verachtung er damit für seinen Gesprächspartner ausdrückte – oder besser: seine Gesprächspartnerin.

»Und … Was ist nun mit dieser Wohnung?«

Ein unheilvolles Schweigen entstand, bis er schließlich seufzte.

»Sie liegt an der Place des Ternes, wie ich schon sagte. Ich wohne bei einer Freundin, na ja, meiner Freundin eben. Die Wohnung ist groß. Ich kann dort ein Zimmer für die Jungs einrichten. So könnte ich sie alle zwei Wochen nehmen, bis wir das Umgangsrecht festgeklopft haben. Wie es im nächsten Jahr weitergeht, weiß ich noch nicht. Ich fürchte, diese Wohnung hier werden wir verkaufen müssen, wenn wir alles gerecht aufteilen wollen. Am sinnvollsten wäre es, wenn wir uns Wohnungen suchten, die nicht allzu weit voneinander entfernt liegen. Das würde sicher vieles erleichtern, vor allem für die Kinder. Es muss nicht gleich sein, frühestens im September.«

Mathilde schnürte es den Atem ab. Sie wollte jetzt bitte ganz schnell aus diesem Alptraum erwachen! Max hatte die Trennung in einem rasanten Tempo offenbar endgültig vollzogen, während ihr immer noch eine Versöhnung vorschwebte. Wann hatte alles begonnen, derart aus dem Ruder zu laufen? Sie versuchte, den Film im Schnelldurchlauf zurückzuspulen. Sie hatte Max kennengelernt, sie hatten sich verliebt, waren oft zusammen in Urlaub gefahren, hatten sich zu feuchtfröhlichen Abenden mit

Freunden getroffen und morgens lange im Bett gelegen und sich geliebt, damals in ihrer Zweizimmerwohnung. Dann hatten sie schnell – vielleicht zu schnell? – beschlossen, zusammenzuziehen und ein gemeinsames Kind zu bekommen.

Vor allem sie hatte es gewollt, das musste sie zugeben. War es der richtige Zeitpunkt für sie beide gewesen? Das hatte sie damals nicht interessiert. Sie hatte mit den Füßen gescharrt, bis Max nachgegeben hatte. Weißt du, es kann Monate dauern, hatte sie ihm gesagt. Doch schon einige Wochen später war sie mit Théo schwanger gewesen. Bedeutete das Glück, ein Kind zu bekommen, zwangsläufig, die erste Bombe im Leben eines Paares platzen zu lassen? Und das zweite Kind war dann ein weiterer Angriff, den nur wenige überlebten? Was wäre passiert, wenn sie die Familiengründung aufgeschoben oder gar darauf verzichtet hätten? Wären sie einander leidenschaftlich verbunden geblieben? Sie würde es nie erfahren. Ohne das Geschrei, die Krankheiten, die kurzen Nächte und die verzwickte Organisation des Alltags hätten sie vielleicht viele glückliche Jahre miteinander verbracht. Beschwingte Abende und sorglose Urlaube, ohne Übergepäck, Buggy im Kofferraum und Erbrochenem auf den Sitzen. Musste die Mutterliebe zwangsläufig die Liebe zum Partner ersetzen? Sie versuchte, Gegenbeispiele in ihrer Umgebung zu finden. Alice? Verlassen, für ein junges Ding. Lucie? Stellte ihre Mutterschaft an die zweite Stelle in dem verzweifelten Versuch, die Leidenschaft in ihrer Ehe aufrechtzuerhalten. Abgesehen davon bot der Wohlstand Christophe und Lucie andere Möglichkeiten als den meisten Paaren. Viele hatten keine andere Wahl, als sich zeitlich und finanziell einzuschränken.

Aber in absehbarer Zeit wäre das Schlimmste vorüber. Die Jungs wären unabhängiger, könnten sich besser mit sich selbst beschäftigen, so dass Max und ihr mehr Raum für Zweisamkeit bliebe. Sie könnten sich nach der Arbeit wieder auf einen Drink zu zweit treffen. Sie würde in der Mittagspause zum Friseur gehen, um ihn zu überraschen, es winkten Konzertbesuche, Liebesnächte, rosigere Zeiten. Sie war bereit, sich für einen Neuanfang ins Zeug zu legen. Das schuldete sie den Jungs, auch Max und sich selbst.

»Und wenn wir es noch einmal versuchen würden?«, flüsterte sie und wagte es nicht, ihm dabei in die Augen zu sehen.

Er nahm eine Zigarette. Eine echte. Offenbar hatte er die Elektrozigaretten aufgegeben. Sie hielt ihm den Aschenbecher hin, auf dem stand: »Auf die Malediven und die Liebespaare.« Sie hatten ihn in einem kleinen Strandrestaurant auf ihrer Hochzeitsreise kichernd mitgehen lassen. Er achtete nicht darauf, zog nervös an seiner Zigarette, holte tief Luft und sagte: »Ariane, also, meine Freundin …«

»Liebst du sie? Nach knapp drei Monaten? Oder geht das schon länger? …«

»Nein, es geht noch nicht länger. Ich habe dich nicht betrogen, Mathilde, was immer du auch Schlechtes von mir denken magst.«

Dann hob er plötzlich den Kopf. Alle Aggressivität war aus seinem Blick gewichen, es lag eher ein wenig Traurigkeit darin. Etwas Sanftes. In diese Augen hatte sie sich damals verliebt. Mathilde spürte, wie ihr Tränen über die Wangen liefen und all ihr Mut sie verließ. Sie hatte es satt, stark zu sein. Beinahe wäre sie aufgestanden, um ihren Kopf an seine Schulter zu legen, sich an ihn zu schmiegen und die weiße Fahne zu schwenken.

Doch schon redete er weiter: »Ariane, also. Das war nicht gewollt. Sie hat mir gesagt, es ginge nicht. Sie könne keine bekommen. Deswegen habe ich nicht aufgepasst.«

Nein.

Bitte nicht.

Alles, nur das nicht.

Er schwieg, drückte seine Zigarette aus, drehte die Kippe zwischen den Fingern und krümelte den Rest Tabak heraus. Sie half ihm nicht, seinen Satz zu beenden. Das war doch nur ein böser Traum. Gleich würde sie in den Sommerferien in der Provence aufwachen, und das Leben würde ihnen eine zweite Chance geben, die sie diesmal zu nutzen wüssten. Aber dann hörte sie ihn flüstern: »Sie ist schwanger. Von mir.«

8 Théo schlief im Buggy, und Mathilde hielt Martin an der Hand. Dabei versuchte sie nervös, die grässlichen Wegwerfüberschuhe anzuziehen, die alle Besucher der Krippe zum Schutz vor schädlichen Keimen tragen mussten. Wie ein Roboter hatte sie es geschafft, diesen fürchterlichen Tag bisher durchzustehen. Sie hatte den durch ihr krankes Kind erzwungenen »Urlaub« genutzt, um Théo zu Hause zu verwöhnen, bis sie den Jüngeren abholen musste, der überglücklich war, dass ihn ausnahmsweise seine Mutter und sein Bruder anstelle des Babysitters abholten.

Als Max gegangen war, hatte Mathilde Lucie angerufen. Die Freundin hatte den Ernst der Lage sofort erkannt.

»Ich sage den Mädels Bescheid, und wir kommen zum Abendessen zu dir«, hatte sie vorgeschlagen.

Dankbar hatte Mathilde ihr Angebot angenommen. Alice hatte die Sache mit den Fotos so schwer zugesetzt, dass sie einen Austag im Restaurant angemeldet hatte. Sie konnte den Zuspruch der Freundinnen ebenfalls gut gebrauchen.

»Madame Marsac, haben Sie fünf Minuten?«

O nein, die Kindergartenleiterin!

»Ja, sicher.«

»Falls kein Irrtum unsererseits vorliegt, haben Sie für das letzte Quartal noch nicht bezahlt.«

Die Rechnungen waren auf den Namen von Max ausgestellt, bestimmt hatte sie sie deshalb einfach zu seiner Post gelegt, und er hatte sie am Nachmittag eingesteckt.

»Oh, entschuldigen Sie. Mein Mann müsste sich eigentlich darum kümmern, aber er ist … momentan nicht da. Auf Dienstreise. Es ist mir sehr peinlich, aber könnten Sie mir die Rechnung bitte noch einmal schicken? Dann begleiche ich sie sofort.«

Die Leiterin durchschaute die Situation vollkommen, Mathilde spürte es. Warum zum Teufel erzählte sie diese Lüge mit der Dienstreise? Aus Scham. Darüber, dass ihre Ehe gescheitert war. Dass sie selbst gescheitert war.

»Natürlich. Ich kann in Zukunft auch Ihre beiden Namen daraufsetzen, damit es zu keinen Irrtümern kommt.«

»Vielen Dank, das wäre nett.«

Die Leiterin lächelte ihr zu und warf einen traurigen Blick auf die Jungs. Sie hatte verstanden. Die Marsacs wären nicht die ersten Eltern, die sich trennten.

Still nahm sie Martin auf den Arm und stellte ihn auf das Trittbrett des Buggys, in dem Théo immer noch schlummerte.

Auf der Straße achtete Mathilde plötzlich auf die zahlreichen Frauen, die genau wie sie tapfer einen Buggy vor sich herschoben, bevor sie im Supermarkt an der Ecke die Wocheneinkäufe tätigten. Sie bemerkte auch Männer im Anzug, die auf dem Weg dorthin waren. Waren es Väter, die gleichberechtigt ihre Elternrolle wahrnahmen, oder Geschiedene in ihrer Funktion als Teilzeit-Papa?

Sie brauchte jedenfalls nichts einzukaufen, der erste positive Aspekt des Tages. Die Mädels würden alles mitbringen, Théo würde sowieso nicht viel essen und Martin höchstens einen kleinen Becher Joghurt. Wahrscheinlich würde er ohnehin in den nächsten Stunden den Magen-Darm-Virus seines Bruders aufschnappen. Glücklicherweise hatte die Kindergartenleiterin nichts bemerkt, sonst hätte sie mit Théo gar nicht hereinkommen dürfen.

»Isst Papa heute Abend bei uns zu Hause?«

Théo hatte ein Auge geöffnet. »Nein, mein Schatz. Ruh dich noch ein bisschen aus, wir sind gleich da.«

Lucie, Mathilde, Alice und Éva saßen um den niedrigen Wohnzimmertisch herum. Wie lange war es her, dass sie zum letzten Mal alle beisammen gewesen waren? Es mussten sich offenbar Katastrophen ereignen, damit alle sich von ihren Verpflichtungen loseisten. Sie hatten ein paar Flaschen Wein geöffnet und zum Teil schon geleert. Die kleinen Vorspeisen, die Lucie mitgebracht hatte – geräucherte Forelle, Blinis, Lachskaviar, gebratene Gambas mit Reis, verschiedene Käsesorten und Gebäck aller Art –, wusste nur Éva wirklich zu würdigen. Lucie achtete auf ihre Linie und pickte nur ein wenig vom Reis, Alice zupfte an einem Blini herum, und Mathilde hielt sich an diesem Abend an den Wein.

»Aber wer ist denn diese Frau? Kennen wir sie? Ariane, und weiter?«

»Keine Ahnung. Hat er mir nicht verraten.«

»Hast du mal seinen Facebook-Account gecheckt?«, fragte Lucie.

Mathilde sprang wie elektrisiert auf, stürzte in ihr Zimmer und holte ihren Laptop.

»Spinnst du? Jetzt wird sie stundenlang darin herumschnüffeln«, rief Éva. Sie ließ sich gerade den feinen Comté schmecken. »Ist der Käse eigentlich pasteurisiert?«

Fieberhaft öffnete Mathilde Max' Account und ging alle Freunde durch, auf der Suche nach einer Ariane.

»Da hab ich sie! Ariane Maitte. Sechsunddreißig. Hässlich! Potthässlich! Schaut mal ... Das muss sie sein!«

Mathilde drehte den Bildschirm ihren Freundinnen zu, die sich darüberbeugten.

»Stimmt, potthässlich«, erklärten sie zum Zeichen der Solidarität.

»Mathilde, pack den Rechner wieder weg ... Das bringt doch nichts.« Alice versuchte, ihre Freundin zu beruhigen und davon abzubringen, weiter in dem Account zu schnüffeln.

Doch Mathilde schien für alles blind und taub und konzentrierte sich auf Arianes Profil. Alle wussten, dass sie nun tagaus, tagein damit beschäftigt sein würde zu überprüfen, ob Max' Freundin neue Fotos gepostet, ihren Status verändert oder irgendeinen Kommentar über Max oder das Baby, das sie erwarteten, geschrieben hatte. Das Gespräch über die wichtigen Dinge – etwa, ob sie es den Kindern sagen wollte, wie sie sich organisieren würde –

mussten die Freundinnen auf später verschieben. Im Moment konnten sie nur Schadensbegrenzung betreiben, was konkret bedeutete, Mathilde zu verbieten, mit Max oder Ariane in Kontakt zu treten. Sie mussten bei ihr bleiben und sichergehen, dass sie nicht vor Erschöpfung oder Kummer zusammenbrach.

Lucie wechselte das Thema. »So, und jetzt zu dir, Messalina. Wie geht's jetzt weiter mit Frédéric?«

»Ich weiß nicht. Das ist alles vollkommen verrückt. Er ist mein Chef. Wenn ihr wüsstet, wie viele Anrufe, Mails und SMS ich nach dem Erscheinen der Story erhalten habe! Die Leute behaupten immer, sie würden sich nur beim Friseur mit Klatsch und Tratsch beschäftigen. Wenn das wahr ist, haben sie sich jetzt gerade allesamt die Haare machen lassen. Am peinlichsten ist es mir wegen der Arbeitskollegen. Armer Fred, er muss jetzt allein seinen Angestellten gegenübertreten, aber das wäre heute über meine Kräfte gegangen.«

»Habt ihr seither miteinander geredet?«

»Ja, vorhin. Ich habe ihm gesagt, mir ginge es nicht so gut, und ich könne heute Abend nicht ins Restaurant kommen. Und auch, dass Mathilde mich braucht. Er war nett, hat nichts eingewendet.«

»Na schön, aber habt ihr denn nicht über euch gesprochen? Ich meine, über das, was passiert ist?«

»Natürlich nicht.«

»Natürlich nicht …«, ahmte Lucie Alices strengen Ton nach.

»Adrien hat angerufen.«

Alle starrten sie an. Sogar Mathilde unterbrach für einen Augenblick ihre Nachforschungen auf Facebook.

»Er ist stinksauer. Er wollte wissen, ob das wahr sei, ob ich eine Affäre mit Fred habe und seit wann. Ob ich ihn damals betrogen hätte. Es ist echt lange her, dass er sich so für mein Liebesleben interessiert hat, oder besser: für mein Leben ganz allgemein.« Alice grinste. »Natürlich wollte er mir weismachen, dass Laura furchtbar darunter leide. Hat der eine Ahnung! Laura ist entzückt und ganz aus dem Häuschen. Wenn ich sie nicht gebremst hätte, hätte sie den ganzen Kiosk leer gekauft und die Fotos eingerahmt. Aber ich muss zugeben, dass Adriens Eifersuchtsanfall mir auch ein bisschen geschmeichelt hat. Er sieht sich offenbar regelmäßig meine Sendung an und sagte, dass ihm meine neue Frisur gefalle.«

»Aha. Jetzt bereut er, weil du einen Freund hast und ein Star geworden bist. Die sind doch alle gleich.«

Diese Bemerkung kam zum Glück von Mathilde, der man an diesem Abend alles verzieh.

Alice schwieg einen Moment, bevor sie verkündete: »Er hat mich für nächsten Samstag zum Abendessen eingeladen.«

Man hätte eine Stecknadel fallen hören können. Mathilde goss sich noch ein Glas ein und füllte auch die Gläser von Lucie und Alice nach. Éva griff nach einem Mini-Éclair mit Schokolade und hob missbilligend eine Augenbraue.

»Na super. Wenn dich das glücklich macht, freuen wir uns natürlich für dich. Du wirst ja sehen, was er zu sagen hat. Warten wir's ab«, bemerkte Lucie.

Diese kühle Reaktion auf ihre eventuelle Versöhnung mit dem Vater ihrer Tochter nahm Alice jede Lust, das Thema zu vertiefen. Sie wandte sich deshalb an Éva.

»Und du?«

»Was ist mit mir?«, erwiderte Éva widerstrebend.

»Die Schwangerschaft, Vincent, Jacques Brel ... Wie steht es damit?«

»Über Jacques Brel reden wir nicht mehr, okay? Die Sache muss für alle Zeiten ein Geheimnis zwischen uns bleiben. Und was meine Schwangerschaft angeht: Wie ihr seht, habe ich schon fünfzehn Kilo zugenommen, und dabei wird es wohl nicht bleiben. Da alle glauben, ich sei erst im sechsten Monat, geniert sich keiner, mir zu sagen, ich sei ja schon ganz schön dick. Und so futtere ich abends gemütlich die Oreo-Kekse, die Vincent mir kistenweise gekauft hat, damit ich ihm seine vielen Überstunden nicht vorwerfe. Was meine Nächte angeht, sie fangen sehr früh an. Vincent weigert sich kategorisch, seine schwangere Frau zu beflecken. Außerdem habe ich schreckliche Alpträume, in denen das Baby vollkommen anders aussieht, als zu erwarten wäre. Eines Nachts habe ich sogar geträumt, ich würde ein Sandwich gebären.«

Lucie prustete los.

»Oje, ich hatte auch solche Alpträume«, sagte sie. »Ganz oft habe ich zum Beispiel geträumt, dass meine Tochter rothaarig wäre. Und schaut sie euch bloß an!«

»Sie ist entzückend!«

»Natürlich ist sie entzückend, schließlich ist sie meine Tochter. Aber sie ist rothaarig. Es bleibt ihr nichts anderes übrig, als ein Faible für Grün und Orange zu entwickeln. Wie sieht eigentlich Jacques Brel aus?«

Éva sah verklärt in die Runde. »Er ist groß, hat Sommersprossen, ein umwerfendes Lächeln und wunderschöne Locken.«

»Vermisst du ihn wirklich nicht?«, fragte Lucie vorsichtig. »Wenn du so redest, könnte man fast meinen, das Kind wäre mehr als ein Unfall bei einem One-Night-Stand.«

»Nein, es war schön, aber es war eine Nacht … Vincent ist mein Ehemann! Er ist aufmerksam, jetzt schon verrückt nach dem Baby, er wird ein wunderbarer Vater sein. Was könnte ich mir Besseres für mein Kind erhoffen?«

»Vielleicht für dein Kind, aber was ist mit dir?«

»Schaut euch das an, diese Schlampe!«, rief Mathilde in die plötzlich entstandene Stille hinein.

»Was ist denn?«

»Sie hat gerade ihren Status von ›Single‹ zu ›In einer Beziehung‹ geändert! Ist das zu glauben? Gut, ich trenne mich jetzt auf Facebook von Max. Und dann lege ich ein neues Profil an, füge Ariane als Freundin hinzu und mache ihr das Leben zur Hölle.«

»Mathilde …«

»Was?«

»Hör auf damit! Lass sie in Ruhe. Du tust dir nur selber weh. Du darfst nicht deine Tage damit verbringen, sie anzustarren, nicht mal virtuell. Das ist wahnsinnig ungesund! Es ist, als würdest du dich entschließen, jede Nacht draußen vor ihrem Fenster zu stehen und sie zu beobachten. Kommt sie heute Abend raus? Ist Max bei ihr? Was machen sie? Treffen sie sich mit unseren Freunden? Rundet sich der Bauch?«

»Stopp!«

Mathilde hatte Tränen in den Augen, sie klappte ihren Laptop zu. Alice legte einen Arm um sie. Sie wusste, wie sehr es schmerzte. All die gemeinsamen Jahre – von einem Tag auf den anderen weggefegt. Die gemeinsamen Projekte: in Luft aufgelöst, und dieses neue Leben der anderen, mit der man zu jeder Zeit Kontakt knüpfen und ihr auf einem Bildschirm folgen konnte. Wie eine schlechte Sitcom, die nur für einen selbst ausgestrahlt wurde. Sie wusste, was Mathilde durchmachte. Die schlaflosen Nächte, die Abende, an denen man ständig dieselben Fotos aus glücklichen Zeiten anschaute oder die Mails und die Briefe las, die man sich einmal geschickt hatte. Ich verstehe das nicht, wir haben uns doch geliebt! Wir haben an uns geglaubt.

»Verdammte Scheiße! Er bekommt ein Kind!«

Mathilde schluchzte herzzerreißend.

DIE ZEIT DER BASARE

1

»Einen Earl Grey mit Milch, bitte.«

»Sofort, Madame!«

Lucie setzte die Sonnenbrille auf. Es war kurz vor neun, und es war ihr gelungen, Charlotte und Marguerite ohne Probleme im Kindergarten abzuliefern. Neben ihr lag die kleine Lou im Kinderwagen und schenkte ihr ein Lächeln, das sie für den ganzen Tag beglücken würde. Seit einigen Wochen hatte sie sich angewöhnt, ihre Jüngste morgens mit in die Boutique zu nehmen. Das dritte Töchterchen hatte Lucies und Christophes Panzer zum Schmelzen gebracht, was jeden in ihrem näheren Umfeld erstaunte. Man war gewöhnt daran, dass sie ihre Familie mit militärischer Disziplin führten, anstatt sich für das Glucksen eines Säuglings zu begeistern. Doch es schien, als hätte dieses dritte Kind ihnen Lockerheit und Elternliebe beschert.

Später würde sie die Straße hinunter ins Geschäft gehen, sie musste mit Marion den Private Sale organisieren und sich um die Einladungen für den dazugehörigen Cocktailempfang kümmern. Ein arbeitsreicher Tag stand ihnen bevor, und Lucie genoss diesen kurzen Moment des einfachen Glücks mit einem Tee und ihrem Baby in der Frühlingssonne. Eine kleine Gruppe von Müttern versammelte sich am Nebentisch. Um ihre Unterhaltung zu belauschen, tat Lucie, als sei sie in die aktuelle *Elle* vertieft. Es war Freitag.

»Endlich! Ich hab schon gedacht, er beruhigt sich nie! Sein Bruder war nicht so, als er in dem Alter war, ich weiß gar nicht, von wem er das hat. Bestimmt von seinem Vater! Die Erzieherin hat mich in diesem Jahr schon sechsmal antanzen lassen, was an diesem Kindergarten noch nie vorgekommen ist. Vielleicht sollte ich ihn lieber in einen privaten schicken?«

»Nein, mach das nicht. Eine meiner Freundinnen schickt ihre Kinder auf die Montessori-Schule, aber da kommen am Ende doch nur Freaks raus. Was für ein Unsinn, die Kinder nur das machen zu lassen, was sie wollen! Sieht so vielleicht das wahre Leben aus? Geh lieber nach dem Kindergarten noch mit ihm zum Sport oder in die Musikschule, das tut ihm bestimmt gut.«

»Wir haben es mit Karate versucht, aber er hat nur geweint, so dass wir nach dem zweiten Mal aufhören mussten.«

»Du bemutterst ihn zu sehr. Das ist immer so beim zweiten Kind. Man ist nicht mehr so streng wie beim ersten. Das nutzen sie aus. Bei Capucine und mir war es ähnlich. Ganz zu schweigen von ihrem Vater, den wickelt sie um den Finger.«

»Gut, dass bald Sommerferien sind. Habt ihr eigentlich einen Stand auf dem Kindergartenbasar?«

»Vielleicht. Ich habe vorgeschlagen, wieder Kuchen zu verkaufen, wie im letzten Jahr. Und du?«

»Erst hatte ich keine Lust. Aber ich habe gehört, dass Arthurs Vater eine Helferin für den Zuckerwattestand braucht.«

Alle drei fingen an zu kichern.

»Ich melde mich freiwillig!«

»Pech gehabt, ich stehe weiter oben auf der Liste!«

»Aber ist er denn Single?«

»Natürlich! Seine Frau hat sich mit seinem Chef eingelassen. Er hat das alleinige Sorgerecht für den Kleinen, aber die Mutter bringt ihn jeden Morgen zum Kindergarten. Ich glaube, sie wohnt entweder im selben Haus oder gegenüber.«

»Aber ist der schöne Antoine nicht mit der Mutter von Théo zusammen?«

Lucie horchte auf, beinahe hätte sie sich an ihrem Tee verschluckt, so verblüfft war sie über das, was sie hörte.

»Nein. Ich bin nicht mal sicher, ob sie wirklich von ihrem Mann geschieden ist. Sie sieht fix und fertig aus, die Arme. Noch Anfang des Jahres war sie ganz die Business-Frau mit ihren hochhackigen Pumps und den schicken Kostümen, aber seitdem geht es mit ihr bergab. Sie hat mindestens zehn Kilo abgenommen – was ihr sicherlich gut steht –, aber ansonsten lässt sie sich total gehen, schminkt sich nicht mehr, sieht so aus, als wäre es lange her, dass ein Friseur sie zu Gesicht bekam, und läuft immer mit Leichenbittermiene herum. Ich glaube, ihr Ex hat eine Neue, die er gleich nach der Trennung geschwängert hat.«

»Wie furchtbar! Hoffentlich bleibt mir so etwas erspart.«

»Ihn sieht man ohnehin so gut wie nie. Neue Familie, neues Glück, ex und hopp. Wie so oft. Aber um noch einmal auf den Vater von Arthur zurückzukommen, warum dachtest du, er sei mit der Mutter von Théo zusammen?«

»Ich weiß nicht. Ich habe sie zusammen im Café sitzen sehen und hatte nicht den Eindruck, dass er sie abstoßend fand.«

»Im Café? Die beiden? Wie interessant! Ich werde gleich heute Abend mal Erkundigungen einziehen.«

»Meine Damen, was darf es heute Morgen sein? Milchkaffee für alle?«

»Ja! Danke, Henri.«

»Und für mich die Rechnung, bitte«, sagte Lucie. Sie saß auf heißen Kohlen, sie musste sofort ins Geschäft und Mathilde anrufen. Sie musste unbedingt alles über diesen schönen Antoine wissen, von dem sie noch nie etwas gehört hatte.

Warum, zum Teufel, erzählten ihre Freundinnen ihr immer nur von den traurigen und deprimierenden Seiten ihres Lebens und verschwiegen ihr die heiteren? Ein attraktiver Single-Papa und Mathilde, was für Aussichten nach diesen trostlosen Monaten!

Nachdem sie erfahren hatte, dass Max nicht nur eine neue Freundin hatte, sondern dass sie auch noch ein Kind von ihm erwartete, war Mathilde durch eine schlimme Zeit gegangen. Ihre Freundinnen hatten versucht, sie nach Kräften zu unterstützen, aber ihren Kummer über die Trennung konnten sie nicht lindern –

vor allem im Hinblick auf die Kinder, die es noch unerwarteter und schlimmer traf als ihre Eltern. Mathilde und Max mussten ihnen erklären, dass Papa und Mama nicht mehr in derselben Wohnung wohnen würden, sie aber trotzdem sehr, sehr liebhatten, für immer und ewig.

Max hatte den Großteil seiner Sachen während der Winterferien abgeholt, die Mathilde und die Jungs in Courchevel verbrachten, im Chalet von Lucie und Christophe. Bei ihrer Rückkehr fehlten lediglich einige Bücher aus den Regalen, der Rasierer im Badezimmer und die Turnschuhe in der Diele, nichts Auffälliges, wofür Mathilde ihm dankbar war. Er hatte ihnen alles gelassen. Ob aus Trotz oder aus dem Wunsch heraus, den Alltag der Jungs nicht auf den Kopf zu stellen, war unklar, aber in diesem Fall auch egal. Der Inhalt seines Kleiderschranks war hingegen verschwunden. Als die Kleinen schliefen, starrte Mathilde stundenlang hinein, und die Leere machte sie fix und fertig. Sie hatte das Ausmaß der Veränderung in ihrem Leben nicht wirklich erfasst, bevor sie sich mit dieser leeren Schrankhälfte konfrontiert sah.

Außerdem mussten sie die Kinder fortan unter sich »aufteilen«, wie man so schön sagte, ohne sich die Monstrosität dieses Begriffs und des Konzepts an sich bewusstzumachen. Mathilde musste hinnehmen, dass Max sie mit in die Wohnung an der Place des Ternes nahm – Ariane war über das Wochenende in Val d'Isère bei ihren Eltern. Am Freitagabend packte Mathilde die Sachen für die Jungs zusammen, ein paar Windeln, Unterhosen, Schlafanzüge, Zahnbürsten und mehrere Pullis, nur für den

Notfall, mehrere T-Shirts aus demselben Grund, Spielzeugautos, Bücher und ihre Kuscheltiere. Dann begleitete sie sie hinunter auf die Straße, wo Max im Auto auf sie wartete. Weder sie noch er wünschten eine Begegnung in der Wohnung. Auf dem Bürgersteig hatte sie Théo und Martin an die Hand genommen, einen rechts, einen links, und ihre ganze Kraft zusammengerafft, um nicht in Tränen auszubrechen. Sie waren so süß mit ihren kleinen Kuscheltieren und den Kapuzen auf den Köpfen, weil es »mieselte«. Ja, meine Schätzchen, es mieselt, zieht schön die Kapuzen auf. Ihre winzigen Nasen und ihre unschuldigen Augen schauten kaum aus den Jacken heraus. Sie umarmte sie so fest, dass sie sagten, hör auf, Mama, du tust uns weh. Ich habe euch auch lieb, meine Babys. Wir sind keine Babys mehr. Klar, meine großen Jungs, meine ich. Kommst du uns morgen besuchen? Nein, meine Lieblinge, Papa bringt euch am Sonntag zurück. Dann machen wir uns einen schönen Tag zu dritt. Wir essen ein ganz großes Eis und gehen auf alle Karussells!

Dann sprangen sie Max in die Arme. Sie hatten ihren Vater seit zehn Tagen nicht gesehen.

»Hallo«, sagte Mathilde.

»Hallo«, erwiderte Max.

»Du bringst sie also am Sonntagmorgen wieder? Schickst du mir vorher eine SMS und sagst Bescheid, wann ihr kommt?«

»Okay.«

»Martin läuft ein bisschen die Nase. In seiner Tasche ist das Nasenspray. Du musst den Gummisauger benutzen, sonst hört das nie auf. Er kann sich noch nicht richtig die Nase putzen. Ach ja, und Théo nimmt jetzt wieder den Schnuller. Ich habe es nicht übers Herz gebracht, ihn ihm wegzunehmen. Er ist in der Außentasche seines Rucksacks, mit ein paar Plätzchen und seinem Asthmaspray, für den Notfall.«

»Jetzt mach dir mal nicht so viele Sorgen. Kommt, Jungs, ab ins Auto! Sagt Mama tschüs!«

»Tschüs, Mama!«

Traurig sah Mathilde ihnen nach, als sie wegfuhren. Dann drückte sie die schwere Haustür wieder auf, rief den Aufzug, suchte nervös ihren Schlüssel, öffnete die Tür der leeren und stillen Wohnung, trat auf einen Legostein und brach in Tränen aus. Der erste Abend ohne die Kleinen. Sie nahm ein Schlafmittel, das ihr der Hausarzt für den Übergang verschrieben hatte, und ging ins Bett, obwohl es noch hell war, um wenigstens ein bisschen Ruhe zu finden und den Schmerz über die Abwesenheit ihrer Kinder zu vergessen.

Am nächsten Morgen wusste sie nicht, was sie tun sollte. Nachdem sie jahrelang von einem gemütlichen Morgen im Bett geträumt hatte und bis elf Uhr hätte schlafen können, um danach zu unternehmen, wonach ihr gerade der Sinn stand, war sie um sieben hellwach, aus reiner Gewohnheit, und wusste plötzlich nichts mit sich anzufangen. Die tiefe Stille ängstigte sie. Das Kinderzimmer und die leeren Betten erschienen ihr wie eine Tragödie. Als wären die Kinder für immer verschwunden. Schnell kochte sie sich einen Kaffee, duschte und ging hinaus. Mit einem Leihfahrrad fuhr sie durch das morgendlich verlassene Paris, erst bis zur Madeleine, dann zur Place de la Concorde. Es war noch kalt, und die Hände taten ihr weh, dennoch munterte die morgendliche Anstrengung sie auf. Als sie das Seine-Ufer erreichte, hielt sie inne. Schwach glänzte die Morgensonne auf dem Wasser, und dieser Anblick beruhigte sie sehr. Sie spazierte die Kais entlang und fand ein kleines Bistro in der Nähe des Buchladens Gibert Joseph an der Place Saint Michel. Die Kellner waren gerade dabei, ein paar Stühle für die abgehärteten Frühaufsteher auf die Terrasse zu stellen. Sie setzte sich an einen Tisch am Fenster, von wo aus sie beobachten konnte, wie Paris an diesem Wochenende erwachte. Sie bestellte sich einen Milchkaffee und ein Croissant und gab sich den Düften, den beruhigenden Geräuschen der Kaffeemaschine und der Morgenzeitung hin. Sie fühlte sich mit einem Mal an ihre Studentenzeit erinnert, die sie zu einem Großteil in Cafés verbracht hatte. Damals wurde in den Cafés noch geraucht, und das Schicksal geschiedener Mütter interessierte keinen. Vor allem nicht sie, Mathilde, die in jener Zeit nicht mal bis zum Ende der Woche gedacht hatte, was sehr gesund gewesen war.

Etwas später an diesem Vormittag wollte Lucie gerade bei Alice anrufen, als ihr einfiel, dass Adrien jetzt ja wieder bei ihr eingezogen war. Sollte sie sich darüber freuen? Es war noch zu früh, um darüber zu urteilen, aber Alice schien glücklich zu sein – im Gegensatz zu Laura, die diese Wiederannäherung ihrer Eltern als »absolut schräg« einstufte.

Nach ihrer gemeinsamen Nacht hatten Alice und Fred schüchtern ihre Arbeit wieder Seite an Seite aufgenommen, ohne die Sache zwischen ihnen zu erwähnen, das Ganze unter den neugierigen Blicken ihrer Angestellten. Kurz darauf hatte Adrien Alice zu dem besagten Abendessen eingeladen. Ganz großes Kino: schickes Restaurant, verliebte Blicke, Versprechen und Liebeserklärungen, und Alice war schwach geworden. Sie hatte nie aufgehört, diesen Mann zu lieben, trotz seines Verrats, seiner jungen Geliebten und der geschmacklosen Facebook-Chats. Wo war die Ehebrecherin eigentlich geblieben?, fragte sich Lucie. Keiner wusste es. Jedenfalls hatte es sich Adrien gleich nach dem Drei-Sterne-Essen wieder in Alices Wohnung gemütlich gemacht. Alice behauptete, glücklich zu sein. Lucie war skeptisch ob dieses Neuanfangs, irgendwas kratzte auf der glatten Oberfläche. Lag es daran, dass sie, entgegen allem äußeren Anschein, eine unheilbare Romantikerin war und fand, dass Adrien seinen Verrat nicht ausreichend wiedergutgemacht hatte? Sie verdächtigte Adrien, sich in Alices neuen Status verguckt zu haben. Sie wurde inzwischen auf der Straße erkannt, war in den Medien bewundert und beliebt … Sie hoffte, dass sie sich täuschte. Und letzten Endes ging es sie nichts an – wenn Alice glücklich war, sollte es eben so sein.

Éva stand kurz vor dem inoffiziellen Geburtstermin eines Kindes, das man als sehr groß für sein Alter betrachtete. Sie zählte die Tage und schien sich während ihres Mutterschutzes tödlich zu langweilen, den sie offiziell »aus gesundheitlichen Gründen« hatte vorverlegen müssen – um ihren Chef zu ärgern, wie sie elegant erklärte. An diesem Vormittag wollte sie Lucie helfen, den Private Sale und den Empfang vorzubereiten.

Als Lucie um Viertel vor zehn *Charlotte et Marguerite* betrat, stellte sie fest, dass außer Marion und Éva bereits eine Kundin im Laden war.

»Guten Morgen!«, rief sie mit fröhlicher Stimme.

Seltsamerweise antwortete Éva ihr nicht, sondern verzog vielsagend das Gesicht in Richtung der Kundin, die ihnen den Rücken zukehrte und offenbar im fünften oder sechsten Monat schwanger war. Sie war blond, schmal, etwa Mitte dreißig und erinnerte sie tatsächlich vage an jemanden, doch sie kam nicht darauf, an wen. Das passierte ihr mit den Jahren immer häufiger, nicht zuletzt durch die vielen Kundinnen im Geschäft und natürlich die Ehefrauen von Christophes zahlreichen Bekannten. War sie eine von ihnen? Nein, dann hätte Éva sie nicht gekannt.

»Kann ich Ihnen helfen?«, fragte Lucie die werdende Mutter höflich.

»Ja, ich suche einen Babyschlafsack, weiß aber nicht genau, worauf ich dabei achten muss.«

»Ach, das ist doch ganz normal. Das ist immer so beim Ersten. Schauen Sie, hier habe ich eine Auswahl von verschiedenen Modellen für die Kleinsten, ärmellos für die Sommermonate. Sehen Sie sie sich in Ruhe um, und fragen Sie ruhig, wenn Sie noch etwas wissen möchten. Wann kommt es denn?«

»In dreieinhalb Monaten.«

»Wunderbar. Ist es Ihr Erstes? Wissen Sie schon, was es wird?«

»Ja, es ist mein Erstes, und es ist ein kleines Mädchen. Der Vater hat sich so sehr ein Mädchen gewünscht, und ich auch, wir sind überglücklich. Vor allem, weil ich gar nicht mehr damit gerechnet hatte, überhaupt ein Kind zu bekommen.«

Lucie hob Lou aus dem Kinderwagen.

»Ist das Ihre Tochter?«

»Ja, meine jüngste. Ich habe noch zwei größere.«

»Sie haben drei Kinder und diese phantastische Figur! Ich hoffe, Sie verraten mir Ihr Geheimnis. Ich komme mir momentan vor wie ein Wal. Ich weiß nicht mehr, was ich anziehen soll. Ein Hoch auf die Leggings und weiten T-Shirts.«

»Sie dürfen sich auf keinen Fall gehenlassen! Ich rate immer, um jeden Preis sexy zu bleiben. Nur weil man schwanger ist, darf man sein Äußeres nicht vernachlässigen. Der zukünftige Vater soll ja nicht davonlaufen, noch bevor er das Kind gesehen hat.«

»Sie haben recht. Also, ich nehme diesen Schlafsack von Liberty, er ist entzückend.«

»Perfekt. Eine sehr gute Wahl. Wären Sie an unserem Private Sale interessiert? Er beginnt nächste Woche. Am Dienstagabend geben wir einen Empfang, damit feiern wir zugleich den Frühling und das fünfjährige Bestehen des Geschäfts.«

»Sehr gern!«

»Schön, dann notiere ich mir gleich Ihren Namen.«

»Maitte, Ariane. Meine Mutter wohnt hier in der Nähe, ich komme ganz bestimmt vorbei.«

Lucie wickelte den Schlafsack in hübsches Seidenpapier ein, entzückt über diesen Verkauf zum vollen Preis kurz vor Saisonende, aber auch über diese neue, offenbar gutsituierte Kundin.

»Na dann, bis Dienstag! Einen schönen Tag noch!«

Die Ladenglocke klingelte, und erst dann wandte sich Lucie an Éva, die sie entsetzt anstarrte.

»Éva? Was hast du denn?«

»Bist du vollkommen übergeschnappt?«

»Was hab ich denn getan?«, fragte Lucie entgeistert.

»Die Tussi da! Deine neue Freundin, die sympathische Kundin, die du gleich zum Dienstagsempfang eingeladen hast! Ist dir denn nicht klar, wer das ist?«

»Nein, sie hat mich zwar an jemanden erinnert, aber ich wusste nicht, an wen. Bestimmt habe ich sie schon mal gesehen, aber ihr Name sagt mir nichts. Ist sie eine Bekannte von dir?«

»Das ist Ariane! DIE Ariane, die Freundin von Max!«

Lucie schlug ihre schöne, frisch manikürte Hand vor den Mund und sperrte die Augen in Richtung Schaufenster auf. Sie sah, wie sich die Gestalt der besagten Ariane langsam entfernte.

»Ach du Scheiße!«

»Du sagst es.«

2

»Komm, mein Schatz! Wir müssen uns beeilen!« Mathilde rannte die Straße hinunter und zerrte Théo hinter sich her, wie jeden Morgen. Sie war von der Angst besessen, zu spät zum Kindergarten zu kommen und ihren Sohn allein mit der Leiterin zu lassen, ohne ihn, wie all die anderen Mütter, zu seiner Gruppe begleiten zu können. Es war noch nie passiert, und auch an diesem Tag schafften sie es noch rechtzeitig. Sie blieben kurz vor dem Anschlag mit der Wochenspeisekarte stehen. Champignonsalat mit Mayonnaise, Blumenkohlauflauf, Schweinebraten und Birne.

»Was gibt es denn heute, Mama?«

»Etwas Leckeres, du wirst schon sehen.«

Doch im Geiste machte sich Mathilde eine Notiz, dass ihr Sohn heute Abend noch ein warmes Essen brauchte. Sie würde ihm ein paar Nudeln kochen, aber sie fragte sich, warum sie ein Vermögen für das Essen bezahlte, obwohl er jeden Tag nichts als Brot zu sich nahm. Sie stiegen die Treppe hinauf, rannten unterwegs ein ungeschicktes kleines Kind um und gelangten zu den Kleiderhaken, wo das ganze Jahr über eine Weste hing, die wohl für alle Ewigkeit dort vergessen worden war.

»Komm, mein Schatz, gib mir deinen Rucksack. Ich

sage deiner Erzieherin guten Morgen, und dann muss ich los.«

Auf dem Weg zum Gruppenraum, Théo war schon vorausgerannt, begegnete Mathilde überraschenderweise Antoine. Es war erst das zweite Mal, dass sie ihn um diese Zeit hier antraf, normalerweise brachte seine Exfrau Arthur morgens in den Kindergarten. Sie gehörte zu den Frauen, neben denen sich Mathilde wie eine Schlampe fühlte: stets wie aus dem Ei gepellt, schmal, mit perfekter Frisur und elegant gekleidet. Trotz aller Anstrengungen fand Mathilde an sich immer irgendeinen Makel. Einen Schokoladenfleck, den einer ihrer Söhne bei der Umarmung hinterlassen hatte, abgesplitterten Nagellack oder abgelaufene Absätze. Deswegen reizte sie diese perfekte, strahlende Frau bis aufs Blut, zumal der schöne Antoine sie einmal geliebt hatte. Natürlich hatte sie keinerlei Recht auf solche Gedanken, trotzdem nagten sie an ihr. Als sie Antoine an jenem Morgen begegnete, machte sie sich Vorwürfe, weil sie wieder einmal in die erstbesten Klamotten geschlüpft war und ungeschminkt das Haus verlassen hatte. Antoine sah umwerfend aus, wie immer. Es war anscheinend das Privileg der Männer, auch in Jeans und mit wuschligem Haar begehrenswert auszusehen, was bei Frauen eher selten der Fall war.

»Hallo! Schön, dich zu sehen.«

»Ja. Bringst du heute Arthur?«

»Seine Mutter ist für eine Woche in Kiew. Seit sie befördert wurde, ist sie ständig auf Dienstreise.«

»Da hat sie aber Glück. Ich komme zu gar nichts mehr.

Théos Vater unterstützt mich nicht besonders. Dabei ist er nicht mal in Kiew, sondern nur ein paar hundert Meter von uns entfernt.«

»Bring Théo doch mal abends zu mir, das habe ich dir doch schon mehrmals angeboten. Die Jungs kommen so gut miteinander aus. Ich kann auch Martin nehmen, wenn du möchtest. Je mehr Männer, desto besser. Also, wenn du mal ins Kino oder mit deinen Freundinnen ausgehen willst, sag Bescheid, ich spiele gern den Babysitter. Du darfst dich auch revanchieren.«

»Pass auf, ich könnte dich beim Wort nehmen.«

»Ich meine es wirklich ernst.«

Sie konnten ihr eigenes Wort nicht mehr verstehen, weil ein kleines Mädchen mit blauen Augen wie wild auf einem Tamburin herumhaute.

»Tschüs, Théo, bis später!«, rief Mathilde in den Raum hinein.

Ihr Sohn antwortete ihr nicht, er war bereits mit seinen Freunden beschäftigt. Sie waren über einen Spielzeugbausatz gebeugt. Junge Ingenieure unter sich.

Mathilde und Antoine gingen durch den mit bunten Bildern geschmückten Flur zum Ausgang, dann in Richtung der nächsten Metrostation.

»Wie läuft es bei dir eigentlich mit der Arbeit? Hast du im Moment Aufträge?«

»Ich kann mich nicht beklagen. Aber trotzdem ist es schwierig, Freiberufler und Vater zu sein. Ein- bis zweimal pro Woche habe ich Kundentermine, ansonsten arbeite ich über Skype, Mail oder Telefon. Wären ein, zwei

Tage die Woche Homeoffice für dich nicht auch eine gute Lösung?«

»Ach, das lässt sich bei uns nur schwer durchsetzen. Der Chef hat immer den Eindruck, dass man zu Hause weniger arbeitet. Und wenn die Kinder dich zu Hause sehen, verstehen sie auch nicht, dass du arbeiten musst. Eine Zeitlang habe ich über die Vierfünftelregelung nachgedacht, aber nach der Trennung von Max, der immer noch arbeitslos ist, kann ich mir nicht erlauben, auf einen Teil meines Gehalts zu verzichten. Im Gegenteil, ich lege mich gerade ins Zeug, um Produktleiterin zu werden. Damit steigt der Druck, und man gibt mir zu verstehen, dass ich durch die Kinder nicht flexibel genug für den Posten bin. Weißt du, ich habe es satt, ständig zweimal so viel leisten zu müssen wie ein Mann, nur um mich zu beweisen.« Mathilde kam in Fahrt. »Niemals würde man einem Mann vorwerfen, dass sein Privatleben ihn daran hindern könnte, seine Aufträge vernünftig auszuführen, nicht einmal nach einer Scheidung. Natürlich hätte ich auf diesem Posten mehr Arbeit! Aber ich arbeite ohnehin schon so hart. Ich muss Tag und Nacht zur Verfügung stehen. Ich glaube, das nennt man digitale Arbeitszeit. Kannst du dir das vorstellen? Als wir damals angefangen haben zu arbeiten und es weder Internet noch Mails gab, hatten wir unsere Ruhe, wenn wir einmal zu Hause waren. Wann hat denn schon mal ein Kollege bei einem zu Hause angerufen und verlangt, dass man die Tagesordnung einer Sitzung evaluiert, die er soeben gemailt hat? Und allen ging es damit besser.«

»Das stimmt schon. Allerdings hätte ich damals nie so arbeiten können, wie ich es jetzt tue. Aber du solltest zusehen, dass du mal offline gehst. Schalte dein Smartphone wenigstens am Wochenende aus. Sonst wirst du noch verrückt. Erwarte nicht, dass deine Vorgesetzten die Grenzen ziehen. Wenn du es nicht selber tust, werden sie es ausnutzen. Und deine Kinder leiden darunter. Ich bin mir sicher, dass es in deinem Team ein oder zwei junge Leute gibt, die noch keine Kinder haben und eifrig und ehrgeizig genug sind, um dir ein wenig Arbeit abzunehmen.« Nach einer kurzen Pause fügte Antoine hinzu: »Und wenn man dir den höheren Posten anbietet, hoffe ich, dass du ihnen die Konditionen diktierst und deinem Team die richtigen Direktiven gibst, damit man dich in Ruhe lässt, sobald du bei deinen Kindern bist. Könnten dich deine Eltern denn nicht von Zeit zu Zeit entlasten?«

»Nein. Mein Vater lebt auf den Antillen mit einer jungen Tahitianerin zusammen, die er vor fünf Jahren kennengelernt hat. Mit meiner Mutter habe ich mich vor der Geburt von Théo zerstritten. Sie wohnt in Clermont-Ferrand in einer kleinen, unsanierten Wohnung, hängt den ganzen Tag vor dem Fernseher und geht um Punkt halb neun ins Bett. Sie hasst Veränderungen. Und Max hat sie übrigens auch gehasst.«

»Habt ihr euch seinetwegen verkracht?«

»Mehr oder weniger …«

»Und deine Schwester, hat sie Kontakt zu ihr?«

»Ab und zu. Deswegen bin ich auch einigermaßen auf dem Laufenden. Aber um Alex' Kinder kümmert sich meine Mutter auch nicht, da brauche ich also nicht eifersüchtig zu sein.«

Vor dem Eingang zur Metro streckten sie gleichzeitig die Hand aus, um geistesabwesend eine Gratiszeitung entgegenzunehmen.

»Hast du noch Zeit für einen Kaffee?«

Mathilde zögerte. Es war verlockend. Sie hatten schon einmal eine Stunde im Bistro um die Ecke zusammengesessen, und sie hatte einen Außentermin vorgeschützt. Er hatte ihr einen wunderbaren Start in den Tag beschert, aber sie hatte ein schlechtes Gewissen, schon wieder als Letzte ins Büro zu kommen.

»Tut mir leid, heute Morgen passt es nicht so gut.«

»Na gut. Dann hoffe ich, dass wir uns bald wiedersehen.« Er zwinkerte ihr zu.

Sie errötete wie ein unsicherer Teenager. Sie wusste nicht, ob sie ihn noch auf die Wangen küssen sollte – sie hasste diese Angewohnheit genauso sehr wie Alice – oder ob sie ihm die Hand geben sollte, was lächerlich förmlich gewesen wäre. Also winkte sie ihm zum Abschied nur kurz zu und eilte hinunter in die Metro. Sie trug ein Lächeln auf den Lippen und fühlte sich so unbeschwert und beschwingt wie schon lange nicht mehr. So unbeschwert und beschwingt wie vor ihrer Beziehung mit Max, den Schwangerschaften, den Babysittern, den To-do-Listen und den PowerPoint-Vorträgen.

Ihr Blick fiel auf die Schlagzeile von *20 minutes*, dem Gratisblättchen in ihrer Hand: »Patchworkfamilien: 1,5 Millionen Kinder betroffen.«

3

Éva spürte, wie sich das Kind bewegte. Dann zog sich ihr Bauch ungewohnt, aber nicht schmerzhaft zusammen. Sie sah auf die Uhr. Zehn nach zwölf. Vincent war noch nicht zu Hause. Er arbeitete an einem wichtigen Fall, der ihn schon seit Wochen beschäftigte, und verbrachte seine Abende und Nächte in der Kanzlei, während sie zu Hause die Zeit totschlug in dem Bewusstsein, dass die Geburt von nun an jeden Tag passieren könnte, obwohl sie offiziell erst für den nächsten Monat ausgerechnet war. Die Hände auf ihrem hervorstehenden und angespannten Bauch, der sie inzwischen am Schlafen, am Laufen und am Schuhezubinden hinderte, folgte sie den Bewegungen des Babys, dem seine Behausung offenbar inzwischen zu klein geworden war. Wie seltsam es war, sich dieses kleine Lebewesen zusammengerollt in ihrem Körper vorzustellen, den Kopf nach unten. Eine weitere Kontraktion, intensiver und länger diesmal, unterbrach ihre Gedanken. 0 Uhr 25. Waren es nur Senkwehen? Die Hebamme hatte behauptet, sie werde spüren, wenn das Kind käme. Sie solle, wenn die Kontraktionen einsetzten, zunächst einmal ruhig weiteratmen und messen, in welchem Abstand sie auftraten. Waren sie regelmäßig, waren sie schmerzhaft? Platzte die

Fruchtblase? Im Falle von harmlosen Senkwehen helfe ein warmes Bad.

Mit einiger Mühe erhob Éva sich, ging ins Badezimmer und ließ Wasser in die Wanne. Nein, nicht heute, das wäre zu früh. Diese Wehen mussten aufhören. Im Spiegel betrachtete sie ihren Körper, verwandelt von neun Monaten Schwangerschaft. Sie sah aus, als hätte ein außerirdisches Wesen von ihr Besitz ergriffen.

Kaum hatte sie sich ins warme Wasser gleiten lassen, spürte sie eine gewisse Erleichterung. Doch nach einigen Minuten wurde sie von einer neuen Kontraktion überrascht, die äußerst unangenehm war und kein Ende nahm. Dreißig Sekunden, die ihr etwa zehnmal so lange erschienen. Sie atmete so, wie sie es gelernt hatte, und stöhnte vor Schmerz. 0 Uhr 37. Sie musste noch warten. Sie griff nach einem herumliegenden Buch, *Zärtliche, wilde Elisabeth*, ein alter Troyat aus der Familienbibliothek, und versuchte, sich darauf zu konzentrieren. Etwa zehn Minuten später, als sie glaubte, alles habe sich wieder beruhigt, überrollte sie eine neue, heftige Schmerzwelle. Es bestand kein Zweifel mehr: Ihr Kind wollte auf die Welt kommen. Es war der 24. Mai, 0 Uhr 50.

Mühevoll stieg sie aus der Badewanne, nachdem sie die nächste Wehe abgewartet hatte, und nutzte die zehn Minuten bis zur nächsten, um sich anzuziehen. Endlich nahm sie ihr Telefon, um Vincent anzurufen.

Es klingelte ins Leere, dann sprang die Mailbox an. Sie hinterließ ihm eine Nachricht und bemühte sich, nicht hysterisch zu klingen. Sie betete trotzdem, dass er sie schnell abhörte, damit sie kein Taxi rufen musste. Es hieß, die Taxifahrer nähmen nicht gern Frauen mit, die kurz vor der Geburt standen, und Éva fühlte sich einer solchen Diskussion in ihrem Zustand nicht gewachsen. Zur Sicherheit schickte Éva Vincent noch eine Textnachricht.

In bequemen Leggings, einem weiten Hemd und alten Espadrilles, da sie mit ihrem Schwangerschaftsbauch und ihren angeschwollenen Füßen in nichts anderes mehr hineinpasste, wartete sie auf dem Bett sitzend vor ihrer Krankenhaustasche auf ein Zeichen von Vincent. Acht Schlafanzüge, sechs bis acht Bodys, ein Mützchen, ein Schlafsack, ein Teddybärchen, Windeln, Fön, Schnuller, Still-BHs und Plastikhosen – sie hatte die Liste der Hebamme Stück für Stück abgearbeitet und diese seltsamen Objekte angehäuft, deren Handhabung ihr bisher unbekannt war.

Zwanzig Minuten und fünf Anrufe bei Vincent später beschloss sie, ein Taxi zu bestellen. Sie hätte auch ihre Eltern benachrichtigen können, doch allein die Vorstellung des von Sorgen zerfurchten Gesichts ihrer Mutter hielt sie davon ab. Und um nichts auf der Welt wollte sie Vincents Mutter verständigen, dass ihr Augapfel im Moment der Geburt ihres Enkels unerreichbar war. Ihre Schwiegermutter würde sofort vermuten, dass er einen Unfall gehabt hatte – nicht anderes würde ihn abhalten können –, und wertvolle Zeit damit vergeuden, alle Pariser Krankenhäuser anzurufen, um sicherzustellen, dass ihr Sohn nicht in die Notaufnahme eingeliefert worden war. Nein, die frischgebackenen Großeltern würde sie morgen anrufen. Jetzt war sie lieber allein.

»Ihr Wagen, ein weißer Peugeot, wird in fünf bis sieben Minuten bei Ihnen sein.«

Éva ergriff ihre voluminöse Tasche und ging zum Aufzug. Sie fluchte. Was hielt Vincent jeden Abend so lange in der Kanzlei? Er, der die Geburt des Messias zu erwarten schien und seit Monaten über dieses Baby wachte, als sei es aus Kristall, ausgerechnet er würde bei der Geburt nicht zugegen sein. Aber durfte sie sich beschweren, wo sie doch kaum mehr als das Basiseinkommen verdiente, weil sie sich für eine brotlose Kunst anstatt für eine glänzende Karriere entschieden hatte?

Schon die Entbindungsklinik, die sie auf Anraten der erfahrenen Lucie ausgewählt hatten, würde sie mehrere tausend Euro kosten – so viel hatten sie noch nicht mal für ihre Hochzeitsreise ausgegeben. Aber Vincent hatte darauf bestanden: In der Privatklinik würde es ihr so viel besser ergehen als in einem öffentlichen Krankenhaus, dort werde man sich hingebungsvoll um ihr Wohlergehen kümmern, und sie hätte ein geräumiges Einzelzimmer.

»Zur Entbindungsklinik Sainte-Thérèse, bitte!«

Der Fahrer musterte sie beunruhigt. »Wie schnell muss ich fahren?«

»Keine Sorge, ich habe sicher noch ein paar Stunden vor mir.«

Sie warf einen letzten Blick auf ihr Handy, als sie die Klinik erreichten. Kein eingegangener Anruf.

Scheißkerl.

Der Empfang der Privatklinik war hell erleuchtet, was Éva beruhigte. Sie klingelte. In Filmen stürzte man sich bei solchen Gelegenheiten sofort auf die werdende Mutter, schob sie im Eiltempo in den Kreißsaal, wo der aufgeregte Ehemann, von seinen Gefühlen überwältigt, in Ohnmacht fiel. Mit der Realität hatte das offenbar wenig zu tun.

Hier stand sie, allein, mitten in der Nacht vor einer Angestellten, die sich allen Ernstes erkundigte: »Was kann ich für Sie tun?«

»Ich komme zur Geburt.«

»Haben Sie Ihre Unterlagen dabei?«

Die Gleichgültigkeit dieser Frau schmerzte Éva. Sie hatte erwartet, dass man sie bitten würde, kurz auf einem Stuhl Platz zu nehmen, bis der Arzt käme. Aber nein: Gehen Sie hinauf in den fünften Stock. Im fünften Stock stellte sie ihre Tasche in eine Ablage und ging in den Kreißsaal.

»Ist der Vater nicht dabei?«, erkundigte sich die Hebamme, die mehrere, Éva unbekannte Objekte aus sterilen Hüllen nahm und bereitlegte.

»Er ist auf dem Weg. Hoffentlich.«

Sie hatte ihr Handy in der Tasche verstaut, die nun in der Ablage ruhte. Sie konnte Vincent nicht mehr anrufen, aber er wusste ja, wo er sie finden würde.

»So, dann schauen wir mal nach, wie weit Sie sind. – Der Muttermund ist erst um drei Zentimeter geöffnet.«

»Das heißt, ich muss noch warten, um eine Periduralanästhesie bekommen zu können?«

»Nein, wir können sie jetzt gleich setzen, wenn Sie möchten.«

Vincent hätte sich dagegen ausgesprochen und argumentiert, es sei besser für sie und das Baby, diesen köstlichen natürlichen Schmerz zu empfinden. Seine Abwesenheit hatte letztlich also auch etwas Gutes. Sie ließ den Anästhesisten sofort rufen, da die Wehen bereits unerträglich wurden.

Die Hebamme drückte ihr die Hand, und am liebsten hätte sie geheult angesichts dieser zärtlichen Geste einer Unbekannten. Mit einem Mal hatte sie Angst vor diesem Kind, das auf die Welt kommen sollte, und vor diesem Körper, der dem ihren Gewalt antun würde, um sich daraus zu befreien. Ihre Beine zitterten.

»Legen Sie sich auf die Seite. So, atmen Sie tief durch, keine Sorge, alles wird gut. Ich muss Sie nun kurz allein lassen, bin aber schnell wieder bei Ihnen.«

Und so blieb sie allein in dem Kreißsaal mit dem eiskalten Neonlicht zurück. Die Digitaluhr zeigte 1 Uhr 47 an.

Um 2 Uhr 12 wirkte die Betäubung, der Schmerz war vollkommen verschwunden. In diesem Moment erschien Vincent, abgehetzt und in einem türkisfarbenen Klinikhemd.

»Liebling! O mein Liebling, es tut mir so leid! Ich habe deine Nachrichten zu spät gesehen! Alles in Ordnung?« Er sah beunruhigt auf den Apparat neben ihr. »Diese Kurve da, ist das der Herzrhythmus des Kindes? Sieht unregelmäßig aus, haben sie irgendetwas gesagt?«

»Das ist der Wehenschreiber«, flüsterte Éva ermattet. »Deswegen ist die Kurve so unregelmäßig. Wenn die Kurve steil ansteigt, dann zerreißt es mir gerade die Eingeweide. Dem Baby geht's gut. Die andere Kurve ist sein Herzschlag.«

Musste er ihr wirklich noch während der Geburt mit seiner Besorgnis auf die Nerven gehen? Éva spürte, wie die Gehässigkeit in ihr aufstieg. Sie hatte nicht übel Lust, ihm alles an den Kopf zu werfen. Dass er sich nicht so anstellen solle. Dass dieses Baby nicht seines war. Doch sie schwieg.

Sie konzentrierte sich auf das, was in wenigen Stunden ihr Leben auf den Kopf stellen würde. Und sie verdrängte das Bild von Jacques, das plötzlich in ihr aufschien, ebenso wie die Klänge von *La Valse à mille temps*, das Chanson von Brel, das sie so an ihn erinnerte.

Schon beim ersten Takt des Walzers
bist du allein und lächelst mir zu.
Schon beim ersten Takt des Walzers
bin auch ich da und lächle ein Du.
Und Paris, das dazu den Takt schlägt,
ja, Paris misst unser Gefühl.
Und Paris, das dazu den Takt schlägt,
murmelt mir: Es wird ein Idyll.

»Warum lächelst du?«

»Weil ich glücklich bin.«

»Hast du keine Schmerzen?«

»Jetzt nicht mehr. Die Periduralanästhesie wirkt gut. Und ich bin so gespannt darauf, ihn endlich zu sehen!«

»Ihn? Haben sie dir das Geschlecht verraten? Wir wollten es doch nicht wissen.«

»Falsch, du wolltest es nicht wissen. Aber keine Sorge, nein, ich weiß es nicht und habe auch nicht danach gefragt. Ich hätte auch ›es‹ sagen können.«

»Und wegen der Periduralanästhesie … Manche Spezialisten sagen, sie sei nicht gut für das Baby.«

Sie verzichtete darauf, ihm zu antworten, und war glücklich, dass die Hebamme zurückkehrte.

Sie drängte Vincent beiseite, der sich verschüchtert auf den kleinen Stuhl für die Väter setzte.

»Wir sind jetzt bei zehn.«

Vincent sprang auf, die Hebamme rief ihn streng zur Ordnung: »Monsieur, ich bitte Sie! Bleiben Sie an der Seite Ihrer Ehefrau, oder verlassen Sie den Kreißsaal. Madame, ich rufe jetzt den Arzt. Wir können loslegen.«

Évas Beine fingen an zu zittern, ohne dass sie etwas dagegen tun konnte.

Ein Walzer im Dreiertakt
lässt Zeit zum ersten Akt,
lässt Zeit zum ersten Akt.
Das Herz den Weg nicht kennt,
aber die Liebe brennt,
wenn uns ihr Zauber packt.

»Ich habe Angst.«

»Warum denn, Liebes? Das ist doch gar nicht nötig.«

Wie jedes Mal, wenn Éva Vincent ihre Gefühle anvertraute, und in den seltenen Momenten, in denen sie sich schwach zeigte, wusste Vincent nicht, was er sagen sollte, um sie zu trösten. Intimität verunsicherte ihn. Seine Sprache war logisch, professionell, kartesianisch. Und wieder einmal war Éva enttäuscht von der mangelnden Nähe zwischen ihnen, die ihr Gefühl der Einsamkeit verstärkte.

»So, dann wollen wir mal, Madame, nicht wahr? Schreiten wir dem großen Moment entgegen!«

Glatzköpfig und mit einer Brille, deren Gläser so dick wie Flaschenböden waren, betrat Doktor Wizman den Kreißsaal wie ein Schauspieler die Bühne. Die Hebamme wirkte nervös, obwohl sie vor seinem Eintreffen alles perfekt organisiert hatte. Der Arzt beugte sich über Éva und schien im Gedächtnis nach ihrem Namen zu forschen. Und das, obwohl Éva acht Monate lang einmal monatlich zur Untersuchung bei ihm gewesen war und ihm ihren Ehebruch hatte anvertrauen müssen. Hätte sie ihm nicht allein deswegen im Gedächtnis bleiben müssen? Aber nein. Er warf einen diskreten Blick in die Akte.

»So, Monsieur, sind auch Sie bereit? Wollen Sie bei der Geburt assistieren?«

»Natürlich!«, rief Vincent, empört über eine solche Frage.

Doktor Wizman schnaubte. Er vermisste die alten Zeiten, als er im Kreißsaal nicht von nervösen, von Übelkeit gebeutelten oder übereifrigen Ehemännern wie diesem hier geplagt wurde und er in Ruhe mit Hilfe geschickter Hebammen seiner Arbeit nachgehen konnte. Doch seit einigen Jahren wollten alle Väter bei der Geburt dabei sein und verkomplizierten diesen Vorgang, der nach seiner Meinung den Männern ohnehin erspart bleiben sollte, da er fatale Folgen für die Intimität zwischen den Ehepartnern haben konnte. Und er hatte eines im Gefühl: Diese Ehe würde die Geburt nicht überleben.

»Gut, dann stellen Sie sich bitte rechts neben Ihre Frau. Marie-Ange, Sie können schon einmal die Bügel und den Beutel vorbereiten. Madame Nunes, haben Sie an Geburtsvorbereitungskursen teilgenommen?«

»Ja … Jedenfalls an einigen.«

»Wissen Sie, wie man atmet?«

»Ja, ja … Wir haben es zu Hause geübt!«

Die Hebamme stellte sich links von Éva hin, eine Hand auf ihrem hervorstehenden, riesigen und pulsierenden Bauch. Derweil zerquetschte Vincent ihr die rechte Hand.

»Wenn ich ›jetzt‹ sage, müssen Sie bitte fest und lange pressen … Jetzt!«

Éva presste, dass ihr die Äderchen im Gesicht platzten. Hoffentlich muss ich nicht kacken, dachte sie plötzlich.

»Weiter, weiter! Wenn Sie noch weiterpressen können, wäre das ganz wunderbar!«, ermunterte sie die Hebamme.

»Bravo, Madame!«, rief Doktor Wizman. »Weiter! Ich sehe den Kopf! Gut, weiter so, sehr gut. Holen Sie Luft. Atmen Sie durch. Wir warten auf die nächste Wehe.«

Während Éva sich auf eine apokalyptische Szene vorbereitet hatte, bei der alle durcheinanderschrien und das Haar ihr verschwitzt an der Stirn klebte, erschien ihr die plötzliche Stille, die diesem ersten Pressen folgte, fast unwirklich. Alle warteten schweigend auf die nächste Wehe, sich des Wunders bewusst, das sich vollzog, aber auch der Anstrengung und Konzentration, die dieses Wunder benötigte.

»Da ist sie, die nächste Wehe! Sind Sie bereit?«

»Ja.«

»Los, Schatz, du musst pressen!«

Halt die Klappe!

»Ja, ja, gut so! Weiter, weiter, ich sehe die Haare! Sie haben es bald geschafft!«

Und plötzlich war es vorbei. Sanft legte man ihr ein kleines bebendes Wesen auf den Bauch, das winzige Köpfchen mit dichtem schwarzen Flaum bedeckt. Fünf Sekunden später stieß das Bündel seinen ersten Schrei aus.

Zitternd und erschöpft legte Éva ihrem Baby eine Hand auf den Rücken und drehte dann vorsichtig sein Köpfchen. Und als sie endlich das Gesicht ihres Sohnes entdeckte, durchfuhr sie der Schreck ihres Lebens: Sie liebte dieses Kind auf der Stelle, unbedingt und stärker, als sie jemals irgendjemanden zuvor geliebt hatte. Plötzlich begriff sie, dass dieses Wesen, das gerade ihren Bauch verlassen hatte, von nun an ihr Lebensinhalt, ihre Freude und ihr Schmerz sein würde. Sie liebte ihn auf der Stelle, weil er perfekt war, überirdisch schön, obwohl er einer Kaulquappe ähnelte. Sie liebte ihn auf der Stelle, weil er ihr Ebenbild war.

»Wie soll er denn heißen, der kleine Mann?«

Während Vincent noch Luft holte, antwortete sie mit klarer Stimme: »Jef. Er heißt Jef.«

4

Adrien wollte Alice nach seinem Essen mit Juliette abholen. In der Hektik des Abends hatte Alice den Gedanken daran verdrängt, aber als nun der Stress in der Küche nachließ und die letzten Gäste das Restaurant allmählich verließen, tauchte die Vorstellung ihres Ehemannes in Gesellschaft seiner Exgeliebten wieder auf. Ihr weizenfarbenes Haar und ihre jugendlichen Brüste. Das Bild erfüllte sie mit Unbehagen.

Er sei ihr das schuldig, hatte Adrien erklärt. Er habe sie so abrupt verlassen. Sie wolle ihn sehen.

»Willst du mir das tatsächlich verbieten? Ein Essen bedeutet doch nichts. Wir haben immerhin zusammengelebt. Die Arme, sie hat das nicht verdient. Nun fang nicht schon wieder an, überall Böses zu sehen.«

War ihre Reaktion wirklich übertrieben gewesen? Dieses Essen machte sie ganz krank, und seit einer Woche hatten sie sich ständig deswegen gestritten. Trotz ihres Erfolgs, des Medienrummels und der Lobeshymnen ihrer Gäste war ihr das Selbstvertrauen, das sie nach der Trennung von Adrien neu gewonnen hatte, allmählich wieder abhandengekommen. Sie war wieder zu der von Selbstzweifeln gebeutelten Alice geworden. Und die Aussicht auf das Treffen ihres Mannes mit ihrer jungen

Rivalin hatte ihre letzten Sicherheiten hinweggefegt. Im Spiegel auf der Toilette des Restaurants sah sie an jenem Abend das Bild einer unzufriedenen, unattraktiven Vierzigjährigen, obwohl sie sich nur wenige Monate zuvor noch schön und jung gefühlt hatte.

»Du kannst gehen, wenn du möchtest. Ich erledige den Rest.«

Fred. Neuerdings schlug er diesen ultraneutralen Ton ihr gegenüber an, der sie nervte. Aber das hatte sie sich wohl selbst zuzuschreiben. Sie hatten die Ereignisse jener verrückten Nacht nie mehr erwähnt. Und dann war sie in Adriens Arme zurückgekehrt. Beides hatte sich beinah gleichzeitig abgespielt, und Alice konnte nicht wissen, wie Fred ohne das Comeback des verlorenen Ehemannes reagiert hätte. Damals hatte sie nach einigen Tagen verlegenen Schweigens schließlich leise und mit gesenktem Kopf erklärt, dass sie nicht mehr frei sei. Er hatte ihr viel Glück in ihrem neuen alten Leben gewünscht. Seitdem arbeiteten sie höflich nebeneinanderher, und die angenehme Vertrautheit, die sie vorher verbunden und die zur guten Atmosphäre in der Küche beigetragen hatte, war fort. Hallo, auf Wiedersehen, das ist für Tisch acht, arbeitest du am Montag? Sie waren einander fremd geworden. Fred hatte stark abgenommen, was Alice zunächst nicht bemerkte, so sehr war sie damit beschäftigt, ob Adrien sie schön und aufregend fand, was er von ihren Auftritten im Fernsehen hielt, ob er sie mit der anderen verglich, ob ihr Hintern mit dem einer jungen Frau mithalten konnte.

Erst an diesem Abend hob sie plötzlich den Kopf und

blickte ihn offen an. Sie war überrascht, sich einem Mann gegenüberzusehen, den sie fast nicht wiedererkannte.

»Nein, ich mache das noch, aber nett von dir«, erwiderte sie. »Adrien kommt mich abholen.«

»Wie du willst.«

Sie hatte mit einem Mal das Bedürfnis zu reden. Mit einem Freund. Mit jemandem, der ihr nahestand. Er fehlte ihr, sie sehnte sich nach seiner Nähe.

Fred wandte sich schon wieder zum Gehen, um die Kasse zu machen, doch sie hielt ihn auf.

»Wie geht es dir?«

Er wirkte erstaunt. »Mir? Gut. Warum?«

»Ich weiß nicht. Irgendwie reden wir gar nicht mehr miteinander. Du bist dünn geworden. Hast du Probleme?«

»Nein, mach dir keine Sorgen. Mir geht es gut. Mach dir keine Hoffnungen auf den Chefposten. Noch stehst du nicht in meinem Testament.«

Sie errötete. Er machte sich immer noch ein Vergnügen daraus, sie zu verunsichern und in Verlegenheit zu bringen. Doch sie mochte auch diese etwas raue Seite an ihm.

»Steht dir jedenfalls gut.«

»Was?«

»Die paar Kilos weniger. Gibt es einen bestimmten Grund für diesen neuen Stil, Chef Bardin?«

»Kann schon sein.«

»Eine Frau?«

»Möglich.«

Diese Antwort traf sie unerwartet. Nicht, dass sie irgendwelche Ansprüche erheben wollte, aber diese Neuigkeit stimmte sie, der Veränderungen aller Art missfielen, nicht gerade heiter.

»Kenne ich sie?«

»Ja, du müsstest ihr begegnet sein. Es ist die junge Frau, die mein nächstes Kochbuch herausgibt. Marion. Wir sind seit ein paar Wochen zusammen.«

»Ach, wie schön. Freut mich. Sie macht einen sehr … sympathischen Eindruck. Wie alt ist sie?«

»Achtundzwanzig. Eine alte Schachtel.«

Alice lachte nicht. Sie stellte ihn sich mit der schönen Marion vor, der sie tatsächlich ein paarmal in seinem Büro begegnet war, wo sie sich Notizen machte, Fotos sammelte und ihm nervös mit ihrem Diktaphon folgte. Sie war brünett, schlank, hatte sanfte Augen, trug stets superenge Jeans und lief auf Stilettos herum wie andere in Gesundheitsschuhen, ohne dass es jemals anstrengend wirkte. Soso, Miss Herausgeberin und Frédéric wälzten sich in den Kissen? Tja, warum nicht. Auch er hatte das Recht, glücklich zu sein.

Also würde es zukünftig die schöne Marion sein, die von Freds leidenschaftlichen Gesten profitierte. Wunderbar, jetzt kam alles wieder in Ordnung, und die Erinnerung an ihre Ausschweifungen würde nicht mehr ihre Freundschaft belasten. Obwohl …

In Gedanken versunken bemerkte Alice gar nicht, wie spät es bereits geworden war. Adrien hatte sie immer noch nicht abgeholt. Obwohl sie ihm drei Textnachrichten geschickt und ihm auf die Mailbox gesprochen hatte, blieb er unerreichbar. Es war fast halb drei Uhr morgens, um die Zeit konnte er doch nicht mehr mit seiner Ex beim Essen sitzen, oder? Was hatte das zu bedeuten? Dass er keinerlei Respekt vor ihr hatte, so viel war sicher. Oder dass er tot war, überfahren von einem Lastwagen, nachdem er sich von dieser verdammten Juliette verabschiedet hatte. Hübsche Geschichte, dachte sie grimmig, überfahren, nachdem er seiner Ex gestanden hat, dass er mich für immer lieben würde. Vielleicht würde man in seiner Hosentasche einen Verlobungsring mit faustgroßem Diamanten finden, zum Fest der Wiedervereinigung …

Wie üblich schlug ihre Phantasie hohe Wellen. Nein, die Realität war gewiss viel banaler, erniedrigend und von unendlicher Traurigkeit. Adrien war einfach wieder zu diesem Mädchen zurückgekehrt, das er zu überstürzt verlassen hatte. Sie hatten etwas getrunken, nicht bemerkt, wie die Zeit verging, die Erinnerung war süß und Adrien bezaubert vom Dekolleté der Geliebten, so dass er nicht einmal daran dachte, Alice über seine Verspätung zu informieren.

»Mein lieber Fred, trinken wir ein Glas zusammen?«

»Es ist schon spät. Und dein Mann kommt dich doch gleich abholen.«

»Ach, bitte!«

Er hielt inne und sah sie mit einer tiefen Zärtlichkeit an, die bewies, dass er trotz allem seine Freundschaft für sie bewahrt hatte, die ihr so viel bedeutete.

»Cheval Blanc?«

»Tequila!«

»Aha, du willst es also wissen … Und du glaubst, dass du mich unter den Tisch trinken könntest, ja?«

»Jetzt, wo du so schmal geworden bist, kippst du doch schon nach drei Gläsern um.«

»Das werden wir ja sehen, meine Schöne!«

Er trat hinter den eleganten Tresen aus Zink, holte eine frische Flasche Tequila hervor, ein paar Zitronen, Salz und ein Holzbrett und setzte sich auf einen der komfortablen, mit altem Leder bezogenen Barhocker, die Alice auf dem Flohmarkt gefunden und ihm zu Weihnachten geschenkt hatte. Sie stützten jeder einen Ellbogen auf die Theke, nahmen die kleinen Gläser in die eine Hand und einen Zitronenschnitz in die andere und begannen einen kindischen Wettkampf.

Nach einigen Gläsern, als sie beide schon reichlich angetrunken waren, wollte Fred Vernunft walten lassen.

»So, mein Liebling der Fernsehzuschauer, machen wir Schluss? Stell dir mal vor, dein Publikum würde miterleben, dass du wie ein Matrose mit deinem Chef säufst, mitten in der Nacht, an einen Tresen geklammert! Augenblick, ich mach ein Foto, mit dem erpresse ich dich dann.«

»Mistkerl … Keine Fotos mehr, bitte!«

»Oh, das hatte ich ganz vergessen. Hast du die Zeitschrift noch?«

»Darauf kannst du wetten. Laura hat Dutzende davon gekauft und stapelt sie in ihrem Zimmer. Sie hatte die Bilder sogar in der Toilette aufgehängt, bis Adrien wieder eingezogen ist. Da hat sie sie dann diskret verschwinden lassen.«

»Warum, ist er eifersüchtig?«

»Nein … Na ja, ein bisschen.«

»Weiß er, was passiert ist?«

Obwohl sich ihre Hemmungen durch den Alkohol verringert hatten, behagte Alice die Wendung nicht, die das Gespräch genommen hatte. Andererseits konnte sie nicht leugnen, dass die Anspielung auf das Vorgefallene sie ein bisschen erregte.

»Nein.«

»Ach? Du hast es ihm verheimlicht? Wieso, ihr wart nicht zusammen, als es passiert ist.«

»Ich weiß. Aber wozu sollte das gut sein?«

Sichtlich verletzt hielt Fred inne, bevor er sich ein neues Glas eingoss und sie mit dem Ellbogen dazu drängte, dasselbe zu tun.

»Es war also so unwichtig, dass es sich nicht gelohnt hat, darüber zu reden, ja?«

»Nein! Aber es war schließlich nur eine Nacht. Wir hätten es nicht tun sollen. Wir sind Freunde, und ich hänge so sehr an dir.«

»Und ich an dir. Aber im Gegensatz zu dir finde ich nicht, dass wir es nicht hätten tun sollen. Hat es dir nicht gefallen?«

»Schenk mir noch ein Glas ein«, erwiderte sie mit einem unwillkürlichen kleinen Lächeln.

Eins, zwei …

»Hui, ist der stark! Doch, natürlich hat es mir gefallen. Man könnte sogar behaupten, dass du ungeahnte Talente im Bett entwickelst.«

»Alice … Ich muss dir etwas sagen …«

»Was? Dass du Viagra genommen hattest?«

Sie lachten laut, während ihr Handy eine eingetroffene Nachricht ankündigte. Sie hörte den Signalton nicht. Fred warf einen diskreten Blick auf das Display. Eine Nachricht von Adrien.

Bin unterwegs. Kuss.

»Soll ich dich mit dem Taxi nach Hause bringen?«, schlug Fred vor. »Wir sind zu betrunken, um mit dem Motorrad zu fahren.«

»Das wolltest du mir sagen? Dass wir ein Taxi nehmen? Und wo wollen wir hin? Zu dir, Monsieur le sexy chef?« Alice war definitiv im Flirtmodus angelangt. Sie befühlte seinen muskulösen Oberkörper. »Das Training schlägt aber gut an.«

»Hör auf!«

»Warum? Wegen dieser Marion?«

»Nein, weil du nicht mehr weißt, was du tust. Komm, ich bring dich nach Hause.«

Und als er sie sanft am Unterarm nahm, um ihr vom Hocker herunterzuhelfen, umklammerte Alice seinen Nacken und presste ihre Lippen auf seine. Erst zögerte er, doch dann erwiderte er ihren Kuss, lange und leidenschaftlich. Sie drückte ihn fest an sich, plötzlich überflutet von einem Gefühl der Erfüllung und von dem Bewusstsein, bei Fred in Sicherheit zu sein. Er bedeckte sie mit zarten Küssen auf ihre Augenlider, ihre Wangen, ihren Hals.

Vor dem Fenster beobachtete sie ein Schatten. Adrien,

der selbst ziemlich betrunken war, hatte Alice zunächst nicht erkannt. Er hatte es amüsant gefunden, Fred dabei zu erwischen, wie er irgendeine Kellnerin knutschte – bevor ihm bewusst wurde, dass es Alice war.

Nachdem er einige Sekunden in einer Schockstarre verharrt war, beschloss Adrien umzukehren. Mechanisch griff er zu seinem Handy und wählte Alices Nummer. Nach dem vierten Klingeln sprang die Mailbox an.

»Hallo, Schatz, es tut mir wirklich leid. Ich hatte großen Ärger mit dem Auto, ich erzähl es dir später. Das Essen war nicht so toll, kannst du dir ja denken. Ich bin danach noch zu Vincent gegangen, und dann hat die Batterie den Geist aufgegeben. Bist du noch im Restaurant? Ich komme gleich. Bin in einer Minute da. Wir fahren dann zusammen mit dem Taxi nach Hause. Ich küsse dich.«

Dann schrieb er eine Textnachricht. Empfängerin: Juliette.

Es war ein wunderbarer Abend. Ich komme bald wieder zu dir zurück, Püppi. Du hast mir gefehlt.

5

»Martin! Martin komm her, hopp, in den Einkaufswagen!«

Martin lief seinem Bruder hinterher durch die bunten Gänge des Supermarkts. Théo war inzwischen fünf und schon ziemlich vernünftig, aber Martin griff nach allem, was zerbrechlich und in seiner Reichweite war, und warf nach dem Zufallsprinzip zahlreiche Produkte in den Wagen, die Mathilde dann beim Auspacken an der Kasse auf dem Band entdeckte.

Mathilde hatte die Jungs aus den Augen verloren und fand sie schließlich bei den Bilderbüchern, wo sie sorgfältig Aufkleber aus einem Heft abzogen und sie anschließend auf Bücher klebten.

»He, was macht ihr da? Wer hat euch erlaubt, einfach wegzulaufen?«

»Wir kleben Superhelden in die Prinzessinnenbücher, damit sie die Prinzessinnen verteidigen!«

»Hört sofort damit auf! Die Bücher gehören euch nicht, das dürft ihr nicht. Wenn die Polizei das sieht, kommt ihr ins Gefängnis!«

Sofort schämte sie sich dafür, den Kindern solche Räuberpistolen zu erzählen, aber sie wusste, dass diese Masche zog, ähnlich wie das berühmte: »Ich zähle jetzt bis drei!«, was von Generation zu Generation eine der wirksamsten Drohungen blieb, trotz ihrer offensichtlichen Inhaltslosigkeit.

»Nein, nicht ins Gefängnis, Mama!«, heulte Martin.

»Psst, nicht weinen. Sonst entdeckt man uns noch. Also gut, ich sage nichts, aber dafür bleibt ihr jetzt in meiner Nähe. Martin, los, zurück in den Einkaufswagen.«

Aber er war schon wieder weg. Sie hatte vergessen, dass es praktisch unmöglich war, ein Kind in diesem Alter länger als zwei Sekunden an der Bewegung zu hindern. Säuglinge waren die reinste Erholung im Vergleich dazu.

»Martiiiiiin!«

Théo brüllte so laut nach seinem kleinen Bruder, dass die wenigen Kunden an diesem frühen Samstagmorgen garantiert aufhorchten. Umso besser, das ersparte ihnen eine Mikrophondurchsage.

»Zu den Plätzchen, Mama!«

»Du hast recht. Komm, gehen wir ihn suchen.«

Und tatsächlich, in aller Ruhe sortierte Martin das Regal mit den Plätzchen um. Er deutete auf ein Paket ganz oben und suchte Unterstützung bei einer freundlichen Erwachsenen. Lucie! Was tat ihre Freundin frühmorgens am Wochenende im Supermarkt?

»Hallo, ihr Lieben! Ich glaube, euer kleiner Flüchtling leidet an Unterzuckerung.«

»Was du nicht sagst … Martin, es gibt keine Kekse, hörst du? Wir haben jede Menge zu Hause!«

»Aber Papa erlaubt Plätzchen.«

»Da siehst du, was ich mir im Moment dauernd anhören muss.« Mathilde verdrehte die Augen. »Papa hat das erlaubt, Papa mag das, Papa macht das so. Das nervt, ich sag's dir. Aber was machst du hier? Und dann noch mit einem kleinen Korb, da passt doch gar nicht alles für deinen Fünfpersonenhaushalt rein.«

»Ich kaufe ein bisschen ein für meine Party nächsten Dienstag. Ich wollte Winnie nicht schicken, sie hat zu viel im Haus zu tun. Ich habe schon einiges beim Delikatessenhändler bestellt, und die Champagnerkisten werden auch geliefert. Aber ich wollte noch ein paar Pralinen und ein bisschen Dekoration für die Boutique kaufen. Danach bestelle ich noch eine Pyramide mit den kleinen Windbeuteln, die du so gern magst, in dem Café in der Rue des Martyrs. Wollen wir gleich zusammen ein Tässchen Kaffee trinken?«

»Wahnsinnig gern, aber ich muss noch meinen Wocheneinkauf erledigen und habe gerade erst angefangen. Mit den beiden Kleinen im Schlepptau dauert das mindestens anderthalb Stunden.«

»Komm, lass doch mal alle fünfe gerade sein. Mach es wie dein blöder Exmann, bestell heute Abend Pizza, und morgen improvisierst du.«

Mathilde dachte kurz nach und stellte fest, dass sie eigentlich genug im Haus hatte, um bis nächsten Dienstag durchzuhalten. Und jetzt, wo sie ihre Kinder nur jede zweite Woche hatte, war es doch eigentlich idiotisch, diese morgendliche Tortur auf sich zu nehmen, anstatt ausgiebig das Glück zu genießen, zusammen zu sein. Es war einer der ersten schönen Tage in diesem verflixten

Jahr, und die Aussicht, die ersten Stunden dieses Tages mit ihren Jungs und in Gesellschaft einer ihrer besten Freundinnen zu verbringen, war verlockend.

»Gut, überzeugt.« Sie parkte ihren Einkaufswagen diskret seitlich in einem Gang, stellte die frischen Produkte wieder ins Kühlregal und erklärte stolz: »Kommt, Kinder, wir gehen Windbeutel essen!«

Draußen schien die Sonne, zwar schwach, aber es hatte immerhin bereits fünfundzwanzig Grad. Es war ein typischer Maitag, an dem die Stadtbewohner ins Freie strömten und die ersten Sonnenstrahlen nach den langen grauen Wintermonaten genossen. Lucie nahm Théo an der Hand, und Mathilde trug Martin auf dem Arm, der fröhlich an ihrer Kette zerrte. Die Rue des Martyrs erwachte. Fischgeschäfte, Bäckereien mit einladender Auslage, Blumenläden, alle erwarteten wohlgelaunt ihre Kundschaft, und auf den Caféterrassen fanden sich die ersten Gäste ein.

Lucie, Mathilde, Théo und Martin betraten die Konditorei, wo Lucie die Windbeutelpyramide für ihren Empfang bestellte, während Mathilde ihre Jungs gleich vor Ort mit ein paar süßen Teilchen versorgte.

»Hast du Lust, heute Abend essen zu gehen?«, schlug Mathilde vor, als die Bedienung ihnen den Cappuccino brachte.

»Essen gehen, heute Abend? Das ist doch gar nicht deine Art, so spontan zu sein. Meinst du, wir bekommen noch einen Tisch irgendwo?«

»Ich bin neuerdings öfter mal spontan. Seit ich getrennt

bin, habe ich meinen Rhythmus geändert. Inzwischen sind alle Schränke aufgeräumt, alle Akten geordnet, die DVDs angesehen, meine Klamotten auf ebay verkauft und all die Leute angerufen, die ich lange Zeit vernachlässigt habe. Der langen Rede kurzer Sinn: Ich habe Zeit … und mehr Energie! Mehr Energie für mich, aber auch für die Kinder. Weißt du, was ich glaube? Es ist gar nicht gesagt, dass die Scheidungskinder der neuen Generation die großen Verlierer sind. Sie werden von Eltern erzogen, die sich nicht streiten, die in ihrer Gegenwart fast immer entspannt sind, weil sie die Hälfte der Zeit entlastet sind, und sie werden von den Erwachsenen verwöhnt, die ihretwegen Schuldgefühle haben.«

»Und das Baby, erzählen die Jungs davon?« Lucie wusste, dass sie eine schmerzliche Frage stellte. Aber sie wollte wissen, wie Mathilde inzwischen mit dem Thema umging.

»Nein, kaum«, antwortete Mathilde nachdenklich. »Ich glaube nicht, dass sie wirklich wissen, was gerade passiert. Das wird sich ändern, wenn es erst mal auf der Welt ist.« Sie schluckte. »Mein Gott, es ist immer noch eine furchtbare Vorstellung: Der Vater meiner Kinder bekommt ein Kind mit einer anderen. Mit einer Frau, die sich um meine Kinder kümmert, wenn ich nicht da bin. Ich komme damit zurecht, dass er mich verlassen hat, es ging einfach so nicht mehr weiter … Aber dass er nun noch mal Vater wird, macht mich … krank. Und dass diese Frau für Théo und Martin sorgt, ist wirklich doppelt schlimm.«

»Mathilde, ich muss dir etwas gestehen …«

Lucie erzählte ihr von der Begegnung mit Ariane und

dass sie sie zu ihrem kleinen Fest bei *Charlotte et Marguerite* eingeladen hatte.

»Ich hoffe, das ist ein Witz!« Mathilde sah sie entsetzt an.

»Was soll ich denn jetzt machen? Soll ich sagen, dass du kommst und ich deswegen meine Einladung zurückziehen muss?«

»Ja, warum nicht? So nötig brauchst du das Geld doch nicht? Du kannst doch bestimmt auf die Kröten dieser blöden Kuh verzichten?«

Lucie wirkte ehrlich verletzt über die Anspielung auf ihren Materialismus. Mathilde machte sich sofort Vorwürfe, weil sie wusste, dass sie ständig neidvoll darüber redete, weil sich Lucie durch ihren Wohlstand zahlreiche tägliche Ärgernisse vom Leib halten konnte.

»Entschuldige. Ich wollte das nicht sagen.«

»Nein, ich muss mich entschuldigen. Ich hätte sie sofort wieder ausladen sollen. Es war dumm von mir. Aber nun ist das Kind in den Brunnen gefallen … Ich wollte dich eigentlich um Rat fragen. Vielleicht ist es dir nicht recht, wenn ich ihr sage, dass ihre Anwesenheit dich stört? Und meinst du nicht, dass Max ihr sowieso sagen wird, dass wir befreundet sind, und dass sie dann gar nicht erscheint?«

»Glaubst du, er interessiert sich dafür, dass seine Freundin zu einem Fest in einer Kinderboutique geht?« Mathilde schnaubte verächtlich. »Dann müsste er sich schon sehr geändert haben … Aber du hast recht, sag ihr nichts. Wenn ich ihr endlich mal in der Realität begegne, höre ich vielleicht auf, ständig ihr Profil bei Facebook zu checken. Und außerdem ist es womöglich gar nicht so falsch, endlich die Frau kennenzulernen, die meinen Kindern den Hintern abputzt.«

»Bist du sicher?«

»Ja. Aber vorher gehe ich noch mal zum Friseur. Ich muss top aussehen.«

»Vergiss nicht, dass sie schwanger ist. Sie wird sich neben dir wie ein Walross fühlen, denn du siehst sowieso immer wunderschön aus.«

»Ach, hör auf …«

»Nein, wirklich, ich finde, dass du im Moment ganz besonders gut aussiehst. Man könnte meinen, du hättest jemanden kennengelernt?« Lucie formulierte ihre Ahnung als vorsichtige Frage.

Mathilde wurde unwillkürlich rot und drehte sich rasch zu den Jungs um, um sicherzugehen, dass sie nichts mitbekommen hatten. »*In English!* Die Kinder hören zu.«

»Ach, bei euch ist es Englisch?« Lucie lachte. »Bei uns ist es Spanisch, weil die Mädchen Englisch lernen und schon zu viel verstehen.«

»Na gut.« Mathilde räusperte sich. »Es gibt da einen Mann, er heißt Antoine, ein Vater aus dem Kindergarten. Letzte Woche haben wir bei ihm zu Hause zusammen zu Abend gegessen. Mit den Kindern. Sein Sohn ist ein Freund von Théo.«

»Und damit rückst du erst jetzt raus? Wahnsinn! Und, wie ist er? Was macht er? Wie alt ist er? Er ist also weder durchgeknallt noch schwul, noch arbeitslos, noch neurotisch, noch impotent?«

»Ob er impotent ist, weiß ich nicht. Alles andere eher nicht. Aber du kennst ja die Männer, es ist genau wie mit Wohnungen. Die versteckten Mängel sieht man nicht gleich.«

»Hast du bei ihm übernachtet?«

»Spinnst du? Kannst du dir vorstellen, welche Überwindung es mich kosten würde, mit einem anderen ins Bett zu gehen? Zumal die Jungs ja auch dabei waren … Aber auch sonst – einen unbekannten Körper zu berühren, ihn auszuziehen … Aber am meisten habe ich wahrscheinlich Angst davor, mich selbst nackt zu zeigen. Das letzte Mal, dass mich ein anderer als Max berührt hat, war ich dreiundzwanzig, hatte glatte Oberschenkel, feste Brüste und die Energie einer Studentin, die zwölf Stunden pro Nacht schläft, nachdem sie bis zum Morgengrauen getanzt hat.«

»Du bist zu unsicher. Was denkst du denn? Dass an seiner Exfrau die Jahre spurlos vorübergegangen sind? Du scheinst ihm doch zu gefallen. Vielleicht hat er Erektionsprobleme. Wusstest du, dass sogar viele junge Männer vorsichtshalber Cialis nehmen?«

»Was ist das denn?«

»Viagra, aber es gilt als schicker, Cialis zu nehmen, das klingt mehr nach tantrischer Erfahrung und weniger nach verzweifeltem Opa.«

»Aha, du glaubst also, dass Antoine Cialis braucht, um sich für mich zu begeistern? Ich könnte ihm ja eine mitbringen, um die größte Katastrophe …«

»Mathilde, du bist echt unverbesserlich! Also, wie

sehen die nächsten Schritte in dieser leidenschaftlichen Beziehung aus?«

»Du wirst es nicht glauben …«

»Wieso, geht ihr in den Zoo?«

»Schlimmer … Er hat mich gefragt, ob ich mit ihm einen Stand auf dem Basar übernehmen will.«

»Na so was, wenn das nicht eine Liebeserklärung ist! Was verkauft ihr denn an eurem Stand? Lass mich raten … Kuchen?«

»Zuckerwatte.«

»Ich tue jetzt mal so, als hätte ich das nicht gehört. Bevor ihr den Stand aufmacht, befehle ich dir, ihn zu meinem Empfang am Dienstag einzuladen. Das würde dich zugleich davon abhalten, unsere Freundin Ariane mit meinen Babytragetüchern strangulieren zu wollen. Und am besten gehst du vorher noch bei der Kosmetikerin vorbei, du weißt doch, was meine Mutter immer gesagt hat.«

»Ja, natürlich. Man weiß nie, was alles passieren kann und wem man begegnet.«

»Genau!«

»Schau mal, Mama, da ist Adrien!«, schaltete Théo sich dazwischen und zeigte auf den Bürgersteig gegenüber.

»Was macht Adrien denn da, ganz alleine an einem Samstagmorgen? Alice arbeitet heute nicht, sie müssten doch zusammen sein?«, fragte Mathilde verwundert.

»Vielleicht ist er losgegangen, um Croissants für ein gemeinsames Frühstück unter Turteltäubchen zu kaufen«, meinte Lucie ironisch. »Du weißt doch, wenn Paare sich wieder zusammenraufen, kann alles Mögliche passieren. Augenblick, ich rufe ihn mal an.«

Sie holte ihr iPhone hervor, doch Mathilde hielt sie mit einer Handbewegung davon ab. Ein junges Mädchen kam auf ihn zu und kniff ihn liebevoll in die Seite. Falls Lucie und Mathilde sich hätten einreden wollen, dass sie seine Physiotherapeutin war, dann wurden sie eines Besseren belehrt, als die junge Frau ihn leidenschaftlich auf den Mund küsste. Adrien schob sie sanft von sich weg und schaute nach rechts und nach links, als wollte er überprüfen, ob jemand ihn gesehen hatte, und flüsterte der Blondine etwas ins Ohr, was sie zum Lachen brachte. Sie schüttelte die Haare und verschwand mit einem koketten Lachen hinter einer Haustür.

Lucie und Mathilde wechselten vielsagende Blicke, als wollten sie sagen: Hattest du etwas anderes erwartet? Sollen wir es ihr sagen?

»Dieses Arschloch«, entfuhr es Lucie.

»Das trifft es exakt.«

»Die Rechnung, bitte.«

»Mama, wer ist die neue Freundin von Patenonkel Adrien?«, wollte Théo wissen.

»Ich kenne sie nicht, mein Schatz. Komm, wir gehen auf den Spielplatz.«

6

Der Kellner betrachtete stolz sein elegantes Werk aus Champagnerschalen – Schalen, keine Flöten, weil Lucie diese »zu gewöhnlich« fand –, während Marion die Boutique mit hübschen pastellfarbenen Papiergirlanden schmückte. Es war vier Uhr nachmittags. Der große Tag war gekommen. Lucie maß mit zufriedenem Blick die Auslagen. Sie hatte es sich nicht nehmen lassen, die Schaufenster selbst auszustatten – mit den neusten Kollektionen aus der Baby- und Kleinkindwelt. Erst vor kurzem waren die blinkenden Sneakers und die buntgestreiften Badeanzüge für die Kleinsten hereingekommen. Lucie wusste, dass bei ihrer Kundschaft, ermuntert von der fröhlichen Atmosphäre, den ersten Sonnenstrahlen und den Champagnerperlen, die Euros lockerer sitzen würden als sonst, sie musste nur die entsprechenden Perspektiven schaffen.

»So, sind wir fertig mit allem?«

Lucie trug eine fließende Bluse und eine schmal geschnittene Lederhose, die ihre perfekte Figur unterstrich, dazu Sandalen von Giuseppe Zanotti, und sie strahlte vor Energie. Ihr Coiffeur war genau ihren Anweisungen gefolgt und hatte ihr ein weiches Brushing verpasst, weder glatt noch gelockt, sondern nur vorne leicht gewellt wie bei Marion Cotillard auf einem Foto, das Lucie auf ihrem iPad gefunden hatte. Nach über zwei Stunden Behandlung trug sie nun ihre Haarpracht zur Schau, die wirkte wie im Wind getrocknet.

»Wir warten noch auf die Windbeutel, die Macarons von Ladurée und die Animateure.«

»Na, die sollen sich beeilen. Gleich kommen die ersten Kinder, und ich will nicht, dass die mir alle Regale ausräumen und alles mit ihren klebrigen Fingern anfassen. Hakst du bitte bei der Agentur nach, wo sie bleiben, Marion?« Dann fuhr sie an den Kellner gewandt fort: »Haben Sie die Kisten mit Laurent Perrier, Mumm Piccolo und die mit dem alkoholfreien Roséchampagner gefunden, die Le Bon Marché liefern sollte?«

»Ja, Madame.«

»Wunderbar.«

»Haben Sie keine Limo?«

Sie musterte ihn von Kopf bis Fuß, als hätte er gefragt, wo das Bier und die Würstchen wären.

»Nein, wir haben keine Limonade. Für die Kinder gibt es Fruchtsaft im Hof, es ist ja glücklicherweise heute schön draußen.«

Sie warf einen Blick in den Hof, der typisch für das Viertel war, gepflastert und mit Blumen geschmückt. Schon bald würden Dutzende schreiende Kinder diesen ruhigen Ort erobern, wo sie oft eine Tasse Tee trank, ein Telefonat führte, oder, ganz selten, eine Zigarette rauchte, um ihre Nerven zu beruhigen. Allmählich trafen die Nachbarn aus der Straße ein, darunter auch die hippen

Angestellten des Architekturbüros gleich nebenan. Sie versammelten sich um die Bistrotische, die mit Pralinen, Gebäck und anderen Leckereien garniert waren. Als Eltern nahm man sich ja immer vor, dass die eigenen Kinder so etwas niemals essen dürften, bis man herausfand, welch beruhigende Wirkung Süßigkeiten hatten.

»Lucie, die Animateure sind da.«

Marion stellte Lucie einen Mann und eine Frau vor, beide um die zwanzig, die Lucie zunächst von ganzem Herzen bedauerte. Bis sie sich an das vereinbarte Honorar erinnerte – da sollten ein paar Stunden Geschrei, freche Sprüche, Luftballons aufpusten, Tränen und dumme Fragen drin sein.

»Bauen Sie erst einmal alles auf. Wir schicken die Kinder nach und nach zu Ihnen. Sie bleiben, bis die letzten gehen, nicht wahr, so ist es mit der Agentur abgesprochen.«

»Einverstanden, Madame.«

Lucie kehrte in die Boutique zurück.

»Hallo, schöne Frau!«

»Süße, du hast es geschafft zu kommen, das ist wunderbar!«

Éva war gerade erst aus der Klinik entlassen worden und hatte unbedingt kommen wollen, trotz ihrer Müdigkeit. Lucie warf einen raschen Blick auf ihre Freundin und versuchte, sich ihr Entsetzen nicht anmerken zu lassen. Zu sagen, dass Éva Ringe unter den Augen hatte, wäre untertrieben gewesen. Zwei riesige graue Untertassen nahmen quasi ihr ganzes Gesicht ein. Sie sah aus wie ein Pandabär. Das Baby im Tragetuch verbarg ihren noch nicht abgeschwollenen Bauch, den Lucie jedoch durchaus registrierte. Zu allem Überfluss trug Éva noch immer die alte Schwangerschaftsjeans der letzten Wochen, von der Lucie gehofft hatte, sie niemals wieder sehen zu müssen. Éva kannte Lucie seit über zehn Jahren, erahnte ihre Gedanken und kam ihr zuvor: »Keine Sorge, ich bleibe sowieso nicht. Ich bin völlig erschossen. Und ich lege keinen Wert darauf, dass mich ganz Paris in diesem desolaten Zustand sieht. Wie machst du das bloß jedes Mal, schon nach acht Tagen wieder umwerfend auszusehen?«

»Indem ich mir Mühe gebe, Schätzchen. Große Mühe. Da es dein Erstes ist, verzeihe ich dir. Aber ich würde dich gern in den nächsten Monaten coachen. Denk vor allem an eines: Trotz der schlaflosen Nächte, der Scheißwindeln, dem Geschrei, dem schlaffen Bauch und der Verzweiflung darfst du wegen des Babys nicht deinen Mann vernachlässigen. Bei den meisten Eltern, die sich bald nach einer Geburt getrennt haben, haben die Mütter sich gehenlassen.«

»Ach, weißt du …«

»Éva …?«

Der frischgebackenen Mutter rannen lautlose Tränen über die Wangen. Still und stetig, in dicken Tropfen.

»Entschuldige, ich weiß auch nicht, was mit mir los ist«, brachte sie schluchzend hervor.

»Keine Sorge, das sind die Heultage. Das liegt einfach am Hormonumschwung. Was ist los?«

»Ich weiß nicht. Ich … Ich glaube, ich liebe ihn nicht

mehr. Vincent. Ich habe nichts gegen ihn. Aber auch nichts für ihn. Ich spüre gar nichts. Nichts mehr. Es ist, als wären wir Mitbewohner in einer WG. Wir stehen uns nicht einmal mehr nahe. Wir kümmern uns abwechselnd um Jef, jeder gibt ihm nachts mal sein Fläschchen, abends essen wir schnell etwas vor dem Fernseher, ohne miteinander zu reden, bevor wir auf dem Sofa einschlafen. Und das ist nicht erst seit der Geburt so, es hat schon vorher angefangen. Ich dachte, es wäre nur eine Phase – die Schwangerschaft, sein Job, der Winter. Ja, ich habe tausend Gründe dafür gesucht, aber nichts hat sich seitdem geändert. Meinst du, das kommt wieder in Ordnung? Ist das immer so, nachdem man ein Kind bekommen hat?«

Soll ich sie anlügen, sie beruhigen?, überlegte Lucie. Nein, das war nicht ihre Art.

»Nein, Liebes, das passiert nicht immer nach einer Geburt. Es ist eher ein Moment des Glücks, den man mit seinem Partner teilt. Man hat ein kleines Wesen zusammen gezeugt, man schmiedet Pläne. Das Kind verleiht allem einen Sinn. Nein, ich glaube nicht, dass eure Beziehungsprobleme etwas mit diesem wunderhübschen kleinen Baby zu tun haben, das … Oh, er wacht auf. Darf ich ihn mal nehmen?«

»Warum bist du denn auf einmal so mütterlich?«

»Das liegt bestimmt an meinem fortgeschrittenen Alter.«

Geschickt nahm Lucie den winzigen Säugling auf den Arm, der in sich zusammengerollt war wie eine kleine Schnecke, die Augen geschlossen, die Stirn in Falten gelegt und die Fäuste geballt, als sei er in intensive kantische Überlegungen vertieft.

»Spuckt er?«

»Ja, sehr viel.«

»Tut mir leid, dann muss ich ihn dir wiedergeben. Ich hätte ihn gern noch ein bisschen getragen, aber wenn er auf meine nagelneue Tunika kotzt, kurz bevor die Gäste kommen, werde ich ihm dafür jahrelang böse sein, was schade wäre.«

Éva setzte sich auf ihren Lieblingssessel und schmuste mit ihrem Baby. Dann fing sie wieder an zu weinen. Lucie legte ihr einen Arm um die Schulter.

»He, so schlimm?«

»Ich glaube schon. Ich denke die ganze Zeit an ihn.«

»An wen?«

»An Jacques. Den Vater.«

Zum ersten Mal erwähnte Éva Jacques so unverblümt. Sie hob ihre feuchten Augen zu Lucie. »Sag mir, was ich tun soll, du, die du immer so selbstsicher bist. Soll ich Vincent verlassen? Wir haben uns so angestrengt, um endlich Eltern zu werden. Wir sind schon seit der Uni zusammen. Was soll ich nur ohne ihn machen? Und diesen Jacques kenne ich doch im Grunde gar nicht. Trotzdem möchte ihn unbedingt sehen. Aber ich kann ja nicht einfach im Leben eines Unbekannten aufkreuzen und ihm sagen: Schau mal, das ist dein Kind, es heißt Jef. Das kann man doch nicht machen!«

Die Türglocke klingelte, und Alice betrat das Geschäft. Da flüsterte Lucie Éva ins Ohr: »Man lebt nur einmal!«

7 Am Wochenende trafen sich die Mädels oft bei *Pizzetta*, einem kleinen Italiener im Viertel. Die wenigen Tische auf der Terrasse waren immer schnell von den Bewohnern der »South Pigalle« besetzt, die das Restaurant als ihr Stammlokal betrachteten. Da Mathilde, Alice, Lucie und Éva Gäste der ersten Stunde waren, reservierten ihnen die Besitzer jeden Sonntag für 20 Uhr einen Tisch, ein Privileg, das sie sonst niemandem gewährten. An jenem Abend trafen sie sich ohne Éva, die sich um ihr Kind kümmern musste. Es war der Sonntag, nachdem Mathilde und Lucie Adrien mit der Blondine erwischt hatten. Stundenlang hatten sie sich im Anschluss darüber beraten, ob sie es Alice sagen sollten oder nicht. Wozu? War es wichtig genug, um das Pflänzchen der Annäherung zwischen Alice und ihrem Mann wieder zu zerstören? Es war vielleicht nichts Ernstes. Ein dummes Blondchen, das er sofort wieder vergessen hatte. Schließlich wusste man doch nie genau, was sich zwischen zwei Menschen abspielte, welche Absprachen sie getroffen hatten. Vielleicht tolerierten sie diese Art von Seitensprung? Vielleicht hatten sie beschlossen, dass sie zwar zusammen sein wollten, gestanden sich aber nach all den Jahren das Recht zu, sich auch anderweitig auszuleben? Vielleicht

war die Leidenschaft zwischen ihnen erloschen, aber nicht all das andere, auf das sie nicht verzichten und das sie auch ihrem Kind nicht nehmen wollten? Viele Leute hielten es so. Jeder arrangierte sich so gut wie möglich mit dem Alltag und der Leidenschaft.

»Nein«, hatte Mathilde entgegnet. »Wir sind Freundinnen, wir müssen es ihr sagen. Willst du es wirklich für dich behalten? Willst du ihn beschützen? Denk daran, wie wir Alice trösten mussten, nachdem er sie von einem Tag auf den anderen verlassen hatte. Ehrlich, Lucie, wir haben keine andere Wahl.«

Lucie hatte nachgegeben, auch, weil sie an eine grausame Bemerkung denken musste, die ein Bekannter von Christophe hatte fallenlassen: Er habe sich von seiner Frau getrennt, wie er süffisant bemerkte, um ihr den Gefallen zu tun, sich noch vor ihrem Verfallsdatum wieder auf den Markt zu bringen.

»Ich habe meine Frau in einem Alter verlassen, in dem sie noch eine Chance hat, ein neues Leben anzufangen«, hatte er versichert, stolz auf seine Großmut. Und vielleicht hatte er bei all seinem widerwärtigen Sexismus sogar recht: Mit vierzig konnte eine Frau noch einmal ein neues Leben anfangen, wie es so schön hieß, nämlich jemanden finden, mit dem sie eventuell noch ein Kind bekommen könnte, was mit fünfzig ausgeschlossen wäre.

Doch wie vielen fünfzig-, sechzig- und sogar siebzigjährigen Kerlen war sie begegnet, die mit ihrer zweiten oder dritten Ehefrau paradierten, und mit jeder Partnerin wurde der Altersunterschied größer. Und in einem Alter, in dem sie die ersten Enkel bekamen, zeugten sie neue eigene Kinder.

Alice wurde bald vierzig. Was konnte sie sich von diesem Neustart mit Adrien erhoffen, wenn er selbst so wenig daran glaubte, dass er sie gleich zu Anfang schon wieder betrog? Lucie glaubte an die Treue, sie war ihre einzige Religion. Mathilde hatte recht, sie mussten es ihr sagen. Alice würde selbst entscheiden, was sie mit der Enthüllung anfangen würde.

Also trafen sie sich an diesem Sonntagabend im Juni. Mathilde hatte die Jungs zu Max gebracht und konnte ein bisschen Ablenkung gut gebrauchen. Lucie hatte mit ihren Töchtern zu Abend gegessen und sie dann Winnie anvertraut.

Alice und Mathilde erwarteten sie bereits und genossen den milden Abend, der den nahen Sommer ankündigte. Die Vögel zwitscherten noch, und das fröhliche Klirren der Gläser, das Stimmengewirr und das Lachen der Gäste verliehen der Szene eine zauberhafte Atmosphäre, die unwillkürlich positiv stimmte.

Sie hatten Antipasti für drei bestellt und danach Pasta mit Trüffeln. Eine offene Flasche Wein stand im Kühler neben der kleinen Kerze, in deren Schein ihre Gesichter so jugendlich wirkten wie immer, wenn sie unter sich waren, ohne die Männer, die Kinder und die Sorgenfalten.

Sie lachten herzlich, als Mathilde in bunten Farben von ihrem Rendezvous mit dem schönen Antoine erzählte, das ein absoluter Reinfall gewesen war.

»Bist du sicher? Nach einer Minute? Das gibt's doch gar nicht!«

»Ich schwöre! Und dabei bin ich noch großzügig.«

»Der arme Mann …«

»Arme Mathilde, wolltest du sagen!«

»Und du hattest Angst, er würde dich nicht begehren! Man könnte sagen, du hast ihn ziemlich umgehauen.«

»Aber er mich seitdem schon weniger.«

»Habt ihr es nicht noch einmal versucht?«

»Nein, ich habe es lieber vermieden, um ein bisschen Hoffnung zu bewahren, bevor ich endgültig einen Schlussstrich unter diese Kita-Liebesaffäre ziehe. Morgens schminke und frisiere ich mich, ziehe mich hübsch an, drehe mich vor dem Spiegel und sage mir, dass ich ihn vielleicht im Kindergarten treffen werde. Es ist wie früher, mit fünfzehn. Ich möchte nicht, dass es aufhört, und außerdem mag ich ihn gern. Er bringt mich zum Lachen, und er tut mir gut.«

»Es hat dich auf jeden Fall verändert …«

»Stimmt! Und wir dürfen ja auch nicht unseren Zuckerwattestand vergessen.«

»Ich finde ihn ja sehr attraktiv, diesen Antoine«, meinte Lucie. »Und zuvorkommend noch dazu. An dem Abend bei *Charlotte et Marguerite* konnte er nicht die Augen von dir abwenden. Du hättest mal das Gesicht von Max sehen sollen! Er wirkte ein bisschen verloren mit seiner Ariane. Ehrlich, Mathilde, ich sollte dir das nicht sagen, aber sei froh, dass du ihn los bist! Max wird für immer ein Kind bleiben. Und du hast doch schon zwei, stimmt's? Ganz zu schweigen davon, dass er nicht mal ein nettes Kind war.«

»Ich weiß. Im Grunde müsste ich mich bei dir bedanken, dass du sie eingeladen hast, ihn und seine gefüllte Pute. Ich hatte wahnsinnige Angst vor der Begegnung, aber letzten Endes hat sie mir richtig gutgetan. Sie zu sehen, meilenweit entfernt von der selbstsicheren jungen Frau, die ich mir vorgestellt hatte. Und er … Ich liebe ihn nicht mehr. Er ist an dem Abend zu mir gekommen, als ich draußen war. Er ist zu mir gekommen und hat mir gesagt, er fände mich sehr schön. In all den Jahren mit dem dreckigen Geschirr, den herumliegenden Socken und den Wochenenden im Supermarkt ist ihm nicht ein einziges Mal eingefallen, mir das noch mal zu sagen. Stattdessen hing er neben mir vor dem Fernseher, das Tablet auf den Knien, wie ein Haustier, von dem man nicht einmal mehr weiß, warum man es angeschafft hat … Es hat mir geschmeichelt, das schon. Aber ich habe ihn nur angeschaut, und da habe ich es begriffen. Alles, was ich an ihm geliebt habe, seine Jugend, unsere Pläne, unsere Träume, das alles ist vorbei. Wir haben uns einfach nicht in die gleiche Richtung entwickelt. Wir teilen nichts mehr, außer den Wunsch, unsere kleinen Jungs großzuziehen, möglichst ohne uns zu zerfleischen und ohne ihnen weh zu tun.«

Sie sahen einander schweigend an und ließen einen Moment lang den traurigen Geruch einer verarbeiteten Trennung zwischen ihnen hängen, die jede von ihnen fürchtete. Was würde geschehen, wenn sie sich eines

Tages nicht mehr mit dem Vater ihrer Kinder vertrugen? Sie waren auf Ewigkeit mit ihren Männern verbunden.

Es war der Augenblick gekommen, um über Adrien zu sprechen. Mathilde und Lucie vermieden es, sich anzusehen, aber sie wussten, dass sie die heitere Atmosphäre zerstören und die Bombe platzen lassen mussten. Oder sollten sie doch lieber den Rückwärtsgang einlegen? Sie hatten beschlossen, dass Mathilde die Aufgabe übernehmen würde, weil sie diejenige war, die zu diesem Zeitpunkt am wenigsten Glück in der Liebe hatte.

Mathilde griff nach einer Zigarette und sagte: »Alice.«

»Ja?«

»Wir müssen dir etwas sagen.« Und dann erzählte sie ihr alles. Von Adrien und der Blondine und ihrem recht eindeutigen Verhalten.

Seltsam, aber Alice fragte nur ganz ruhig: »Seid ihr wirklich sicher?«

»Ja … Was willst du jetzt tun?«

»Ihn bitten zu gehen. Gib mir mal eine Zigarette.«

»Bist du sicher? Triff keine überstürzten Entscheidungen.«

»Was heißt hier überstürzt? Ihr seht ihn mit einer attraktiven Blondine auf der Straße, obwohl er mir erzählt hat, er fahre nach Saumur zu seiner Mutter. Wieso also überstürzt? Das verstehe ich nicht.«

»Du hast recht … Aber, ach, Alice, es tut mir so leid! Ich hoffe, du nimmst uns diese Offenheit nicht übel.«

»Wenn ihr es mir vor fünf Jahren erzählt hättet, wäre

ich euch vielleicht böse gewesen. Ich hätte es nicht wissen wollen. Ich wollte lieber glücklich und unwissend sein, als mir die Tatsachen vor Augen zu halten. Ich fand es wunderbar, dass es mir gelungen war, einen solchen Mann an mich zu binden, oder besser: überhaupt irgendeinen Mann. Heute sieht es anders aus. Natürlich hätte ich mir gewünscht, dass es funktioniert, dass wir eines der wenigen Paare wären, die Kinder, Versuchungen und erste Falten überstehen. Ich hätte gern all diejenigen Lügen gestraft, die behaupten, dass ein zweiter Versuch niemals gelingt. Ich hätte mir gewünscht, dass wir uns an den Händen halten, noch nach fünfundzwanzig Jahren, dass wir in unserer Wohnung sitzen und Romane lesen, die wir untereinander getauscht haben. Ich hätte mir gewünscht, dass es nur eine große Liebe gäbe. Aber ich war sicherlich zu idealistisch. Vielleicht schenkt das Leben einem mehrere große Lieben. Und vielleicht habe auch ich ein Recht darauf.« Sie hielt inne, dann sagte sie langsam: »Ja, es ist wirklich alles anders.«

Als Lucie und Mathilde sie stumm anstarrten, lächelte Alice und wiederholte leise: »Ganz anders.«

Sie schwiegen, und eine Weile hing jede ihren Gedanken nach. Dann bestellten sie Limoncello, genossen den leckeren Likör und schwelgten in Erinnerungen an ihre Jugend. Sie erinnerten sich an ihre ersten Partys, die Abivorbereitungen, die Mittwochnachmittage am klobigen Festnetztelefon zu Hause bei ihren Eltern, an denen sie auf den Anruf eines Angebeteten warten, weil es ja noch keine Handys gab. An den Stress, der jedes Mal ins Haus stand, wenn am Ende des Monats die Telefonrechnung kam.

Alice dachte an ihre Mutter und an die vielen Stunden, die sie lieber am Telefon verbracht hatte, als mit ihr zu reden. Als sie zu fragen: Und du, Mama, bist du glücklich? Ist das Leben mit Papa so, wie du es dir erträumt hast?

Und dann war sie gestorben in jenem Sommer, verunglückt im Auto auf einer kleinen Straße an der Côte d'Azur. Auf einmal war sie weg, war es vorbei. Und Alice hatte ihr niemals all die Fragen stellen können, die sie bewegten, ihr nicht mehr sagen können, wie sehr sie sie liebte. Wie gern hätte sie mit ihrer Mutter über all ihre Ängste gesprochen, über die unaussprechlichen Freuden der Mutterschaft und die Schmerzen angesichts des Endes der großen Liebe. Über das Vergehen der Jugend, die Vergänglichkeit überhaupt allen Seins. Über die Tage, Monate, Jahre, die verflogen, in denen ihr Säugling zu einem Teenager mutierte.

»Ich muss jetzt gehen«, meinte Alice plötzlich. »Lucie, bezahlst du bitte für mich mit?«

»So abrupt? Was ist los?«

»Ich muss wirklich gehen. Sofort.«

Die beiden Freundinnen sahen sie perplex an, doch schon hielt sie ein Taxi an, winkte ihnen noch durch das heruntergelassene Fenster zu, ein seltsames Lächeln auf den Lippen.

»Rue Jean-Jacques Rousseau, bitte!«

Kurz vor ihrem Ziel bat Alice den Fahrer anzuhalten. Sie wollte ein paar Meter gehen, sich beruhigen, bevor sie das Restaurant erreichte. Sie beobachtete die Raucher, die vor der Tür diskutierten. Und zum ersten Mal nahm sie die Atmosphäre wahr, die von dem Lokal ausging.

Frédéric. Wie lange war er schon Teil des Dekors? Sie vermochte es nicht zu sagen, so sehr hatte sie seine Anwesenheit als selbstverständlich hingenommen und mit ihr die Tatsache, dass seine Ergebenheit ihr gegenüber sich niemals ändern würde. Genau wie sie damals ihre Mutter als selbstverständlich hingenommen hatte.

Und da entdeckte sie ihn plötzlich durch das Fenster: groß, breit, das volle Haar immer ein wenig durcheinander. Sie sah, wie er in sein tiefes Lachen ausbrach, das sie draußen auf der Straße nicht hören konnte, aber unter Tausenden erkannt hätte. Ihr kam der Gedichtband von Rimbaud in den Sinn, den man auf dem Nachttisch ihrer Mutter gefunden hatte – nach dem Unfall, als sie ihre Sachen ausräumen und sortieren mussten. Die Ecke der Seite mit dem Gedicht *Sonne und Fleisch* war umgeknickt. »Langsam steigend zu einer unendlichen Liebe …«

Fred wandte sich um und entdeckte sie. Komm rein, bedeutete er ihr mit einer Geste. Sie lächelte nur, rührte sich nicht und verfolgte seine Gesten. Schließlich kam er heraus, und sie spürte ihr Herz klopfen.

»Was tust du denn hier, so ganz allein, draußen?«

»Ich habe auf dich gewartet.«

»Was ist los, meine Schöne?«, fragte er, wie immer besorgt um sie.

Sie errötete, als wäre sie wieder fünfzehn. Das verflixte Fernsehen hatte ihr offenbar doch nicht geholfen, ihre Schüchternheit zu überwinden, die sie von anderen trennte. Von ihm. Sie konnte nicht einfach zu ihm sagen: »Ich liebe dich«, wie in einer Seifenoper. Angenommen, er liebte sie nicht? Würde sie mit ihrem Geständnis nicht eine langjährige Freundschaft über Bord werfen?

In ihrem Kopf wirbelte alles durcheinander. Ihre Mutter. Dieses Gedicht von Rimbaud, diese große Liebe, zu der man allmählich aufsteigt. Adrien, Laura. Ihr Herzklopfen und Fred, an dessen Schulter sie sich schmiegen wollte. Es gab keine Zeit mehr zu verlieren.

Sie presste ihr Gesicht an seine Brust, schlang ihre Arme um seinen Bauch und drückte ihn, dass ihr Herz fast zersprang.

»Alice. Meine Alice.«

Epilog

»Ach, Éva, hör auf mit deiner blöden Firmenfeier, wir haben unseren Basar an diesem Tag! Wieso gehst du da überhaupt hin? Du hasst deine Kollegen. Und außerdem bist du noch in Elternzeit.«

»Ich gehe nur auf einen Sprung hin, und zum Abendessen bin ich bei euch, versprochen.«

»Und mein Zuckerwattestand?«

»Ich zähle auf dich, dass du alles bei Instagram postest.«

Im Grunde hatte Mathilde recht: Sie war noch in Elternzeit, und die Vorstellung, auf diese Feier zu gehen, begeisterte sie nicht im Geringsten. Dennoch hatte sie zugesagt, hatte auf »Allen antworten« in der Rundmail geklickt, um sich motiviert und dynamisch zu zeigen. Als eine, auf die man zählen konnte.

Wir wollen den Kleinen sehen!, hatten ihre Kollegen behauptet. Und da sie niemanden hatte, der auf Jef aufpasste, nahm sie ihn mit.

Inzwischen waren die wenigen Momente, in denen Jef morgens nicht weinte, die Höhepunkte ihres Daseins als junge Mutter. Denn nach wenigen ruhigen Wochen hatte sich das Neugeborene als »schwierig« erwiesen. Binnen eines Monats hatte Éva ihre Schwangerschaftskilos verloren und die aschfahle Gesichtsfarbe als Standard angenommen, die Lucie so erschreckt hatte, als Éva bei ihrem Empfang aufgetaucht war. Lucie hatte ihrer Freundin daraufhin für einige Nächte ihre Kinderfrau angeboten, damit sie sich ein wenig erholen konnte – das schönste Geburtsgeschenk von allen, wie Éva in unendlicher Dankbarkeit nicht müde wurde zu sagen.

Vincent war seit fünf Tagen fort. Doch er fehlte ihr nicht. Die Trennung hatte sich ohne Geschrei und zerbrochenes Geschirr vollzogen, ganz dem Beispiel ihrer gesamten Beziehung folgend – lauwarm vom Anfang bis zum Ende. Eines Abends hatten sie vor dem Fernseher zu Abend gegessen, und da fiel es ihr wie Schuppen von den Augen. Vincent aß mechanisch, ohne darauf zu achten, was er aß. Durch das Fenster sah Éva in der Nachbarwohnung ein anderes Paar gelangweilt auf seinem Sofa sitzen, in ihnen hatte sie sich und Vincent wiedererkannt.

War das ein Leben, das sie wollte?

Nein, sie wollte es nicht. Sie wollte leben, wirklich leben. Und sie glaubte daran, dass ein anderes, wirkliches Leben möglich war. Und sie wollte nicht darauf warten, bis sie zu alt war. Sie wollte eine Partnerschaft, die sie erfüllte, und eine Arbeit, bei der sie nicht das Gefühl hatte, lebendig in einem Großraumbüro begraben zu werden. Nein.

Sie würde einen Kompetenzplan aufstellen, Bewerbungen schreiben, aus der Firma aussteigen und sich weiterbilden. Noch war nicht alles vorbei. Jef war ein Motor, keine Bremse, wie alle immer behaupteten. Nichts würde mehr wie früher sein, sondern besser.

Also hatte sie gefragt: »Vincent, liebst du mich eigentlich noch?«

Er verstand nicht sofort, worauf sie hinauswollte. »Wie bitte? Möchtest du Schokolade?«

»Nein, liebst du mich noch? Macht es dir Spaß, hier zu sein, mit mir? Denkst du tagsüber bei der Arbeit an mich? Kannst du es kaum erwarten, dass endlich Wochenende ist und wir beide, oder besser: wir drei, zusammen sein können?«

Er wusste nicht, was er antworten sollte. Er konnte nicht lügen, so gut kannte sie ihn. Und so fand sie heraus, dass er am Abend von Jefs Geburt, als sie ihn nicht erreichen konnte, in einem Massagesalon gewesen war, der sich nicht auf seine Malaisen im Rücken beschränkte.

Sie redeten, ein wenig. Wie du willst, sagte er, um sich einer Entscheidung zu entziehen, von der er später sagen würde, sie hätte sie getroffen.

»Du kannst das Baby sehen, wann immer du willst. Ich werde dir kein Betreuungssystem vorgeben. Wir haben es so sehr gewollt. Danke. Danke, Vincent, ich habe dich geliebt, wirklich.« Und das entsprach der Wahrheit.

Zwei Tage später, als sie das Vergnügen genoss, morgens die Beine quer über das Bett auszustrecken, erhielt sie eine Skype-Nachricht. Es war Sabine.

Hör mal, hier ist eine Frau vom Marketing, die mich gefragt hat, ob du heute Abend zur Feier kommen würdest. Sie erzählte irgendwas von ihrem Bruder, ich habe das nicht verstanden.

Éva stockte für einen kurzen Augenblick der Atem.

Wer ist sie überhaupt, kennst du sie? Und was will sie eigentlich?

Sie wusste sofort Bescheid. Jacques. Er würde kommen. Er hatte nicht aufgegeben, weil er, im Gegensatz zu ihr, die ganze Zeit bereit gewesen war, an das zu glauben, was zwischen ihnen passiert war.

An diesem Abend würde sie ihn sehen. Sie würde ihr Herz frei sprechen lassen. Ungeduldig wartete sie darauf, sich auf diesen Weg voller Gefahren zu begeben.

Vielleicht würden sie es nicht schaffen. Vielleicht würden sie sich nur wenige Tage lieben – oder auch ihr ganzes Leben, wer konnte das schon wissen?

Nein, es war nicht alles zu Ende. Ihr neues Leben würde an diesem Abend beginnen. Und im Kopf hörte sie den Refrain, der ihr seit der Begegnung mit Jacques nicht mehr aus dem Kopf gegangen war:

Dann beim dritten Takt des Walzers
tanzen wir nun endlich zu dritt.
Und beim dritten Takt des Walzers
du und ich, und die Liebe tanzt mit.

Danksagung

Ich möchte meinen Söhnen danken, die mein Leben verändert haben, und ihrem Vater, aus demselben Grund – aber auch für die leckeren Gerichte, die er mir zubereitet hat, sowie seine »bisous chinois«. Ich danke außerdem meinen Eltern, die ich sehr liebe. Meiner Schwester, natürlich. Éric und Dominique. Véronique, die mir vertraut hat. Anne Pidoux, die mich zum Schreiben gedrängt hat (und dann zum Neuschreiben). Und Karina Hocine, die dafür gesorgt hat, dass meine Heldinnen eine Schatulle haben.

Darüber hinaus danke ich allen, die ihre glücklichen und unglücklichen Erfahrungen mit mir geteilt haben: Freundinnen, Freundinnen von Freundinnen, mir unbekannte und mir sehr vertraute Menschen, deren Leben sich, genau wie meines, gewissermaßen vom unbeschwerten Ponyhof in ein Dasein mit sehr kurz bemessenen Momenten des Glücks gewandelt hat (keine Ahnung, wie und warum das passiert ist). *Thank you love, thank you life. It's true: there are some angels in this city!* Clap clap clap.

Ganz besonders widme ich dieses Buch meinem Kimy, der sich während meiner Elternzeit so zurückhaltend gezeigt hat und mich endlich hat erwachsen werden lassen.

Der zweite Band der Erfolgsserie aus Frankreich

Adèle Bréau

Männer von fast perfekten Heldinnen

Roman

ISBN 978-3-548-61326-0

Jetzt kommen die Männer zu Wort

Was machen die Männer, während ihre Frauen mit vollgepackten Terminkalendern durch ihren Alltag wirbeln? Die Trennung von Mathilde erlaubt Max, endlich Luft zu holen. Adrien versucht einen Neustart mit Alice, der jedoch misslingt, was die Chancen ihres Chefs Fred steigen lässt. Für Christophe, den überambitionierten Topmanager, geraten alle Gewissheiten ins Wanken. Jacques wiederum erfährt, dass er der Vater von Évas Baby ist …

Lesen Sie weiter, wie der Roman beginnt …

Max klappte seinen Laptop zu, erhob sich von seinem Bett und ging ins Kinderzimmer, wo die Babysitterin mit seinen beiden Söhnen spielte.

»Guten Abend, Max.«

»Guten Abend, Annabelle. Alles in Ordnung?«

Das junge Mädchen kniete auf allen vieren auf dem Teppichboden und hielt dem kleinen Martin Bausteine hin, die dieser sich jedoch dauernd in den Mund steckte. Wie alt mochte sie sein? Achtzehn? Zwanzig? Jedenfalls ungefähr halb so alt wie er.

»Super! Théo ist wieder mit Noé in einer Gruppe.«

»Wer war noch einmal Noé?«

»Sein bester Freund.«

»Aha. Ist ja toll.«

»Und Martin hat sich gefreut, seine Kumpel in der Krippe wiederzutreffen. Stimmt's, Martin?«

Max nahm den Kleinen auf den Arm, der ihn daraufhin vor Vergnügen krähend an den Haaren zog.

»Sie können jetzt gehen, Annabelle, ich stecke die beiden in die Badewanne.«

»Ach ja? Aber ich sollte doch heute Abend länger bleiben, um auf sie aufzupassen. Mathilde sagte, Sie seien zum Essen eingeladen.«

Zum Essen eingeladen? Hätte Mathilde nicht wenigstens mal Bescheid sagen können? Bei wem? Bei einer ihrer Freundinnen? Sie hatten doch schon den Sommer gemeinsam verbracht, wollten sie jetzt in einer Kommune leben? Oder waren sie vielleicht bei einer Arbeitskollegin eingeladen? Max hatte keine Lust, mit Mathilde das dynamische, geistreiche Paar zu geben, nur damit sie netzwerken konnte. Dazu brauchte sie ihn ganz gewiss nicht. Und Sie, Max? Was machen Sie beruflich? Wenn diese Frage käme, würde er wieder die übliche Leier absondern müssen. Er sei derzeit arbeitssuchend, zwischen zwei Jobs, wolle sich neu orientieren, sei offen für alles … Hauptsache, nicht das böse Wort aussprechen. Arbeitslos. Ein Stigma.

Er ging hinaus, um Mathilde anzurufen. Sie meldete sich nicht persönlich, stattdessen sprang ihre Mailbox an: Mathilde Marsac, ich kann Ihren Anruf zurzeit nicht persönlich entgegennehmen, aber hinterlassen Sie mir eine Nachricht, und ich rufe Sie so schnell wie möglich zurück. *Hi, this is Mathilde Marsac. I can't answer your call at the moment, but please leave a message and I'll call you back as soon as possible.* Die Ansage auf Englisch nervte ihn jedes Mal. Sie war ja so wichtig, seine Frau. Sogar auf internationaler Ebene. *In English please. Kevin is in the kitchen.*

»Mathilde, ich bin's. Die Babysitterin meinte, wir seien heute Abend eingeladen. Was soll das? Ich bin total kaputt, ehrlich. Ruf mich zurück. So bald wie möglich.«

Er legte auf und begann mit seinen üblichen Recherchen auf Facebook, Instagram, Twitter und anderen Netzwerken, wo ihm gewiss niemand eine neue Stelle anbieten würde. Er lachte über lustige Videos und likte die neuesten Urlaubsfotos seiner Bekannten, die alle Welt an ihrem Glück teilhaben ließen. Doch ihm wurde schnell langweilig, und er begann mit einem unsinnigen Spiel, bei dem man Bonbons sammeln musste, von deren quietschbunten Farben ihm übel wurde.

»Papa, Papa! Spielst du mit uns?«

Théo stürmte ins Zimmer, splitterfasernackt, die Haare zerstrubbelt.

»Hast du schon gebadet, mein Spatz?«

»Ja! Und Martin auch. Er hat überall Wasser verspritzt. Aber du sollst nicht mit ihm schimpfen, Papa.«

»Natürlich nicht. Er ist doch noch klein. Und ein Badezimmer ist schließlich dazu da, dass es nass wird.«

»Mama schimpft dann immer. Sie sagt, wir sollen uns benehmen.«

Max' Handy klingelte, und das erst kürzlich entstandene Foto einer strahlenden Mathilde erschien auf dem Display.

»Geh schon mal ins Kinderzimmer, Théo, ich komme gleich.«

»Hallo?«

»Ich kann nicht lange reden, Max, ich habe eine Sitzung, die in letzter Minute anberaumt wurde und jetzt gleich anfängt … Hier ist echt die Hölle los, die lassen mich keine Sekunde in Ruhe. Als müsste ich dafür büßen, dass ich einen so schönen Urlaub hatte. Willkommen zurück!«

»Du tust mir leid, ehrlich, muss die Hölle sein … Sag mal, wie war das mit dem Abendessen heute?«

Max ärgerte sich. Er hatte sich vorgenommen, sich zusammenzunehmen, aber er konnte einfach nicht anders als aggressiv mit ihr zu reden. Er wusste nicht, warum. Wahrscheinlich wirkten die Antidepressiva noch nicht.

»Was ist los, warum redest du so mit mir? Deine gute Urlaubslaune scheint sich ja auch rasant unter dem Pariser Himmel zu verflüchtigen.«

»Hättest du mir denn nicht wenigstens Bescheid sagen können? Nur weil ich im Moment nicht arbeite, soll ich jederzeit parat stehen, wenn du dich spontan verabredest?«

Mathilde atmete hörbar und ärgerlich aus, was Max noch mehr reizte. Auf einmal hatte er Lust, sich zu streiten. Nein, er hatte nicht nur Lust dazu, er war ganz wild darauf. Er nahm eine Zigarette vom Schreibtisch und trat ans Wohnzimmerfenster.

»Muss das ausgerechnet jetzt sein?«, flüsterte Mathilde erregt. »Während ich gerade auf dem Weg in eine Sitzung bin? Willst du wissen, was heute Abend ist? Der Geburtstag deiner Mutter, den du offenbar vergessen hast. Ach, stimmt, sie ist ja nicht auf Facebook, wie hättest du also daran denken sollen? Alles ist arrangiert. Wir sollen um 20 Uhr dort sein. Deine Schwester kommt auch, extra aus Nantes, mit dem Zug um 19 Uhr 14. Hat sie dir keine Nachricht geschickt?«

Er hatte gesehen, dass Sarah ihn angerufen hatte. Aber da war er gerade dabei gewesen, sich einen runterzuholen.

»Ich weiß es nicht. Ich war beim Sport.«

»Wie auch immer, ich muss jetzt Schluss machen. Wir

treffen uns bei deiner Mutter. Besorgst du einen Blumenstrauß?«

»Haben die Geschäfte denn um diese Zeit noch geöffnet?«

Ein Seufzer.

»Ich weiß es nicht, Max. Ich glaube, ja.«

Mathildes herablassender Tonfall glich dem einer Lehrerin, die unendliche Geduld mit einem begriffsstutzigen Schüler aufbringt.

»Haben wir denn kein anderes Geschenk?«

Der nächste tadelnde Seufzer. Max drückte wütend seine Zigarettenkippe aus und warf sie auf die Straße. Sie trudelte abwärts und landete auf dem Bürgersteig. Schon zündete er sich eine neue an.

»Darum haben wir uns längst gekümmert, Max. Wir schenken ihr ein schönes Plaid und einen Morgenmantel von Descamps.«

»Aha.«

»Du klingst begeistert.«

»Was soll ich denn deiner Meinung nach sagen? Oh, genial, eine Decke und ein Bademantel!«

»Bis nachher, Max.«

»Alles klar. Bis nachher. 20 Uhr?«

Sie hatte schon aufgelegt. Mist. Wollten sie sich um acht oder um neun Uhr treffen? Er war sich nicht sicher.

»Papa, spielst du jetzt mit uns?«

»Ich kann nicht, mein Spatz, ich muss zum Geburtstag von Mamé.«

»Dürfen wir mit, bitte, bitte, bitte?«

»Nein, ich glaube, so ist das nicht geplant.«

»Aber warum denn nicht? Wir könnten ihr ein Bild malen!«

»Gute Idee, malt ihr ein Bild. Wir besuchen sie ein andermal. Für heute ist es schon ein bisschen spät.«

»Nächstes Wochenende?«

»Ich weiß nicht, was Mama vorhat. Wenn sie einverstanden ist, gehen wir alle zusammen hin.«

Max ging ins Bad, um sich ein wenig frisch zu machen. Gut, er musste also zum Geburtstag seiner Mutter, die ihn abwechselnd mit seinem Vater, seinem Onkel oder sogar seinem Sohn verwechselte. Er entdeckte sein Spiegelbild. Was war bloß aus ihm geworden, dem fröhlichen, glücklichen, ewig plappernden Kleinen, der alle mit seiner überbordenden Phantasie bezauberte? Es schien, als sei er mit den Jahren verblasst wie ein altes Aquarell, das man unten in einer Umzugskiste gefunden hatte und auf dem nur noch vage Formen erkennbar waren. Das Band, das den redseligen Jungen mit dem Erwachsenen, zu dem er geworden war, und dann mit dem Vater, der er zu sein versuchte, zusammenhielt, war zerschlissen. Seine Eltern hatten sich getrennt. Sein Vater war fortgegangen und versuchte anderswo, die Zeit anzuhalten, mit dem Mut der Verzweiflung. Und in dem Maße, wie seine Mutter mit ihren Gehirnzellen auch ihre Erinnerungen verlor, hatte Max irgendwann das Seil ganz gekappt, das ihn noch mit seiner glücklichen Kindheit verbunden hatte.

In aller Eile würde er gleich einen Blumenstrauß für seine vorzeitig gealterte Mutter besorgen, die ihm so unheimlich fremd geworden war. Er hatte einen Kloß im Hals. Sarah würde an ihrer Seite sitzen. Sie war eine alte Jungfer geblieben und ging ihm jedes Mal mit ihren langweiligen Anekdoten auf die Nerven. Und auch Mathilde würde da sein, die ihn jedes Mal mit hochgezogenen Augenbrauen ansah, wenn er die Atmosphäre mit einem Witz aufzulockern versuchte. Damit erstickte sie unweigerlich jegliche Bereitschaft in ihm, freundlich zu einer der drei Frauen zu sein, die ihn von Mal zu Mal in tiefere Verzweiflung trieben. Mathilde trug vermutlich wieder eines ihrer schwarzen Kostüme mit weißer Bluse, würde Schälchen mit Knabbereien servieren, Champagner einschenken und künstlich lachen. Sie würde sich nach dem Befinden der Gemeindemitglieder und der übrigen Familie erkundigen. Dann würde man zu Tisch gehen, und das ganze Schauspiel würde sich fortsetzen, indem man sich für die Qualität des Fleisches begeisterte, lecker, o Mamé, dein Metzger ist wirklich unglaublich. Das Fleisch ist so unglaublich zart! Dann würde seine Mutter wieder in ihrem dunklen Ozean davontreiben, in dem sich Erinnerungen und Gegenwart vermischten:

»Wo ist mein Vater? Kommt er nicht mal mehr zu meinem Geburtstag?«

»Aber Mamé, dein Vater ist doch schon lange tot.«

Sarah würde Tränen in den Augen haben. Max würde sich tiefer über seinen Teller mit dem zarten Fleisch beugen.

»Ach ja, natürlich. Und Sie, Corinne, tanzen Sie noch?«

Sie würden ihr eine blöde Decke und einen bescheuerten Morgenmantel schenken, ihr, die einmal seine strahlende Mutter gewesen war.

Hi, Kumpel. Gehen wir heute Abend einen trinken?

Die SMS kam herein, als Max die Kinder zu Bett bringen wollte. Matthieu! Das war die Rettung. Erst heute Nachmittag hatte er mit seinem ehemaligen Schulkameraden auf Facebook gechattet. Matthieu hatte sich vor kurzem von seiner Frau getrennt und entwickelte plötzlich mit ungeahnter Leidenschaft eine Menge ungewöhnlicher Projekte. Eine Welle der Dankbarkeit durchlief Max.

Super Idee! Ich muss allerdings erst noch zu einem Abendessen, aber wie wär's, wenn wir uns anschließend treffen? Elf Uhr? Irgendwo in unserer Gegend?

Die Antwort ließ nicht lange auf sich warten.

Perfekt. Ruf mich an, wenn du fertig bist, ich hole dich ab, wie in guten alten Zeiten.

Manchmal konnte das Leben so schön einfach sein. Mit einem Lächeln auf den Lippen betrat Max das Zimmer der Jungs, packte sie, balgte sich mit ihnen und kitzelte sie. Lachend klammerten sich die Kinder an ihn, flehten ihn an aufzuhören und wollten doch mehr. Annabelle lächelte süß und räumte sorgsam die Berge von herumliegendem

Spielzeug auf. Am liebsten hätte sich Max einen dicken Joint gedreht, so glücklich war er.

Wie in guten alten Zeiten.

Heute Abend würde er alles vergessen. Die nicht vorhandene Arbeit, die Schecks für die Schule, die Vorwürfe, die Einkäufe im Supermarkt, die Haare im Abfluss der Badewanne, seine schöne Mutter, die dem Vergessen anheimgefallen war.

Heute Abend würde er sich amüsieren, und wem das nicht passte, der hatte Pech gehabt.

Er war frei, verdammt noch mal.

Wie in guten alten Zeiten.

Übersetzung ins Deutsche: Stefanie Schäfer